安的夢幻小屋

L. M. Montgomery
露西·蒙哥瑪麗

ANNE'S HOUSE
of DREAMS

清秀佳人
vol 5.

孟劭祺——譯

目錄

CONTENTS

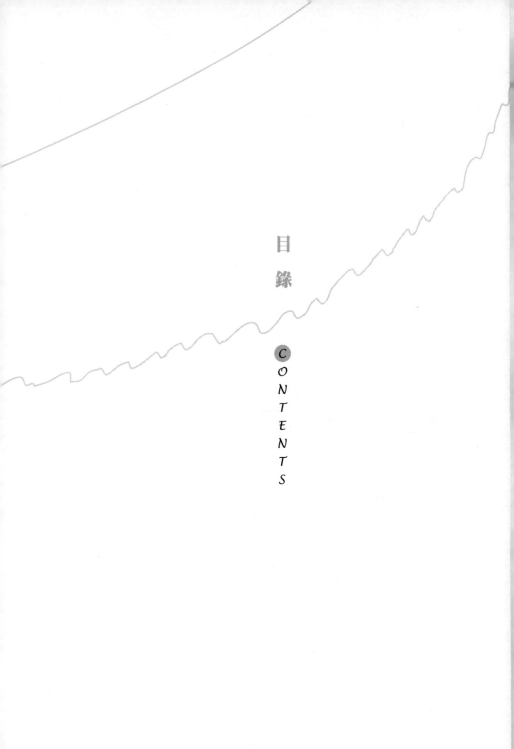

CONTENTS

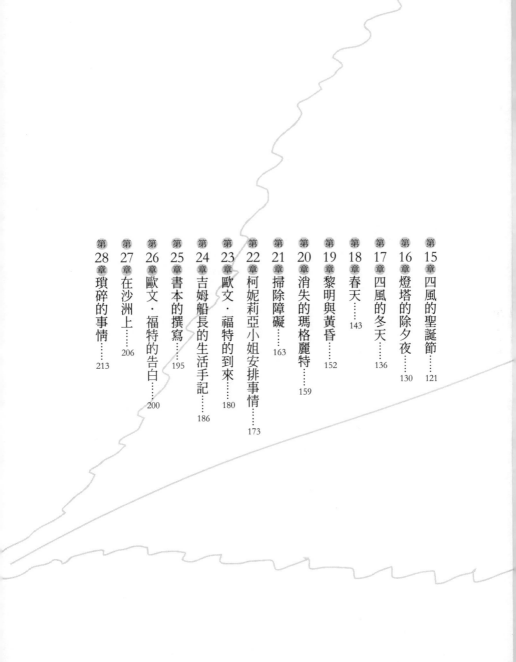

CONTENTS

第1章 綠色屋頂之家的閣樓

當她將那本已經有點破舊的《歐幾里得》猛然丟入一個大書箱，然後砰一聲關起箱子，並且坐在上面時，安．雪莉有點怨恨地說道：「感謝上帝！我再也不需要學習或是教導幾何學了。」她以那晨空般的灰色雙眼，望向在綠色屋頂之家閣樓對面的黛安娜．萊特。

這個閣樓就像所有閣樓一樣，是一處陰涼、容易引起幻想以及令人愉快的地方。八月午後的甜美、芳香以及溫暖的空氣，從安座位旁開啓的窗戶吹了進來。窗外的白楊樹枝在風中沙沙作響擺動著，更遠處就是樹林了，令人陶醉的戀人小徑就在其中蜿蜒著；還有那座生長多年的蘋果樹林，仍然結了滿滿紅潤的果實。而在最上面的，就是在南方的藍色天空中，直達雪白雲端的雄偉山脈。透過另一扇窗可以瞥見在遠方泛著白色波浪的海洋——那就是美麗的聖羅倫斯灣，寶石般的阿貝威特島就漂浮在上面，這輕柔甜美的印地安名稱，很久之前就被遺棄了，就此被改稱爲乏味的愛德華王子島。

最後一次見到黛安娜．萊特，已經是三年前的事，在這段期間裡，她已具有主婦的成熟，不過黑色的雙眼依舊明亮，雙頰依然紅潤，那對酒窩還是一樣迷人，就跟很久以前她與安．雪莉在斜坡果樹林上，發誓要成爲永遠的朋友那時候是一樣的。她手上抱著正在沉睡、一頭黑色捲髮的小傢伙，就是「小安．蔻蒂莉亞」，她已經在艾凡里快樂地生活兩年。艾凡里的人們當然理解黛安娜為什麼將她命名為安，但是蔻蒂莉亞卻使他們困惑了，因為不管是萊特家族或是貝瑞家族的親戚，從來都沒有人叫作蔻蒂莉亞。哈蒙．安德羅斯夫人認為這個名字是黛安娜從無聊的小說中找到的，並且懷疑佛雷德的智慧也好不到哪裡去，才會准許她使用這個名字。但是黛安娜與安相視一笑，因為她們知道這個名字是怎麼來的。

黛安娜笑著回想：「你一直都很痛恨幾何學，但是不管怎麼說，我都覺得你應該很高興，因為不用再教書了。」

「啊！除了幾何學之外。我一直都喜歡教書，過去三年在沙馬塞德教書，那真的是段愉快的時光。當我回家時，哈蒙．安德羅斯夫人告訴我，婚姻生活並非如我預期般美好。顯然哈蒙夫人認同哈姆雷特所說的：『與其飛向其他我們所不知道的，不如承受我們現在所遭遇的不幸。』」

安的笑聲迴盪在閣樓中，那聲音還是跟往昔一樣充滿歡樂及魅力，而且更增添了悅耳與成熟的音調。瑪麗拉正在樓下廚房製作藍莓果醬，當她聽見安的笑聲，她也跟著微笑起來。然後她思索道，在今後的歲月裡，很難再聽到那可愛的笑聲在綠色屋頂之家迴盪了。在瑪麗拉的生命中，沒有什麼事情比知道安將要嫁給吉伯．布萊斯的消息還要令她感到快樂；但是每次歡欣的背後，總是伴隨少許悲傷。安在沙馬塞德教書的三年間，時常在假期以及週末回家；然而在她婚後，頂多只能期盼一年回來探望兩次罷了。

「你不需要因爲哈蒙夫人的話而感到煩惱，婚姻生活當然會起起伏伏。你不要期待每件事都會非常平順，但是，安，我可以向你保證，當你嫁對了男人，一定會有個快樂的生活。」在當了四年的已婚女子後，黛安娜沉著自信地說著。

安忍住了笑。每當黛安娜露出經驗豐富的樣子時，總是會帶給她小小的歡樂。我想，當我結婚四年之後，也可以像她那樣有自信吧！安想道，可是我的幽默感必定會阻止我這樣做。

「已經決定好未來要去哪裡了嗎？」黛安娜問道，帶著那種母親獨有的姿態，親密地擁抱小蔻蒂莉亞，這個景象總是讓安深受感動，心中充滿了甜蜜，那是一種非言語所能表達的夢想與希望，一種半喜悅半陌生的激動，一種纖弱的疼痛。

「是的。我之所以打電話通知你說今天要過來，就是爲了告訴你這件事情。對了，沒想到艾凡里現在眞的有電話了。到現在爲止，對於這個漂亮、悠閒的老地方而言，這聽起來仍然有些荒謬和時髦。」

「我們可以感謝村善會做了這些事。」黛安娜說。「如果他們沒著手進行，並且將這些事完成的話，我們永遠都不可能會有電話的。每個社團都因爲被潑了冷水而感到心灰意冷，然而，這些人卻忠於這件事情。安，當你創辦了那個社團時，眞是對艾凡里做了有貢獻的事啊。在會議上我們會很愉快吧！你還記得藍色公會堂，還有傑德森·派克計畫要在他的籬笆上布置藥品廣告那些事嗎？」

「在電話這件事上，我不知道要如何對村善會表達我完全的感謝。」安說。「哦，我知道它是最便利的，甚至比我們使用燭光閃爍互相傳遞訊號的老舊設備還要方便。而且就像林德夫人所說：『艾凡里必須不停進步，而電話就是一種進步。』但是從某種角度來看，我覺得自己好像不希望艾凡里被像是哈里森先生想要表現機智時說的『現代化的不方便』所破壞，我希望它能夠保持跟過去那些親愛的歲月一樣。但是這種想法是愚蠢的、太過感情用事的，而且是不可能的，所以我應該想得更聰明、實際及合理一點。電話就像哈里森先生所承認的『一個好的破壞者』——即使你知道大概有一打自私的人正沿著電話線在偷聽。」

「那是最糟糕的。」黛安娜嘆息說：「每當打電話給別人時，最討厭聽到聽筒的聲音越來越小聲。他們說哈蒙．安德羅斯夫人堅持電話必須放在廚房裡面，以便她可以兼顧聽電話與晚餐。當你今天打電話給我，我清楚聽到帕伊家那個古怪時鐘的敲擊聲，所以毫無疑問的，喬西或是伽蒂也在聽我們說話。」

「哦，所以你才會對我說『你在綠色屋頂之家有一個新的時鐘，對不對？』我那時還猜不出你指的是什麼呢。難怪當你說完那句話後，我立刻就聽到一個猛烈的喀嚓聲，那一定是帕伊非常用力掛上電話的聲音。好吧，別管帕伊了，就像林德夫人所說：『帕伊過去是這樣，未來也會是這樣，世界是沒有盡頭的，阿門。』我想要談論愉快的事情——我的新家地點已經決定好了！」

「哦！安，你的新家在哪裡呢？我眞希望它是靠近這裡的。」

「不……不……不在這附近，這是新家的唯一缺點。吉伯將要定居在四風港，與這裡相距有六十哩呢。」

「六十哩！那跟六百哩是一樣遠啊。」黛安娜嘆道。「我現在離家最遠的距離，還不曾超過夏洛特鎭呢。」

「你以後一定要來四風港，它是這個島上最漂亮的港口。那裡有一個小村莊叫格蘭聖瑪莉，位於島的海角，而大衛．布萊斯醫生已經在那裡執業五十年了。他是吉伯的大伯父，他快要退休了，而吉伯將要接管他的工作。然而，布萊斯醫生將會保有他自己的房子，所以我們必須要爲自己尋找一個住所。我還不知道它長什麼樣子，或是眞正的位置，但是我有自己的夢幻小屋，全部都依照我的想像來布置，那是一座位於西班牙的快樂小城堡。」

「你們要到哪裡度蜜月呢？」黛安娜問道。

「哪兒都不去。親愛的黛安娜，你別一臉驚訝啊。你的表情讓我想起哈蒙．安德羅斯夫人。無疑地，她將會用她的優越感來議論那些無法提供結婚紀念『塔』的人，最好是有自知之明不要去取得它們；然後她就會提醒我，珍的蜜月旅行是去歐洲度過的。但是我想要在四風度過我的蜜月，就在我自己親愛的夢幻小屋。」

「而且你已經決定不要有任何的伴娘了嗎？」

「沒人可以當我的伴娘啊！你和菲兒、普莉希拉、珍都已經早我一步結婚了，史黛拉則在溫哥華教書。我已經沒有其他的『眞心知己』，而且我也不要一個不是眞心知己的人來當伴娘。」

「但是你會披上面紗對吧？」黛安娜焦慮地問。

「對啊，當然要披上面紗。如果沒披上面紗，感覺就不像個新娘。還記得馬修帶我到綠色屋頂之家那個夜晚，我告訴他說我從來沒有想要成爲一個新娘，因爲我長得太普通了，沒有人會想要娶我，除非外國傳教士才要娶我。然後我就想，如果外國傳教士希望女孩子願意跟隨他們去食人族的地方，對於外表就不需要過分講究。你應該看過普莉希拉嫁的那個傳教士吧。黛安娜，他那英俊與氣質的樣子，就像我們的夢幻對象；他是我見過最會打扮的男人，而且他非常讚揚普莉希拉的『嬌柔與黃金般的美麗』。而且在日本當然沒有食人族啊。」

「不管怎麼說，你的結婚禮服眞是非常夢幻。」黛安娜興高采烈地驚歎。「你穿上它之後，看起來將會像一個完美的皇后——你長得這麼高䠷。安，你是如何保持苗條的呢？我現在比以前還要胖，很快就要沒有腰身了。」

「肥胖與苗條似乎是天生註定的。」安說。「但是無論如何，哈蒙．安德羅斯夫人是不會將我從沙馬塞德回來時對我說的話拿來對你說的，她說：『哎呀，安啊，你怎麼還是跟以前一樣瘦啊。』『苗條』聽起來很羅曼蒂克，但是『皮包骨』的意味就完全不同了。」

「哈蒙夫人一直在談論你的嫁妝。雖然她說珍嫁給了一位百萬富翁，而你卻嫁給了一個『名下無任何財產的窮醫生』，但她承認你和珍的嫁妝是同樣地好。」

安笑起來，「我的禮服很好啊。我喜愛美麗的事物。還記得我擁有的第一件漂亮禮服，那是馬修送給我的一件棕色絲毛薄綢，爲了讓我能去參加學校音樂會。在收到那套禮服之前，我所擁有的每樣東西都很醜。在我看來，那個夜晚似乎讓我踏入了新的世界。」

「就是吉伯朗誦《萊茵河的賓根》的那個夜晚，當他朗誦到『那裡還有另外一個不是好朋友的人』這一句時，還是看著你朗誦的呢。那時的你非常狂怒，因爲他將你那朵粉紅色薄紗玫瑰插在胸前口袋裡。你那時壓根兒沒想到會嫁給他吧。」

「哎呀，好啦，那就是命中註定的例子。」當她們走下閣樓階梯時，安笑說。

第2章 夢幻小屋

綠色屋頂之家的空氣中，瀰漫著比之前更多的興奮，甚至連瑪麗拉都難掩興奮之情——這眞是少見的景象。

「這間屋子從未辦過婚禮。」她半道歉地對瑞雪．林德夫人說。「我小時候曾聽老牧師說，一間沒有經歷過誕生、婚禮及死亡等聖化過的房子，無法成爲一個眞正的家。我們在這間屋子裡經歷過我的雙親以及馬修的死亡，而且在這裡也有新生命的誕生。很久以前，就在我們剛搬進這間屋子，我們曾經短暫雇用一個已婚的男人，他和他的太太與小孩居住在這裡。但是這裡從未有過婚禮，想到安要嫁人了，感覺還眞是奇怪，一方面是我認爲她還是馬修十四年前帶回來的小女孩，我沒有體認到她已經長大了。我永遠無法忘記馬修帶回女孩的感覺，我想知道，若不是搞錯的話，若當初是帶個男孩回來的話，現在將會是怎樣的情形呢?不知道他的命運會如何。」

「嗯，那是一個幸運的錯誤。」瑞雪．林德夫人說，「然而，我不曾這樣認爲——還記得那一晚我前來看望安，她卻以那種場面來對待我們。自那時起，很多事情都已經改變了，那也就是我說的幸運的錯誤。」

林德夫人嘆著氣，然後又恢復了活潑。當婚禮就緒時，林德夫人就準備好把已逝的過去永久埋藏了。

「我要送給安兩件拼布被子。」她繼續說。「其中一件是菸葉條紋，另一件則是蘋果葉子的花紋。她告訴我它們會真正地流行。喔，不管流不流行，我不相信有什麼會比一條美麗的蘋果葉紋被子還要美麗。我必須將它們漂白。自從托馬斯死後，我就把它們縫進棉袋子裡，所以它們現在的顏色一定很糟。不過還有一個月，露水漂白肯定能好好發揮它的效用。」

「只有一個月！」瑪麗拉嘆口氣，然後得意洋洋地說：「我要把閣樓裡面的半打小地毯送給安。我從未想過她會要它們，因爲那都是老式的地毯，現在的人除了針鉤地毯外，似乎不想要其他東西了。但是她跟我要求那些小地毯，說她只想要用它們來布置地板。它們非常地漂亮，是我用最好的碎布來做的，並且將它們編織成細長片，它們是我這幾個冬天裡最好的良伴。而且我還要做足夠一年用的藍莓醬，讓她存放在果醬櫃子裡。事情眞的是有點奇怪啊，那些藍莓果樹已經三年沒有開花了，而且我還認爲不如砍掉它們算了，沒想到最近這個春天開滿了白花，並且結滿了果子，我不記得曾經在綠色屋頂之家看過這種景象。」

「嗯，謝天謝地，畢竟安與吉伯眞的要結婚了，那是我一直祈求的。」林德夫人確信她的祈禱是非常有幫助的，所以帶著愉快的聲調說著：「發現她確實不想選擇金斯泊那個男人，眞的是很令人慰藉。首先，雖然他眞的很有錢，而吉伯是窮的，但他來自我們的島。」

「他就是吉伯．布萊斯。」瑪麗拉滿意地說。在她想出最適當的措辭來表達她是如何看著吉伯長大的感覺前，她是不會輕易離開人世的，這個想法就是：如果不是她以前倔強的自尊心，吉伯可能就是她的兒子。瑪麗拉抱持著一個奇特的念頭，認爲吉伯與安的婚事可以彌補這樁古老的錯誤。

至於安，她現在是如此高興，甚至感到有些害怕。古老的迷信說，上帝不喜歡看見凡人太高興，對某些人來說確實是如此。這某些人中的兩個人，在一片淺紫暮色降臨到安的身上時，仍舊不放棄擊打刺破她愉快的彩虹泡泡。她們認爲，如果安假定自己可以從年輕的布萊斯醫生那兒得到任何特別的獎賞，或者想像他們仍舊能擁有少不更事時期般的熱戀，那麼她們當然有責任事先讓她知道另一種觀點。而這兩位可敬的夫人不是安的敵人，相反地，她們相當喜歡她，並且願意在她受到任何人攻擊時，將她視爲自己的小孩來保護。

英格莉夫人（閨名珍．安德羅斯，引用自「每日企業」）與她的媽媽，以及傑士伯．貝爾夫人一起前來，但是對珍而言，惻隱之心沒有因爲多年的婚姻爭吵而凝結，她的皺紋陷落在令人愉快的位置。事實上，儘管如同瑞雪．林德夫人所說，她嫁給百萬富翁，但是她的婚姻是快樂的。財富沒有將她寵壞，她仍然是舊友中最溫和、友善以及擁有一張粉紅臉蛋的珍，她支持自己多年好友的幸福，並且熱心關切安嫁妝的所有細節，就好像它會與她自己華貴鑲有珠寶的光彩競爭一樣。珍並不傑出，而且生命中可能從來沒有說過值得聆聽的言辭；但是她也從來沒有說過傷害他人感情的話，這也許是一個消極的才能，但也是相當稀少以及令人羨慕的。

「所以吉伯還沒背叛你吧！」哈蒙．安德羅斯夫人設法以驚訝的口吻說道。「好吧，一旦布萊斯家族提出了承諾，他們就會信守承諾，不管發生什麼事情。讓我想一下，安，你已經二十五歲了吧？當我還是女孩時，二十五歲是第一個窘境。但是你看起來相當年輕，紅髮的人看起來總是如此。」

「紅髮現在很普遍。」安試圖微笑，但卻是相當冷淡地說著。生活讓她發展出幽默感，幫助她度過許多難題；但是對於涉及到她頭髮的問題，仍然沒有任何東西能夠讓她妥協。

「確實是這樣。」哈蒙夫人讓步地說道。「很難說會流行什麼古怪稀奇的事情。好吧，安，你的東西都非常漂亮，而且非常適合你的社會地位，珍，你說對不對啊？我盼望你將會很幸福。我相信你會得到我最好的祝福。一份長久的婚約並不常會有好的結果，但是，對你而言當然不會這樣的。」

「以醫生而言，吉伯是非常年輕的，我擔心人們對他沒有什麼信心。」傑士伯．貝爾夫人憂鬱地說。語畢她就緊閉嘴巴，好似已經說完她該說的，並且保持她的良心清晰。她是屬於那種總是在帽子上有一根黏稠的黑色羽毛，以及一撮頭髮散落在其頸部的人。

安因爲她的漂亮婚禮事件的表面喜悅暫時變得陰鬱了，但是其最深處的幸福，不會因此而受到擾亂；而且貝爾夫人以及安德羅斯夫人給她的小刺痛，隨著吉伯稍後的到來就全忘掉了，然後他們漫步到小河畔的白樺樹下。這些樹木在安初到綠色屋頂之家時還只是小樹苗而已，但是現在都長高了，就像黃昏與星星下的幻想宮殿中的象牙色圓柱。安與吉伯就在它們的樹影下親密地討論起他們共同的新家以及新生活。

「安，我已經爲我們找到了一個舒適的窩。」

「哦，在哪裡呢？我希望不會正好是在村子裡面，我不喜歡住在村子裡。」

「不是在村子裡，村子裡找不到房子了。那是一間位於港口海岸上的白色小屋，介於格蘭聖瑪莉以及四風岬中間，有一點偏僻，但是當我們裝了電話之後，就沒那麼大的關係了。那個地方很漂亮，面向西方，而且前面還有一大片的藍色港灣。沙丘不會很遠，海風吹過它們，海浪也會浸濕它們。」

「但是房子本身呢？吉伯，我們的第一個家長什麼樣子啊？」

「不是很大，但是夠我們兩個人使用了。那裡有一間極好的客廳，樓下還有一個壁爐，以及一間可以往外看到港灣的餐廳，還有一個小房間可以充當我的辦公室。屋齡大約是六十年，是四風當地最古老的房子，但是修復保存得相當好，而且其木瓦、灰泥以及重新鋪築的地板全部大約都是在十五年前完成的。它從開始就建設得很好。我聽說其建築與浪漫故事是相關連，但是提供房子給我的那個男人並不知道。他說吉姆船長是現在唯一可以說出那個老故事的人了。」

「吉姆船長是誰啊？」

「他是四風岬燈塔的看守人。安，你將會愛上那個四風燈塔的。那是一個旋轉式的燈塔，而且發出的閃光就像一顆穿過黃昏的動人星星，我們可以從客廳的窗戶以及前門看到它。」

「那屋子是誰擁有的？」

「喔，它目前屬於格蘭聖瑪莉基督教長老會的資產，而我是從理事會那邊租來的，但一直到不久之前，它還是屬於一個非常老的女士，伊麗莎白·羅素小姐。她去年春天去世了，而且因爲沒有近親，所以將她的資產遺留給格蘭聖瑪莉教會。她的家具仍在屋子裡面，而我將其中的大部分都買了下來，可以說是以很低的價格買到的，因爲它們的樣式都太老舊了，教會理事沒有信心可以賣出。我猜想格蘭聖瑪莉的人們比較喜歡豪華的錦緞以及有鏡子與裝飾品的餐具櫃，不過羅素小姐的家具都非常好，而且我相信你會喜歡它們的，安。」

「到目前爲止，聽起來都很好。」安謹愼地點頭同意。「可是，吉伯，人們無法單靠家具生活啊，你還沒有提到一件非常重要的事情呢，那就是屋子的周圍有樹木嗎？」

「哦，森林女神，有很多的樹喔！屋子後面有一大片冷杉林，沿著小路兩側種滿細高的白楊樹，還有一個被白樺樹環繞、非常可愛的花園。我們的正門對面剛好是花園，但是還有另外一個入口，那就是安裝在兩棵冷杉之間的一個小柵門。樞鈕裝在其中一根樹幹，門釦則是在另一根樹幹上，它們的大樹枝在上方形成了一個拱形。」

「啊！我好高興喔！我無法在沒有樹木的地方生活，那是我生命活力的一部分。嗯，聽到這些描述就不需要再問你附近有沒有小溪了，否則就是要求太多了。」

「不過那兒眞的有一條小溪啊，而且正好貫穿花園的角落。」

「那麼……」安非常滿意地長長吁了一口氣：「你找到的這間屋子就是我的夢幻小屋，而且沒有其他的了。」

第3章 夢境之中

「安，你已經決定要邀請誰參加婚禮了嗎？」瑞雪．林德夫人勤奮地結著桌巾的垂綴。「你應該要寄出邀請函了，卽使只是非正式的。」

「我不打算邀請很多人。」安說。「我們只想邀請我們最愛的那些人來見證婚禮，還有吉伯的親屬、亞倫夫婦以及哈里森夫婦。」

「曾經有一段時間，你很難將哈里森先生列入你最親愛的朋友。」瑪麗拉諷刺地說。

安想到了往事，笑著承認：「嗯，在我們第一次見面的時候，他沒有引起我強烈的注意。但是我現在與哈里森先生越來越熟識，而且哈里森夫人眞的很可愛。當然還有拉文達小姐以及保羅也是要邀請的。」

「他們已經決定這個夏天要來島上了嗎？我以爲他們會去歐洲。」

「當我寫信告訴他們我要結婚的消息時，他們就改變主意了。我今天收到保羅的來信，說不管歐洲發生什麼事，他一定要來參加我的婚禮。」

「那個小孩總是非常仰慕你呢。」林德夫人談論道。

「那個『小孩』現在已經是個十九歲的年輕人了，林德夫人。」

「眞是歲月如梭啊！」這是林德夫人的口頭禪。

「喬洛特四世可能會跟他們一起來。她請保羅轉告，如果她的丈夫同意，她就會前來參加。我眞想知道她是否仍然戴著那些碩大的藍色蝴蝶結，還有她的丈夫是稱呼她爲喬洛特或是李奧娜拉。我好希望喬洛特四世能前來參加婚禮，我們很久以前曾經一起參加過。他們預計在下星期抵達艾可旅社，菲兒以及喬牧師也會參加。」

「安，你這樣稱呼一位牧師眞的很糟糕。」林德夫人嚴肅地說。

「他的太太就是這樣叫他的啊。」

「那麼她應該更尊敬他的神聖職務。」林德夫人回嘴。

「我曾經聽過你尖銳地批評過牧師呢。」安捉弄起她。

「是的，但我可是恭敬地批評。」林德夫人辯駁。「你絕沒有聽過我以綽號稱呼牧師。」

安忍住了微笑。

「好吧，黛安娜與佛雷德以及小佛雷德，還有小安．蔻蒂莉亞和珍．安德羅斯都會參加。我希望史黛西老師、詹姆西娜阿姨、普莉希拉和史黛拉都可以來參加，但是史黛拉在溫哥華，普莉希拉在日本，史黛西老師嫁到加利福尼亞，而詹姆西娜阿姨儘管極端厭惡蛇，但是已經去印度探究她女兒的宣教地方了。人們分散在世界各地眞是糟透了。」

「上帝從來沒有打算那樣做。」林德夫人權威式地說。「在我年輕時，人們成長、結婚並且定居在他們出生的地方，或是住在相當靠近的地方。安，謝天謝地，你還是留在島上的。我還擔心吉伯在完成大學學業後，會堅持拖著你，急忙趕到地球的盡頭呢。」

「林德夫人，如果每個人都留在他們出生的地方，空間很快就會被塡滿的。」

「哎呀，安，我不是要跟你爭辯，我不是一個文學士。典禮是什麼時候開始呢？」

「我們決定在中午舉行，這樣就有充足的時間搭上晚班列車前往格蘭聖瑪莉。」

「你會在客廳裡舉行婚禮嗎？」

「不會的，除非下雨。我們打算在果園中舉行典禮，頭頂著藍天並且讓陽光圍繞我們。如果可以，你知道我希望在何時以及何地結婚嗎？我希望在燦爛太陽升起的六月黎明，在盛開著玫瑰的花園；而我會悄悄走進園裡與吉伯相會，然後一起走向山毛櫸樹林的中心，在那裡的綠色拱門下，就像是一座壯麗的大教堂，我們將會在那裡結婚。」

瑪麗拉輕蔑地回應，而林德夫人看起來是震驚的。

「安，但那將會非常奇怪。爲什麼呢？因爲那樣子看起來眞的不是正當的。而哈蒙・安德羅斯夫人又會怎麼說呢？」

「哎呀，問題就在這裡。」安嘆氣道。「生命中有太多事情是我們不能做的，因爲擔心哈蒙・安德羅斯夫人不曉得又會發表什麼意見。我們能夠做什麼令人愉快的事情，而且不是爲哈蒙・安德羅斯夫人所做的呢？」

「安，有時候我不確定自己完全了解你。」林德夫人抱怨地說。

「你知道的，安一直都很羅曼蒂克。」瑪麗拉辯解道。

「好吧，婚姻生活很有可能可以治癒她的浪漫。」林德夫人安慰地回應。

安笑著，然後悄悄溜到了戀人小徑，並在那裡與吉伯會合；關於婚姻生活將會消除他們的浪漫，兩人似乎都沒有過多的害怕或是希望。

過了一星期，艾科旅館的人來訪，而綠色屋頂之家也隨他們的欣喜而陶醉。自從三年前來到島上拜訪後，拉文達小姐只有些許的改變，就像昨夜才來臨過一樣；但是安驚奇、屏息地看著保羅。這個堂堂六呎高的男子，就是當年學生時的保羅嗎？

「保羅，你眞讓我感覺自己老了。」安說道，「因爲我必須仰望著你了！」

「老師，您永遠都不會老的。」保羅說道。「您和拉文達媽媽已經找到青春之泉，並且是喝下泉水的幸運凡人。您了解嗎？您結婚後，我也不會稱呼您布萊斯夫人。對我而言，您永遠都是老師，是教導過我的老師中最好的。我要讓您看個東西。」

這個「東西」是一本寫滿詩的筆記本。保羅將他的一些美麗想法放進詩句裡，而且雜誌編輯採用了。安很高興地讀著保羅的詩。它們充滿了魅力以及希望。

「總有一天你會出名的，保羅。我總是夢想能有一位出名的學生，希望他是一個學院院長，或許一位偉大的詩人更好。總有一天我能夠吹噓地說：傑出的保羅・艾文是我『鞭笞』出來的。

但是我從來沒有打過你，對吧？保羅，眞是失去了大好機會！不過，我確實在學校放假的時候把你留下來過。」

「老師，您才出名啊。最近這三年來，我看了許多您的作品。」

「你過獎啦，我知道自己的能力。我會撰寫一些可愛的、富於幻想的故事，是小朋友以及編輯喜愛的，但我沒法再寫更多作品了。我唯一能享有不朽名聲的機會，就是在你的回憶錄中佔有一角。」

喬洛特四世已經不戴藍色蝴蝶結了，但是她的雀斑並沒有明顯地減少。

「我從來沒想過自己會嫁給美國佬呢，雪莉小姐。」她說。「人永遠無法知道前頭發生過什麼事，而且那不是他的錯，他生出來就是那樣子了。」

「喬洛特，自從你嫁給他之後，你也成為美國佬了。」

「雪莉小姐，我不是美國佬！而且就算我要嫁給十二個美國佬，我也不會變得跟他們一樣！湯姆是不錯的。此外，我最好要感到知足了，因為不會再有第二次機會。湯姆不喝酒也不咆哮，因為他在兩頓餐之間還要工作，而且整體說來我是滿意的，雪莉小姐。」

「他叫你李奧娜拉嗎？」安問道。

「謝天謝地，他沒有，雪莉小姐。如果他這樣子叫我，我會不知道他在叫誰。當然啦，我們結婚時，他說：『我來接你了，李奧娜拉！』而且，雪莉小姐，我向你聲明，自從那時候起我就有糟透了的感覺，感覺他並不是在跟我說話，而且就像是我完全沒有眞正地嫁人。雪莉小姐，你是自己想要結婚的嗎？我一直想要嫁給一位醫生，因爲這樣當孩子得到麻疹或咽喉炎的話就很方便。湯姆只是個泥水匠，但是他的脾氣眞的很溫和。當我跟他說『湯姆，我可以去參加雪莉小姐的婚禮嗎？不管怎麼樣我就是想去，但是我希望得到你的同意』時，他只說：『你開心就好，喬洛特，我也是怎樣都好。』雪莉小姐，有這樣子的老公眞的很快樂吧！」

菲兒與她的喬牧師在婚禮前一天抵達綠色屋頂之家。安與菲兒非常高興地見面了，過一會兒才沉靜下來，並且愜意親密地聊起過去的事情與未來。

「偉大的安啊，你還是跟以前一樣高貴。自從寶寶出生後，我就瘦了很多。現在的我沒以前好看，但是我認爲喬喜歡這樣。你看，我們之間沒有很明顯的對比。而且，你就要嫁給吉伯了，眞是完美動人啊。羅爾．加德納完全沒有辦法做到。我現在明白了，雖然那時我可失望了。安，你知道的，你對羅爾非常不好。」

「我了解，不過他現在已經恢復了。」安微笑著說。

「喔，是的。他已經結婚了，而且他的太太是個可愛的小女人，同時他們也過得很快樂。每樣東西都是爲了善而結合的。喬以及聖經是這樣說的，而他們是相當好的專家。」

「亞力克和阿蘭索結婚了嗎？」

「亞力克結婚了，但是阿蘭索還沒。安，當我和你談話的時候，讓我想起了那些在芭蒂之家非常珍貴的舊時光！我們那時候是那麼地愉快啊！」

「你最近有去過芭蒂之家嗎？」

「有啊，我常常回去呢。芭蒂女士和瑪利亞小姐仍然坐在壁爐旁邊編織。對了，這讓我想起來了，我們幫她們帶來了她們送你的結婚禮物，安，猜猜看是什麼禮物吧。」

「我猜不出來。她們怎麼會知道我要結婚的消息呢？」

「哦，是我告訴她們的。上星期我才去過她們家，而且她們都很關心。兩天前芭蒂女士寫了張便條給我，請我過去，然後她問我是否可以幫她轉送禮物給你。安，你希望得到芭蒂之家的什麼禮物啊？」

「不會吧，你是說芭蒂女士要把她的陶瓷小狗送我嗎？」

「答對了。它們就放在我的皮箱內，而且還要給你一封信。等一下喔，我現在就拿給你。」

「親愛的雪莉小姐，」芭蒂女士寫道：「當瑪利亞和我聽到你的婚禮消息，我們都感到非常關心，希望獻上最深的祝福。瑪利亞和我一直都沒有結婚，但是我們不反對別人這樣做。我們決定將陶瓷小狗送給你，我本來打算在遺囑之中將它們留給你的，因為你似乎很喜愛它們。但是瑪利亞和我估計要活很久的呢（悉聽神意），所以我決定，趁你年輕時就將這些小狗送給你。請謹記：『狗狗』是向右看的，而『馬狗狗』是向左看的。」

「只要想像那些可愛的小狗以後將坐在我的夢幻小屋的壁爐邊，我就好快樂喔！」安興高采烈地說著，「我從沒預期到這麼愉快的事。」

那一夜，綠色屋頂之家忙著準備隔天的婚禮，但是在黃昏時，安悄悄地離開了屋子。在少女時期的最後一個夜晚，她必須做一個小小的朝聖之旅，而且必須獨自完成。她走到馬修長眠的地方，就是位於白楊樹蔭下的艾凡里小墓園，那裡還保留了舊時記憶與不朽之愛的舊時約定。

「如果馬修仍在世，那麼明天他會有多高興啊。」她低語著。「但是我相信，他要是知道我要結婚了，一定會很高興，只是他在別處而已。我曾在某個地方讀過『我們死去的親人一直都存在著，直到我們已經忘記他們』。馬修永遠都活在我心中，因爲我絕對不會忘記他的。」

她將帶來的花朵放在馬修的墳前，緩緩走下了長長的斜坡。那是一個慈祥的夜晚，充滿令人愉快的燈光與影子。西方的天空是一大片染上深紅色以及琥珀色的卷積雲，中間帶著長條狀的蘋果綠天空。更遠處是閃耀著落日餘暉的海洋，黃褐色的海岸不時傳來海浪聲，圍繞她的則是橫臥在纖細、美麗的鄉間寂靜中，她所熟知以及長久喜愛的山丘、田野及樹林。

「歷史不斷地自我重複。」吉伯在她經過布萊斯家門口時與她會合。「安，你記得我們第一次走下山坡的情境嗎？那是我們第一次一起散步。」

「在某個黃昏，我從馬修的墓地要回家時，你正走出大門，而我拋開多年的自尊開口。」

「而所有天堂之門就在我面前開啓。」吉伯補上一句。「從那一刻開始，我就盼望著明天的到來。那一晚，我在你家門口與你道別，在回家路上，我覺得自己是世上最快樂的男孩，因爲安已經原諒我了。」

「我認爲自己才要請求你的原諒呢。我是一個不知感恩的壞蛋，還有那天你在池塘救我一命後，我仍不知感恩。剛開始我是那麼不喜歡一大堆的責任！我不值得擁有給予我的幸福。」

吉伯笑著，更加握緊她那隻戴著訂婚戒指的手。安的訂婚戒指是枚珍珠戒指，她拒絕戴上鑽戒。

「自從我發現它們的顏色不是我夢想中的紫色之後，我就不曾眞正喜歡過鑽石。它們會讓我一直想起舊時的失望。」

「但是根據古老的傳說，珍珠是代表眼淚的。」吉伯反對她。

「我才不害怕，而且眼淚不只代表悲傷，它也代表快樂。我最快樂的時刻就是眼中充滿淚水的時刻，就像瑪麗拉告訴我可以留在綠色屋頂之家、馬修送我第一件禮服，以及當我聽到你的身體復原的時候。吉伯！你送我珍珠作爲訂婚戒指，我願意帶著歡樂迎接生活的傷悲。」

可是我們的這對戀人，今晚只想著歡樂而沒有傷悲。翌日就是他們的婚禮了，而他們的夢幻小屋，正在四風港灣那個罩著霧的紫紅色海岸等待他們的到來。

第4章

綠色屋頂之家的第一個新娘

結婚當天清晨，當安醒來時，她發現陽光就在小巧的門廊山牆窗外閃耀著，九月的微風正與窗簾追逐著嬉鬧。

「我好高興陽光即將照耀著我。」她高興地想。

她回想起在那個小巧的門廊房間第一個起床的清晨，那時的陽光也在不知不覺中，穿過「白雪女王」的花朵飄至她的身上。那不是一個快樂的早晨，因爲它帶來了前晚的痛苦失望。但是自那時起，這個小房間就已經被多年的快樂童年夢想及少女憧憬受到喜愛與尊崇。她很高興回到了這個房間，當她認爲吉伯就要死去時，曾經痛苦地在窗前整夜跪禱；訂婚當晚，她也坐在窗邊高興得說不出話來。這裡保留了許多歡樂以及悲傷的祈禱，但是今天她就要永遠離開它了。

從今以後，它再也不屬於她；當她離開的時候，十五歲的朵拉就要來繼承它，要不然安也不希望讓給別人。這個小房間是青春少女專用的，在她以爲人妻的身分揭開人生新頁以前，這些美好終將留在往昔，鎖緊在這一個小小房間裡。

上午的綠色屋頂之家是忙碌與快樂的，黛安娜早就來幫忙了，還帶著小佛雷德以及小安．蔻蒂莉亞，綠色屋頂之家的雙胞胎德比與朵拉就把兩個小傢伙帶到花園去。

「不要讓小安·蔻蒂莉亞弄髒了她的衣服啊。」黛安娜焦急地警告。

「你可以放心把她交給朵拉照顧。」瑪麗拉說，「那孩子比我認識的大部分母親還要細心。在某些方面，她可眞是個奇才，不像我養育的其他小孩子魯莽。」

瑪麗拉隔著雞肉沙拉對安微笑，其實是在暗喻她終究是個魯莽的小孩。

「那對雙胞胎眞的很好。」林德夫人確認過雙胞胎聽不見她的話後，說道：「朵拉可眞有女人該有的樣子，做起事來手腳又十分俐落；而德比正在成長爲一個聰明的男孩，他不再是以前那個令人討厭的淘氣小孩了。」

「在他初來乍到以前，我從沒像在這半年時間裡感到這麼精疲力盡過。」瑪麗拉承認，「在那之後，我想我已經習慣他的行爲了。他最近倒是非常想要務農，並且希望我明年可以讓他嘗試管理農場。因爲貝瑞先生不認爲他可以把農場租用給他太久，加上我也得做一些新的安排，所以我同意了讓他來試一試。」

「好吧，安，你的婚禮當然是美好的，但如果你把婚禮委託給伊登公司籌備的話，那麼就是好上加好了。」黛安娜在匆忙穿上一件寬鬆圍裙時順便說道。

「確實如此，這個島上有太多錢都是被伊登賺走了。」林德夫人忿忿不平地說，她絕對不放棄任何公開發表此意見的機會。「而且它們的商品型錄現在已經成爲艾凡里女孩們的聖經了，就是這樣。她們在禮拜日鑽研它們，而不是從神聖的聖經裡學道理。」

「嗯，它們的型錄很精美，可以讓小孩子們很快樂。」黛安娜說道。「佛雷德以及小安看那些圖片的時間，都是以小時計算的。」

「我不需要伊登的型錄就可以同時讓十個小孩子歡樂了。」林德夫人嚴肅地說。

「好了，兩位，不要再爲伊登的型錄爭吵了。」安興高采烈地說。「你們知道的，今天是屬於我的日子。我非常快樂，我要每一個人也都擁有同樣快樂。」

「孩子，我確信我希望你永遠快樂。」林德夫人嘆著氣。她是眞心如此希望，並且相信這是肯定能實現，但是她擔心這心態具有太過公開挑戰上帝來誇耀你的快樂的疑慮。假若安要爲了她自己好，必須減少開玩笑的態度。

哇，在九月的那天中午，從那個老舊但已鋪上地毯台階走下來的人，是一個快樂又漂亮的新娘——綠色屋頂之家的第一個新娘，在她的新面紗之下，是她那雙細長閃亮的眼睛，手上滿是玫瑰。在底下大廳等候她的吉伯以愛慕的雙眼看著她，最後她終於是屬於他的了，他難以捉摸、長久追求的安，經過多年的耐心等待後，終於把芳心交付予他。

在新娘到來時，新郎已經甜蜜地屈服在新娘之下了。他配得上她嗎？他能夠依照自己所希望的讓她快樂嗎？如果他辜負了她，如果他無法符合她所設定的標準……然後，當她伸出她的手，在他們眼神交會時，所有疑慮都在快樂的必然中掃除殆盡了。他們屬於彼此，而且不管他們會擁有何種生活，都無法改變他們已經結婚的事實。他們保存彼此的幸福，而且兩人都是無畏的。

他們在陽光下的舊果樹園結婚，被親密朋友的深情與親切的臉孔所圍繞。亞倫先生爲他們證婚，而喬牧師爲他們禱告，瑞雪．林德夫人事後表示喬牧師的禱告辭是她所聽過「最美麗的婚禮禱告」。小鳥在九月通常是不唱歌的，但是當吉伯與安重述他們的永恆誓言時，有一隻躲藏在大樹枝上的小鳥用悅耳的歌聲歌唱起來。安聽到了，感到非常興奮；吉伯聽到了，卻納悶著怎麼只有一隻鳥唱著令人喜悅的歌曲呢？保羅聽到了，後來以此寫了一首抒情詩，那也是他的第一本詩集中最被稱讚的一首詩；喬洛特四世聽到後，喜悅地確信那歌聲將會帶來好運。那隻小鳥一直唱著直到典禮結束，然後以一聲短暫狂熱與興奮的啼囀作爲結束。

被果樹園環抱在中間的這座灰綠色老房子，從來沒有經歷過這種歡樂愉快的下午。從伊甸園衍生而來，爲婚禮必須準備的舊時玩笑話全被端出來了，那是他們從來不曾說過的新鮮、燦爛以及刺激歡笑，到處都是隨心所欲的笑聲與歡樂。

而當安與吉伯準備搭乘火車前往卡摩地時，是由保羅載他們過去的。雙胞胎已經準備好米粒和舊鞋子，由喬洛特四世和哈里森先生投擲出去，藉以代表勇敢的分離。瑪麗拉站在門口，目送四輪馬車消失在邊坡長滿秋麒麟草的小路上。

安站在小路盡頭，最後一次轉頭揮手道別。她已經離開了——綠色屋頂之家再也不是她的家了，當瑪麗拉回頭看著那個十四年來被安塡滿光亮與生命的房子時（即使安不在家），她的臉色看起來是十足蒼白與年老的。

但是黛安娜和她的小孩們，以及從艾科旅館來的人們還有亞倫一家人，在安出嫁後的第一個夜晚，都留下來陪伴兩位寂寞的老女士。他們設法營造一個舒適快樂的晚餐時間，繞著桌子輪流坐了一圈，並且聊著那天發生的所有事情。當他們坐在屋裡吃飯聊天時，安與吉伯已經從格蘭聖瑪莉下了火車。

第5章 到家了

大衛・布萊斯醫生派遣他的四輪輕便馬車前去迎接新婚夫婦，而駕著馬車的那個頑童，同情地露齒而笑、悄悄離開，讓夫婦倆能夠愉快駕著馬車，穿過洋溢幸福的夜晚前往他們的新家。

安無法忘記他們駕著馬車通過村莊後的山丘時所見的美好景象。雖然還看不到她的新家，但是展現在她眼前的四風港灣，就像一面巨大通紅且閃爍著銀色光澤的鏡子。在更深遠處，她看到港灣入口介於沙丘沙灘以及陡峭、高聳、險惡的紅色沙岩峭壁之間。沙灘另一邊就是平靜與樸素的海洋，沉醉於晚霞的幻想之中。

小漁村依偎在沙丘與海岸交會的小灣中，看起來彷彿薄霧裡的高貴蛋白石。天空就像是裝飾著寶石的杯子，而薄暮從其中傾瀉而下；清新的空氣帶著濃濃的海洋氣息，整片景色充滿了海洋夜晚的纖細。一些遠處的船隻沿著被冷山覆蓋且越來越暗的灣岸漂流著，遠端一間白色小教堂的鐘塔正在悠悠響著鐘聲，柔美夢幻的鐘聲飄浮穿過了海水，交錯著海洋的低吟。峭壁上巨大的旋轉燈塔在海峽上閃出溫暖的金色光芒，投射在晴朗的北方天空，就像一顆帶著美好希望的星星。沿著地平線見到遠處，一艘輪船經過，冒出的蒸氣形成一長段捲曲灰白色的緞帶。

「啊！漂亮，眞的好漂亮。」安低聲說著。「我一定會愛上四風的，吉伯。我們的屋子在哪裡呢？」

「我們在這裡還看不到，從那個小灣開始往上連續的白樺樹林把它藏起來了。它距離格蘭聖瑪莉大約兩哩遠，而從小屋到燈塔之間又距離了一哩。安，我們不會有很多鄰居。我們家附近只有一間房子，但是我不知道誰住在裡面。如果我不在家的時候，你會感到寂寞嗎？」

「有那個燈塔以及美景相伴就不會。不過，吉伯，誰住在那間屋子裡啊？」

「我不知道耶。安，它的住戶看起來跟我們志趣不同，對吧？」

那是一間又大又堅固的房子，漆成鮮明的綠色，與它對比之下，整個風景就相形遜色了。它的後面有一片果園，前面是一片整理得很好的草坪，不知怎麼的，卻有一種空無的感覺，也許就是因爲它的整齊才造成這種感覺。整棟房子，包括屋子、馬房、果樹園、花園、草坪，以及車道都是那麼毫無掩飾的清潔。

「使用那種審美觀爲屋子上漆的人，不太可能是非常眞性情的人。」安承認，「除非那是一個意外，就像我們的藍廳。至少我確信裡面一定沒有小孩子。它甚至比托利街上的克布宅邸還要整齊，而且我絕不會期待有任何比那個更整齊的東西。」

在沿著灣岸蜿蜒的微濕紅色道路上，他們沒有遇到任何人。但就在他們即將到達白樺樹林區以前，安看到一個女孩，在右邊如天鵝絨般柔軟光滑的綠色山丘上驅趕一群雪白的鵝。巨大分散的冷杉沿山丘生長，在它們的樹幹之間，可以瞥見黃色收成的田野、金色沙丘的閃光以及一點點的藍色海洋。那個女孩高高的，穿著一套淡藍印花布衣服，她以挺直的體態踩著輕快的步伐。當安與吉伯經過時，她和她的鵝群正從山腳下的大門走出來。她站著以手將大門閂住，並且鎮定地看著他們，帶著一種不大感興趣的表情，但也並非來自於好奇心。

安卽刻察覺有一種模糊暗示的敵意，但是女孩的美麗讓安短暫屏息，那樣的美麗卽使在任何地方都會吸引很多人的注目。她沒有戴帽子，而是將光亮帶著成熟小麥色澤的頭髮綁成一束麻花辮，纏繞在她的頭上，就像是一頂小冠冕；她藍色的雙眼就像星星一般，體態在樸素的印花長袍下是非常美麗的；而她的雙唇，就像她繫在腰帶上的一串血色罌粟花一樣深紅。

「吉伯，我們剛剛看到的那個女孩是誰呀？」安低聲詢問。

「我沒有看到任何女孩啊。」吉伯回答，他的眼中只有新娘。

「她就站在門口那裡——你不要回頭看，她仍在看我們。我從未看過這麼漂亮的臉蛋。」

「我不記得看過她。在格蘭有幾個秀麗的女孩，但是我想還談不上是美麗的。」

「那個女孩就很漂亮。你不可能看過她，要不然你一定會記得。沒有人能夠忘了她。除了圖片以外，我從來沒有看過這樣美麗的臉蛋，還有她的頭髮！它們讓我想起布朗寧的『金縄子』以及『華麗的蛇』！」

「或許她是來四風的某個訪客，很可能是來自於港口那邊的大型夏季旅館的客人。」

「她穿了一條白色圍裙，還趕著鵝群呢。」

「也許她只是為了樂趣而那樣子做。安，你看，我們的房子就在那裡。」

安看到了房子，並且暫時忘掉那個擁有一雙璀璨眼睛，卻表達出怨懟的女孩。她第一次瞥見她的新房子，是賞心悅目的，它看起來就像一顆擱淺在灣岸的淡黃色大貝殼。一列列細高的白楊樹沿小徑宏偉直立著，迎著天空的紫紅色剪影。

屋子後面是一座花園，由陰鬱的冷杉木保護著以免受到太過強烈的海風吹襲，當風吹來的時候，就可能成為各種奇特又難以忘懷的音樂。就像所有的樹林一樣，其幽暗處似乎保留有全部秘密，那些秘密的魔力是只有在進入它們並且耐心搜尋之後才可以贏得的。在外表上，暗綠色的大樹枝讓它們免於受到好奇或是冷淡的眼神所侵犯。

當安與吉伯駕著馬車走在白楊木小徑上時，晚風開始在遠處沙灘上愉快地跳動，而在港口那邊的漁村也點綴著燈火。當小屋的門開啓，爐火光線照射到黑暗之中。吉伯把安抱下馬車後，帶著她走向花園，穿過樹頂微紅的冷杉之間的小門，走上整齊的紅色小徑，踏上沙岩製的台階。

「歡迎回家。」他低聲說著，同時手牽手跨過他們夢幻小屋的門檻……

第6章 吉姆船長

「老大衛醫生」以及「大衛醫生夫人」來到小屋招呼新娘與新郎。老大衛醫生是一個高大、直爽、留著白鬍鬚的老人，而大衛醫生夫人是一位姿儀端正、擁有紅潤雙頰和銀白頭髮的嬌小婦人，她一看到安就立刻喜歡上她了，那是一種真實的喜歡。

「親愛的，我好高興看到你。你一定非常累了。我們已經準備好晚餐，吉姆船長還帶了一些鱒魚來給你。吉姆船長，你在哪裡？哦，我猜他已經溜出去照料馬兒了。我們到樓上放置你的東西吧。」

當安跟著醫生夫人上樓時，以她那雙明亮、表示讚賞的雙眼環顧著她的四周。她非常喜歡新家的外觀，它看起來有綠色屋頂之家的氣氛，以及她舊時傳統的味道。

「我想如果伊麗莎白．羅素小姐還在的話，我會是她『志趣相投的朋友』。」當安獨自在房裡時，她這麼低語著。房間裡有兩扇窗戶，從屋頂窗往外看到的是下港灣、沙洲以及四風燈塔。

「在失落的仙域裡引動窗扉，有一名麗人凝望大海險惡的浪花。」

安輕聲地引述詩句。山牆上的窗戶可以看到一個小小的金黃色溪谷，一條小溪穿越其中。在小溪往上半哩處，是目視可及的唯一一間房子，那是一棟老舊、雜亂、陰暗的房子，四周圍繞巨大的柳樹，透過這些柳樹隱約可以看見它的窗戶，就像一雙害羞的雙眼在幽暗中搜尋。安想知道是誰住在裡面，離她最近的鄰居是誰，而且她希望他們是和善的。突然間，她發現自己正在想著那個與一群白鵝在一起的漂亮女孩。

雖然，吉伯認爲她不是這裡人。安沉思著。但我確信她是這裡的人，在她身上的某些特質，讓她成爲海洋、天空以及港灣的一部分，四風在她的血液裡流動著。

當安走下樓，吉伯正在壁爐前與一個陌生人談話。在安進入時，兩人剛好轉頭去看。

「安，這位是包伊德船長。包伊德船長，這位是我的妻子。」

那是吉伯第一次以「我的妻子」而不是「安」來向他人介紹她，而且尷尬地想避免露出他的驕傲。老船長伸出有力的手到安面前，他們相視而笑，立即成爲朋友。志趣相投的人們很快就能認出彼此。

「布萊斯太太，能夠認識你眞的讓我感到非常高興，而且我希望你將會跟來到此地的第一位新娘一樣的快樂，這是我對你最好的祝福了。不過你先生沒有正確地將我介紹給你。平常人家都叫我『吉姆船長』，隨便你怎麼稱呼。布萊斯太太，你眞是一個非常可愛的小新娘，看著你讓我有那麼點兒覺得自己也才剛結婚的感覺。」

在笑聲之中，大衛醫生夫人慫恿吉姆船長留下來與他們共進晚餐。

「謝謝你的體貼，夫人，那會是非常誠摯的款待。大部分時間我都必須獨自用餐，看著鏡子反射我自己醜陋的老面孔來陪伴我。我並不常有這種機會，可以與兩位如此親切、漂亮的女士們坐在一起。」

吉姆船長的讚美如果是寫在紙上，看起來可能會非常露骨，但他是以非常優雅、溫和與尊敬的語調及眼神說出來的，讓受到這些讚美的女子們感覺自己就像是高貴的女王。

吉姆船長是一位非常熱情、心地善良的老男人，但是他的雙眼以及精神卻是永遠年輕的。他有一副高大笨拙的身材，有點駝背，可是足以令人聯想到力氣大以及具有耐力等形容；古銅色的臉上布滿深深的皺紋，而且鬍子刮得很乾淨；長而密的鐵灰色頭髮快要長到肩膀上，尤其那一雙藍色的眼睛深邃而有韻味，時而閃亮時而夢幻，有時更以充滿思索的眼神朝海洋望去，似乎在搜尋某些珍貴與遺失的事物。直到有一天，安才知道吉姆船長在看什麼。

無可否認，吉姆船長是一位生得樸實無華的男人。瘦削的下巴、粗糙的嘴唇以及方形的面容都不屬於漂亮外貌的範疇；而且他已經歷過許多艱難與傷痛，那些都在他的身體和心靈上留下痕跡。但是在安第一眼看到他時，只覺得他是個直率的人，而沒有其他任何想法——閃耀的心靈穿透那處粗糙的棲息之所，讓它完全變美了。

他們快樂地圍坐在餐桌旁。爐床的火驅散了九月夜晚的寒氣，但是餐廳窗戶是敞開的，所以海風可以快樂隨意地自由進入。那幅景象十分動人，可以看到港灣也能眺望低處，而從遠處看到的是紫紅色的山丘。餐桌上滿滿都是醫生夫人準備的佳餚，不過毫無疑問地，主菜就是那一大盤鱒魚。

「在旅行之後，牠們是挺美味的。」吉姆船長說。「布萊斯太太，這些魚可新鮮的呢。兩小時之前，牠們還在格蘭的池塘裡游泳哩。」

「吉姆船長，今晚是誰在照料燈塔啊？」大衛醫生問。

「我的姪兒亞歷克。他非常了解燈塔。我很高興你們邀請我共進晚餐。我是眞的餓了——如果沒有留下來，那麼今天的晚餐可沒有很多東西可以吃呀。」

「我相信你在燈塔的大部分時候都是餓著肚子的。」醫生夫人嚴肅地說。「準備一頓像樣的餐不會造成你的麻煩的。」

「喔，有的，醫生夫人，我有準備餐食啦。」吉姆船長爲自己辯護。「哎呀，通常我都過得像國王一樣。昨晚我到格蘭買了兩磅牛排回家，本來今天晚上我會有非常棒的晚餐的。」

「那些牛排後來怎麼了？」醫生夫人問，「在你回家的路上不見了嗎？」

「不是。」吉姆船長看起來有點羞怯，「當我要就寢時，一隻可憐的普通小狗跑來請求借宿一晚。我猜牠是某個漁夫的小狗。我不能將那隻可憐的狗趕走，因爲牠的一條腿受傷啦，所以我把牠關在走廊上，並拿一個舊袋子讓牠躺在上面，然後我就去睡覺了。但是不知怎麼的，我就是睡不著，一直想著牠，然後稍微想起來，那隻狗看起來肚子挺餓的。」

「然後你就把牛排給了牠——全部的牛排？」醫生夫人用一種勝利的口吻指責他。

「哎呀，我沒有其他東西可以給牠吃啊。」吉姆船長不以爲然地說。「小狗不會在乎吃什麼東西。我覺得牠是眞的肚子餓，因爲牠兩口就吃完了。餵完牠我就睡得很好，但是我的晚餐就有點不足了，只剩下無味的馬鈴薯。那隻狗在早上跑掉了，我想那小傢伙不是吃素的。」

「爲了一隻不重要的小狗讓你自己挨餓？」醫生夫人嗤之以鼻。

「你不了解，牠對某人來說可能是很重要的啊。」吉姆船長辯道：「牠看起來也許沒什麼重要性，但是你不可以依照外表來評斷一隻狗，就跟我一樣，牠的內在可能是很漂亮的。我可以允許我的貓兒——大副有不同的意見，牠的言語具有說服力，但是大副是有偏見的，拿貓對於狗的意見來做評斷是沒有意義的。總之，我的晚餐不見了，所以在這麼令人愉快的朋友們陪伴下，享用這麼美好的盛宴，眞是很令人高興啊。有好鄰居眞的是很棒的一件事。」

「住在靠近小溪旁柳樹群中的那間房子是什麼人啊？」安問著。

「那是迪克．摩爾太太。」吉姆船長說，「和她的丈夫。」他的語氣彷彿是事後才想起補充上這人的介紹。

安微笑以對，並且依照吉姆船長描述的方式，在心裡推敲迪克．摩爾太太的樣子；很顯然，她是第二個瑞雪．林德夫人。

「布萊斯太太，你在這裡不會有很多鄰居。」吉姆船長繼續說：「在港口的這一邊非常少人定居，大部分土地都是屬於霍華德先生，從那邊到格蘭都是，都給他出租來作爲牧場。港口的另一邊現在住滿了居民——特別是馬克亞里斯特家族，那裡有一個完全屬於馬克亞里斯特家族的聚居地——不要隨便把一顆石頭扔進去，因爲有可能就砸中任何一個馬克亞里斯特人。不久前，我跟老里昂．布雷克奎爾聊天，他整個夏天都在港口工作。他告訴我：『那裡幾乎全部是馬克亞里斯特家族。有尼爾．馬克亞里斯特、仙蒂．馬克亞里斯特、威廉．馬克亞里斯特、亞歷克．馬克亞里斯特以及安格斯．馬克亞里斯特——而且我相信還有惡棍．馬克亞里斯特。』」

「那裡還有幾乎一樣多人的伊利爾特家族以及克勞復家族。」大衛醫生在笑聲平息後說道。「吉伯，你知道的，住在四風這邊的居民有一句俗話：『上帝將我們從伊利爾特家族的自大、馬克亞里斯特家族的驕傲以及克勞復家族的虛榮中解救出來。』」

「然而，他們之中還是有很多好人。」吉姆船長說。「我與威廉．克勞復一起航行許多年，他的勇氣、耐力以及眞誠，沒有人比得上。在四風另一邊的人們比較聰明，也許那就是爲什麼有人想要指責他們。眞是奇怪，對不對？人們似乎會因爲別人比他們聰明一點點兒而感到怨恨。」

大衛醫生笑了笑後平靜下來，他與港口那邊的人已經纏鬥四十年了。

「什麼人住在那間明亮翠綠的房子裡啊？」吉伯問道。

吉姆船長高興地笑著。

「那是柯妮莉亞．布萊恩特小姐。看在你們是長老會教徒，她可能不久之後就會來拜訪你們了。如果你們是衛理公會的教徒，她根本就不會來。柯妮莉亞極端厭惡這一派教徒。」

「她眞的是個怪人。」大衛醫生咯咯笑起來。「一個最頑固的男性憎惡者！」

「酸葡萄心理嗎？」吉伯笑著詢問。

「不，不是酸葡萄心理。」吉姆船長嚴肅地回答。「柯妮莉亞年輕時是有機會選擇到她自己的男人的。卽使是現在，她也只是講那些話來刺激那些老鰥夫，但她似乎天生就對於男人以及衛理宗有長期的怨恨。她是四風這裡講話最激烈但也是心腸最好的人，每當有困難發生而她也在場時，她會以最體貼的方式盡可能給予幫助。她從來沒有對女人們說出惡劣的話，而且如果她要的話，她會使些妙計來對付我們些可憐的無賴漢，不過我猜我們的老臉皮還承受得了。」

「吉姆船長，她一直在說你的好話。」大衛醫生夫人說。

「是的，恐怕是這樣吧。但是我不完全喜歡這樣，那讓我覺得我的性格上好像有一點反常似的。」

第7章 老師的新娘

「吉姆船長，來到這間房子的第一位新娘是誰啊？」晚餐後大伙圍坐在壁爐前，安問道。

「她是我聽過有關房子的故事的一部分嗎？」吉伯問道。「吉姆船長，有人跟我說你可以講述這個故事。」

「嗯，是的，我知道那個故事。我想現在住在四風這裡的人，我是唯一還記得師娘初來乍到這個島嶼樣子的人了。她已經去世三十年了，但卻是你永遠都不會忘記的人。」

「告訴我們這個故事吧。」安懇求道。「我想要找出曾經住在這間小屋的女人的故事。」

「喔，只有三個女人住過這裡，那就是伊麗莎白．羅素、耐德．羅素夫人以及老師的新娘。伊麗莎白．羅素是一個可愛聰明的小傢伙，而耐德夫人也是個可親可愛的女人，但她們跟老師的新娘是完全不同的。」

「那個老師叫作約翰．席爾溫，我十六歲的時候，他從故國來到格蘭教書。被遺棄外放到愛德華王子島教書的人是非常不一樣的。在他們那個時代，大部分外放教書的人都是聰明、酗酒的人，在他們清醒時會教導孩子讀、寫、算，在不清醒的時候會粗暴地謾罵。但是約翰．席爾溫是一位優秀、英俊的年輕人。他乘坐父親的船來到這裡，雖然他比我年長十歲，但我們兩個人是好朋友，我們一起閱讀、散步並且談論許多事情。

「我猜他知道至今爲止所有被寫下來的詩，而且他習慣在夜晚時分，沿著灣岸引述給我聽。我爸爸認爲那是非常浪費時間的事，但他似乎可以忍受，因爲他希望那樣子可以讓我打消出海的念頭。啊，但那是不可能的，我的媽媽來自於海洋家族，而那也是我與生俱來的。不過我喜歡聽約翰的朗讀與吟誦。那已是將近六十年前的事了，但我還可以背誦很多從他身上學到的詩。將近六十年了！」

吉姆船長沉默了一會兒，凝視著灼熱的爐火回憶往事。然後，他嘆口氣後繼續說起故事。

「我記得那是某個春天的夜晚，我在沙丘上與他見面，他看起來有點情緒高漲——布萊斯醫生，就像你今天將布萊斯太太帶來這裡一樣，而且當我看到你的那一刻就想到了他。他告訴我，他在家鄉有一個心愛的人，而她將要來此與他會合。那時候的我是一個自私、低劣又笨拙的年輕人，聽到這個消息並沒有很高興，因爲我只想到在她來了之後，他就不會像以前一樣跟我是那麼要好的朋友了，但是我的反應足夠恰當，所以沒有讓他發現。

「他告訴我關於她的所有事。她的名字叫作佩席絲．莉，如果不是因爲她的大伯，她早就和他一起來了。佩席絲．莉的大伯生病了，而且自從她的父母去世後，就是由她一直照顧他，所以她不願意離開家。而現在那位大伯已經去世了，所以她就要前來與約翰．席爾溫結婚了。在那時代，一個女人家這樣子旅行是很不簡單的。提醒你們！那時候可沒有輪船啊！」

「『你預計她何時會抵達？』我問。

「『她要搭乘六月二十日出發的皇家威廉號。』他回答。『所以應該在七月中旬抵達這裡。我必須請木匠強森為我建造一個家。我今天收到她寄來的信，在拆開信件前，我就知道對我而言那是一個好消息了。幾天前的夜晚我才看到她呢。』

「我不了解他的意思，雖然他解釋了，但我還是不甚了解。他說他有一種天賦——或者說是一種詛咒。布萊斯太太，一種天賦或詛咒是他自己說的喔。他不曉得應該歸類為哪一種，他說他的曾曾祖母也有這種能力，但是她卻因為這種天賦被人們視為巫婆而將其燒死。他說那是一種奇怪的魔力——就像是催眠狀態，我想那是他給它們的名稱，而且他又再一次感受到了。醫生，有這種東西嗎？」

「的確有人會進入催眠狀態。」吉伯回答。「心理學方法在這方面的研究比醫學還多。這位約翰．席爾溫呈現出來的是哪種催眠狀態呢？」

「就像作夢一樣吧。」老醫生懷疑地說。

「他說他可以在催眠狀態時看到東西。」吉姆船長緩慢地開口。「請注意，我現在告訴你們的一切，正是他所說的——發生的事情——將要發生的事情。他說那些事有時會讓他感到安慰，有時候卻是恐怖的。在這之前的四個夜晚，他就產生了一次催眠狀態，那是發生在他坐著注視爐火的時候，而且他看到一間很熟悉的英格蘭式舊房間，佩席絲．莉就在裡面。她伸出了雙手，看起來是高興且幸福的，所以他知道，他將會收到她的好消息。」

「一個夢，只是一個夢。」老醫生嘲笑起來。

「正是如此。」吉姆船長承認道。「我那時也是這樣子說。這樣子想是更安慰的，我不喜歡去想他是以何種方式看到東西，那眞的很怪異。『那不是夢。』老師說，『我不是夢到它的，但是我們不要再談論這個了。如果你過於鑽研這件事，你就不再是我的好朋友了。』

「我告訴他，沒有什麼可以減少我和他的友誼，但他只是搖著頭說：『小伙子，我知道。我之前曾經因爲這樣而失去朋友，但是我沒有責怪他們。曾經有一段時間，我也因爲這件事情而無法善待自己。這種力量含有一點神性，不管是好的或是壞的神性，對於太過接近上帝或是惡魔的力量，我們這些凡人必須有意識地迴避。』

「那些就是他所說的話，我對它們記憶猶新，就像昨日一樣，雖然那時候的我無法確切理解他的意思。醫生，你認爲他的意思是什麼？」

「我懷疑他是否了解他自己的意思。」大衛醫生不耐煩地說。

「我了解他的意思。」安低聲道。她還是以昔日的習慣，緊閉雙唇，以閃亮的雙眼聆聽。在吉姆船長繼續他的故事以前，他以一個讚美的微笑犒賞自己。

「嗯，相當快的，格蘭以及四風所有人都知道，老師的新娘要來了，而且大家都很高興，因爲他們都很爲他著想，每個人對於他的新房子也都感到興趣，那就是這間房子。這個地點是他選擇的，因爲從這間房子可以看到港灣，並且聽到海浪的聲音。外面那一座花園是他爲了他的新娘所建造，但是他沒有種白楊樹，那些樹是耐德．羅素夫人所種。但是花園有雙排的玫瑰灌木叢，那是格蘭學校的女學生爲了老師的新娘而種的。他說粉紅的玫瑰就像她的雙頰，白色的玫瑰就像她的額頭，而紅色的玫瑰就像是她的雙唇。

「幾乎每個人都送了他一些小禮物，以便布置房子。當羅素一家人來到這個房子時，他們已經是小康的環境，並且將其配置得相當美觀，正如你們所看到；但是第一次進入這個房子，的確會感到家具眞是太過簡樸啦。然而，這間小屋充滿了愛，婦女們送來被子、桌巾與毛巾，有個男人爲她做了衣櫃，另一個人做了桌子等等。甚至連失明的瑪格麗特．包伊德老伯母，也使用了芳香的沙丘長草編織了一個小籃子，老師的太太多年來都使用它來存放手帕。

「嗯，最後，每一樣東西都準備好啦，甚至連壁爐的木柴都已經準備好要點燃了。不是現在這個壁爐，但是位置是相同的。現在這個壁爐是伊麗莎白小姐在十五年前整修房子的時候做的。那時候的壁爐是一個大型舊式的壁爐，你甚至可以在那裡烤一整隻牛。那時候我經常坐在這裡胡謅，就像今晚一樣。」

當吉姆船長短暫地與安和吉伯看不到的訪客約會時，整間屋子再一次沉靜。很久以前，這些過去的人們，帶著歡笑與新娘一般喜悅閃亮的眼神，與他一起圍坐在那個壁爐前，但是現在他們已經永遠安息在毗鄰教堂的墓地草皮之下了。在往昔的夜晚裡，孩子們的歡笑在這裡輕輕來回翻滾。在冬天的夜晚裡，朋友們在這兒跳舞、聽音樂、談天說笑，少年少女們在這裡懷藏夢想，對於吉姆船長而言，這個小屋的居住者是祈求著不要被遺忘的幽靈。

「這間小屋是在七月第一週建築完成的，然後老師就開始數日子了。我們常看到他沿著灣岸散步，然後我們就會對彼此說：『她很快就會和他在一起了。』

「本來預計她在七月中旬就會抵達，時間到了，她卻沒有出現。沒有人感到焦慮，因爲船隻延遲數日或數星期是很正常的。皇家威廉號延遲了一星期還沒有抵達，然後就過了兩星期，甚至三星期過去了，依然沒有出現，我們開始感到害怕了，而且越來越害怕。最後，我甚至不敢去面對約翰·席爾溫的雙眼。布萊斯太太，你知道嗎？」吉姆船長降低聲音：「我曾經認爲他的眼神看來，就像他的曾曾祖母被燒死那時所呈現出來的眼神。他從來沒有多說些什麼，只是渾渾噩噩地在學校教書，然後匆匆趕到岸邊，許多的夜晚裡，他從黃昏走到黎明。人們說他已經失去理智了，每一個人都放棄了希望，因爲皇家威廉號已經遲到了八個禮拜。那時候已經是九月中旬了，可是老師的新娘還是沒有來，我們認爲她永遠不會來了。

「然後，來了一場持續三天的強烈暴風雨，就在暴風雨結束的那晚，我走到岸邊。我發現老師就在那裡，雙臂交叉斜躺在一顆大岩石上凝視著大海。我對他說話，但是他沒有回答。他的雙眼似乎正看著一種我看不到的東西。他的臉孔是凝結的，就像一個死人。『約翰……約翰……』我就像是……就像是一個受到驚嚇的小孩叫著：『醒過來……醒過來！』

「然後那個陌生、可怕的表情似乎從他的眼神中稍微消退了。他轉頭過來看著我。我從來不曾忘記他那時的表情，從來沒有忘過，直到我最後一次航行。『沒事了，孩子。』他說：『我已經看到皇家威廉號航行到東岬了。她在黎明就會抵達這裡。明天晚上，我就可以與我的新娘坐在我自己的爐火旁邊了。』──你們認爲他眞的有看到嗎？」吉姆船長突然詢問。

「天曉得。」吉伯輕聲說。「偉大的愛情與極大的痛苦可能負有我們不知道的驚奇。」

「我相信他眞的有看到。」安認眞開口。

「廢……廢話。」大衛醫生說，但是這次沒有像平常那樣的自信。

「因爲，你們知道嗎？」吉姆船長嚴肅地說著：「皇家威廉號眞的在隔天黎明時刻停泊四風港了。在格蘭以及岸邊的每一個人都聚集在舊碼頭等著見她，老師整晚都在那裡看著，當她航進海峽時，我們眞的是好高興。」

吉姆船長的雙眼閃爍著。他們正在看著六十年前的四風港，一艘受過重擊的船航行穿過了日出的光輝。

「所以佩席絲．莉就在甲板上嗎？」安提問。

「是的，她以及船長的太太。他們經歷了一趟可怕的旅程，接連的暴風雨侵襲他們，糧食也都沒有了，但是他們最後終於抵達了。當佩席絲．莉踏上舊碼頭時，約翰．席爾溫擁抱住她，群衆們則是停止了歡呼並開始哭泣。我自己也哭了，雖然是陳年往事，但是我承認，感到難爲情的男孩掉下眼淚不是一件很有趣的事情嗎？」

「佩席絲．莉漂亮嗎？」安問道。

「這個嘛，我不知道你們是否會認爲那樣就是漂亮，我……並不知道。」吉姆船長慢慢地開口：「在某種角度上，你不會去思考她是否長得好看，因爲那並不重要。她就是有一種溫柔以及迷人的特質，讓人不得不喜歡她。喔，她是很討人喜歡的，那雙明亮的褐色眼睛、茂密光亮的棕色秀髮以及英國人特有的皮膚。在那一晚初點上燭光的時候，約翰與她就在我們這棟房子裡結婚了，來自各處的人都在那裡觀禮，之後我們所有人就把他們帶到這裡來。席爾溫太太點起爐火之後我們就離開，讓他們兩個坐在這裡，就像約翰在他的幻覺中所看到的情景那樣。奇怪的事情，眞是奇怪的事情！但我自己也看到過許多奇怪可怕的事情。」

吉姆船長像個智者般搖搖頭。

「這是一個珍貴的故事。」安說著，覺得只要聽過這一次，就已經讓她夠滿足的了。「他們在這裡住了多久呢？」

「十五年。在他們結婚後不久我就出海了。我就像是一個流浪漢，但是我每次航行回來，都會先來這裡而不是先回家，並且告訴席爾溫太太有關航行中發生的所有事情。整整十五年呢！他們兩個都具有一種幸福的天賦。如果你們注意到的話，有些人就像那樣，不管發生什麼事情，他們都會很快恢復快樂。他們爭吵過一、兩次，因爲他們兩個都是生氣勃勃的，但是席爾溫太太有一次以她特有的優美方式對我說：『當約翰與我吵架的時候，我覺得很害怕，但是除了吵架之外，我是非常快樂的，因爲我有一個這麼好的丈夫跟我吵架以及補償我。』

「後來他們搬到了夏洛特鎮，然後耐德．羅素買下這間屋子，並且將他的新娘帶到這裡。我記得他們是一對快樂的夫妻。伊麗莎白．羅素小姐是亞歷克的姊姊。她大約在一年之後過來與他們同住，她也是一個充滿歡笑的人。這間房子的牆壁一定是浸滿了歡笑以及美好的時光，布萊斯太太，你是我所看過來到這裡的第三個新娘，而且是最美麗的一個。」

吉姆船長挖空心思將那有如向日葵般的讚美，加上了紫羅蘭的優雅，使得安得意地接受了。那一夜的她看起來是最漂亮的，她的臉頰上是新娘紅潤的面色，她的眼中閃爍著愛的光芒，甚至連板著臉孔的大衛醫生都對她投以嘉許的眼光，在回家路上告訴他太太說，這位紅髮新娘子多少是有點漂亮的。

「我必須回到燈塔了。」吉姆船長宣布，「我今晚過得很快樂，非常好。」

「你一定要常常來看我們。」安說。

「我懷疑如果你們知道我非常有可能接受這個邀請的話，你們是否還會邀請我。」吉姆船長異想天開地談論起來。

「如果我是說眞的，我願意『眞心的』，就像我們習慣在學校說的一樣，你會用什麼方式來說你懷疑呢？」安笑著說。

「如果是這樣的話，我會來，因爲你很可能隨時都會糾纏著我，而且我也很得意地邀請你偶爾來拜訪我。通常沒人跟我說話，除了大副之外，感謝牠友善的心腸。牠是一個非常好的聽衆，並且比任何已知的馬克亞里斯特族人更不會放在心上，但是牠的口才並不好。你們還年輕，而我已經老了，但是我們的精神幾乎是一樣的。就像柯妮莉亞．布萊恩特小姐會說的，我們都是屬於認識約瑟夫的那一類人。」

「認識約瑟夫的那一類？」安困惑地反問。

「是的。柯妮莉亞將世界上所有人分成兩類，就是認識約瑟夫的一類，以及不認識約瑟夫的一類。如果有人與你意見完全一致，而且對於事情的想法也相當一致，在笑話上的品味也相同，那麼他當然就屬於認識約瑟夫的那一類。」

「哦，我了解了！」安因爲了解了意義而叫喊起來：「那就是我常說的『志趣相投的人』！」

「正是！」吉姆船長同意：「我們就是志趣相投的人，不管是什麼事情。布萊斯太太，當你今晚到來時，我就對自己說：『沒錯，她就是屬於認識約瑟夫的那一類。』而且我眞的很高興，我想，認識約瑟夫的那一類人就是誠懇善良的人吧。」

當安與吉伯與他們的客人走出門口時，月亮才剛剛升起。四風港口開始變得夢幻、魅惑以及迷人——一個令人入迷的避風港。它不會受到暴風雨掠奪，沿著小路的白楊樹生得高大灰暗，就像某些裝飾著銀甲的神秘組織的教士。

「我一直都喜歡白楊樹。」吉姆船長對他們揮舞長手臂說：「它們是公爵夫人的樹木。白楊木現在已經過時了，人們抱怨它們從頂部枯萎，看起來參差不齊。如果你沒有在每個春天冒著生命危險爬上輕型梯子去修剪它們的話，它們的確就會變成那副模樣。我總是這樣子幫伊麗莎白小姐修剪，因此她的白楊樹從來沒有破破爛爛的，所以她特別喜歡它們。她喜歡它們的高尚以及冷淡。它們不會與每一個湯姆、迪克以及哈利親切地交談。布萊斯太太，如果楓樹代表同伴，那麼白楊樹就是代表上流社會。」

「好漂亮的夜晚。」大衛醫生夫人在登上醫生的馬車時說。

「大部分的夜晚都是漂亮的。」吉姆船長說：「但是四風的月光讓我懷疑天堂上還能有什麼漂亮事物。布萊斯太太，月亮是我很好的一個朋友，自從有記憶開始，我就愛上她了。當我還是一個八歲孩子時，有一個夜晚我在花園裡面睡著了，當我獨自從夜裡醒來，眞是快要害怕死啦，那些陰影以及奇怪噪音是什麼東西啊？我動也不敢動一下，只是蜷伏在那裡發抖，可憐的小孩，好像世界上突然只剩下我一個人，而且那是個偌大世界啊。

「突然，透過蘋果樹的大樹枝，我看見月亮在看著我，就像是一個老朋友，而我立刻就感受到慰藉，然後就像獅子一樣勇敢地走回屋內。許多的夜晚，我在離這裡很遠的海洋上，從我的船上甲板看著她……爲什麼你們不肯叫我閉嘴趕快回家呢？」

那個美好夜晚的笑聲就這樣結束了。安與吉伯手牽著手繞行他們的花園散步，穿過花園一角的那條小溪則在白樺樹的樹蔭下泛起透明的漣漪。沿著河堤的罌粟花就像是月光的淺杯，由老師的新娘親手種植的花朵，在陰涼的空氣中散出它們的芳香，就像神聖昨日的美麗與祝福。安停頓在陰暗中汲取花香。

「我喜愛在黑暗中聞著花香。」她說，「這樣子可以抓住它們的精華。啊，吉伯，這就是我的夢幻小屋，而且我很高興，我們並不是第一對在這裡保有婚約的人。」

第8章 柯妮莉亞．布萊恩特小姐來訪

那個九月，是四風港一個充滿金黃與紫紅薄霧的月份——充滿陽光與月光的月份，沒有暴風雨的侵襲，沒有狂風的吹動。安與吉伯整理好他們的家，在岸邊漫步、在港灣裡划船、駕著馬車到四風以及格蘭，或是行駛過環繞灣岬的樹林，通過長滿蕨類植物的僻靜道路；總之，他們的蜜月是如此甜蜜，讓世界上任何一對愛侶都可能會感到忌妒。

「有過去這四個星期的生活，就算現在生命突然停止了，這一切都仍然是非常值得的，對不對？」安說著。「我不認爲能夠再次擁有這樣完美的四星期，但是我們已經擁有了。每樣東西——風、天氣、人們以及夢幻小屋——這些事物共同促成我們擁有了這麼愉快的蜜月，甚至從我們來到這裡之後就沒有下雨了。」

「而且我們沒有吵架。」吉伯逗弄著說。

「嗯，『那是讓我們的喜悅能夠滋長的最重要原因。』」安引述著。「好高興我們決定在這裡度蜜月。我們的蜜月記憶會永遠屬於這裡，在我們的夢幻小屋，而不是散布在陌生的地方。」

他們的新家當然有一種在艾凡里從沒發現過的浪漫氣息以及冒險氣氛。儘管安在艾凡里是住在可以看見海洋的位置，但是海洋並沒有親密地進入她的生活中；然而到了四風，她卻被海所包園，並且不斷地被它呼喚著。從她新家的每一扇窗戶，都可以看到它的不同面貌，它那縈繞於心頭的低語始終在她耳邊迴響。每天都有船隻航行停泊到格蘭的碼頭，也有船隻起航穿過日落、停泊到遠在地球另一端的港口裡。揚起白帆的漁船在清晨出海，並且在夜晚滿載而歸。水手及漁夫們沿著蜿蜒通紅的港灣道路，輕鬆愉快又滿足地行進。卻有一種事情將要發生的感覺——一種冒險以及遙遠的事情。四風的道路不像艾凡里那樣固定不變，它們有溝痕，風的變化也比較多；灣岸上的居民一直受到海洋的召喚，即使那些不回應它的召喚的人，也會感覺到顫抖以及不安，還有它的神秘與可能性。

「我現在了解爲什麼有些人必須出海了。」安說著。「當它是與生俱來的時候，那種有時來到我們身邊的慾望——航越日落——一定是非常迫切的。我不會懷疑吉姆船長是因爲這樣而離家。每當我看到一艘船航向了海峽，或是一隻海鷗飛越沙丘上，我都希望我正在那艘船的甲板上，或者有一雙翅膀，不是像鴿子『飛去得享安息』，而是像海鷗一樣疾馳進入暴風雨的中心。」

「安，女孩，你將會和我待在這裡。」吉伯懶洋洋地說。「我不會讓你飛離我而進入風暴的中心。」

傍晚時分，他們坐在他們的紅色沙岩門階上。周圍的大地、海洋及天空都是那麼寧靜，帶著銀色光澤的海鷗正在他們上空翱翔。地平線鑲著渺茫、桃紅色的拖曳雲朵，寂靜的空氣交織吟遊著風與浪的歌聲，淡淡的翠菊被霧氣所掩蓋，盛放在乾焦的草地上。

「我猜，必須整晚等著病人的醫生是不會非常喜愛冒險的。」安放任地說著。「吉伯，如果你昨晚睡得很好，你就會像我一樣進行幻想中的飛翔。」

「安，昨晚我做了一件好事。」吉伯平靜地說。「在上帝的見證下，我救了一條生命，這是第一次我可以眞正這樣子聲稱。在其他病例中我可能是有幫上忙，不過，安，如果我昨晚沒有待在阿隆貝的家並且與死亡搏鬥的話，那個女人是無法支撐到早上的。我嘗試了一個以前在四風從來沒有做過的試驗，我懷疑這個方法是否曾經在醫院外的任何地方做過。這個新方法去年冬天才在京士頓醫院使用，要不是絕對確認過沒有其他機會，我是不敢在這裡嘗試的。我冒險做了，結果是成功的，我救活了一位好太太與好媽媽，她可以繼續過著長久的幸福。在我今天駕著馬車回來，而太陽正好上升到港口天空時，我感謝上帝，因爲我選擇了現在的職業。安，我想到自己打了一個美好的仗並且獲勝，戰勝了最大的破壞者，那就是很久以前，我們一起談論我們想要的生活時，我所一直夢想的。我們的夢想在今天早晨實現了。」

「那是你唯一實現的夢想嗎？」安問著，雖然她完全知道吉伯的回答會是什麼，但她就是想要再聽一次。

「安，女孩，你知道的啊。」吉伯笑望著安的雙眼，就在那一刻，無可懷疑，坐在位於四風港灣岸上的白色小屋門階上的兩個人，是非常快樂的。

不一會兒，吉伯換了語調說：「我是不是看到一艘大型輪船朝我們開過來呢？」

安也看見了，並且跳了起來。
「那一定是柯妮莉亞．布萊恩特小姐，要不然就是摩爾夫人來拜訪吧。」她說。
「我要進辦公室了，還有……如果是柯妮莉亞小姐的話，我警告你，我可是會偷聽的喔。」吉伯對她說：「從所有我聽到的關於柯妮莉亞小姐的事情，我斷定她的談話至少是不無聊的。」
「那可能是摩爾夫人。」
「我不認爲摩爾夫人的外型是這樣子的。不久前的某一天，我才看到她在花園裡面工作，而且雖然因爲太遠而無法看清楚，不過我認爲她是相當苗條的。她似乎不善於社交，因爲她還沒拜訪過你，即使她是你最近的鄰居。」
「畢竟她無法像林德夫人那樣子，否則好奇心就已經驅使她來了。」安說著。「我想，這位探訪者是柯妮莉亞小姐。」
訪客確實是柯妮莉亞小姐，此外，柯妮莉亞小姐不是前來進行任何簡短以及時尚的婚禮拜訪；她將她的針線活放在手臂下一個結實的包包裡，而且當安請她留下來時，不管那不敬的九月微風仍在吹拂，她立刻取下那頂一直戴在頭上的寬大太陽帽，那頂帽子是藉由鬆緊帶固定在金髮髮結上的。柯妮莉亞小姐沒有帽子別針？鬆緊帶對她媽媽那個時代而言已經夠好了，而且也很適合她。她的氣色很好，有著豐潤粉白的雙頰，還有怡人的棕色雙眼。她一點也不像傳統的老處女，而且她的某些特質立刻贏得了安的好感。安知道她會喜歡柯妮莉亞小姐，儘管有一些她不確定的奇怪意見以及一些奇怪衣著的存在。

除了柯妮莉亞小姐外，沒有人會穿著藍白條紋的圍裙，以及散布著大朵粉紅玫瑰設計的巧克力色印花室內寬鬆便袍去拜訪別人的了。只有柯妮莉亞小姐能夠在這樣的裝扮下看起來依然優雅又與此相配，就算是進入皇宮拜訪王子的新娘，柯妮莉亞小姐在那樣的情況下仍舊一樣高貴完美，並且毫不在乎地將她飛濺的玫瑰花紋荷葉邊拖曳在大理石地板上。

「親愛的布萊斯太太，我把我的針線活帶來了。」她開口道，同時鋪開一些精緻的材料。「我急著要把這個完成，所以不能浪費任何時間。」

安有點驚訝地看著鋪在柯妮莉亞小姐寬闊下襬上的白色衣服。那確實是一件嬰兒服，而且做得非常漂亮，還有極小的波形折邊與褶襉。柯妮莉亞小姐調整過她的眼鏡，開始以精緻的針法在上面繡花。

「這件衣服是要給格蘭的弗雷德．普洛克特夫人的。」她說，「她的第八個小孩最近可能隨時會出生，而且她還沒有準備好任何衣服給新生兒。其他七個小孩都已經把我做給老大穿的那一件衣服穿破了，而且她也沒有時間和力氣去做另一件衣服。布萊斯太太，相信我！那個女人是一個長期受苦的人，當她嫁給弗雷德．普洛克特的時候，我就知道她的結果是這樣了。他是那些很壞卻迷人的男人中的一個，然而婚後的他不再迷人，卻還是繼續保持他的壞。他酗酒並且忽視家人，男人不就是這樣子嗎？我不知道普洛克特夫人要如何讓她的孩子們有合適的穿著，如果這些鄰居沒有幫助她的話。」

安之後才知道柯妮莉亞小姐是唯一盡力幫助普洛克特家的孩子們能夠得體生活的鄰居。

「當我聽到第八個小孩子卽將誕生時，我決定要爲他做一些事情。」柯妮莉亞小姐繼續說。「這是最後一件事，而且我想要在今天完成。」

「這看起來眞的很漂亮。」安說。「我要去拿我的針線活，並且讓我們兩個來一個小小的縫紉派對。布萊恩特小姐，你是一個出色的裁縫。」

「是的，在這些部分我是最優秀的裁縫。」柯妮莉亞小姐以陳述事實的語調說。「我應當是最好的！上帝，如果我自己有一百個小孩子，我所做的還會比這個數量多，相信我，不要懷疑！我想我是一個笨蛋，竟然爲了第八個小孩在這件衣服上手工刺繡。但是，天啊，親愛的布萊斯太太，這不能怪第八個小孩，畢竟我多少希望他能夠有一件眞正的漂亮衣服，就像他是被想要的一樣。沒有人想要可憐的小孩，所以因爲這個理由，我特別爲他製作這件衣服。」

「任何小孩穿上那件衣服都會感到驕傲的。」安說著。她仍然強烈感受到她會喜歡柯妮莉亞小姐。

「我猜你一定想過爲什麼我沒來拜訪你。」柯妮莉亞小姐繼續說，「你知道的，現在是收割季，而且我一直很忙，還有很多遊手好閒的人在遊蕩。本來我是昨天要過來的，但是我去參加羅德里克．馬克亞里斯特夫人的葬禮。她已經一百歲了，而且我一直對自己承諾說要去參加她的葬禮。」

「那天的葬禮順利嗎?」安問著,同時注意到辦公室的門微微開啓。

「什麼?喔,那是一場極好的葬禮。她有很多親屬,整個送葬行列超過一百二十輛馬車,還發生了一、兩件好玩的事情。我眞想看老喬伊·布雷蕭那個異教徒,他從來不會讓教堂大門變得陰鬱,會以極大的愛好與熱情吟唱『安穩在耶穌手中』。他在吟唱中是狂喜的,那也是他爲什麼從來都不會錯過葬禮的原因。可憐的布雷蕭夫人,看起來不像是愛唱歌的。老喬伊有時會買個禮物給她,並且帶一些新型的耕作機器回家,那樣不就是男人的樣子嗎?但是對於一個從來不去教堂的人,你還能有什麼期望?而且甚至還是一個衛理公會派教徒呢!在你來的第一個禮拜日,我看到你以及年輕的醫生出現在長老會教堂,眞是感到欣慰。我不會讓非長老派的醫生給我看病的。」

「我們上星期天晚上也到衛理公會的教堂。」安頑皮地說。

「哦,我猜布萊斯醫生有時必須去那裡的教堂,否則他無法得到身爲教徒的病人。」

「我們非常喜歡他們的布道方式。」安勇敢地聲明。「而且我認爲衛理公會教派牧師的祈禱文是我所聽過最美的祈禱文。」

「哦,我沒有懷疑他能夠祈禱這件事。我不曾聽過有人的祈禱文比老賽門·班特利的還美,他總是喝醉的,或是希望喝醉,而他酒醉時的祈禱是更好的。」

「衛理公會的牧師長得很好看。」安這句話是說給在辦公室門後偷聽的吉伯。

「沒錯，他相當會打扮。」柯妮莉亞小姐同意。「啊，還非常女性化，而且他認爲看著他的女孩都會愛上他！如果你和年輕醫師接受我的建議，你們跟衛里公會教派就不會有太大關係了。我的座右銘是：如果你是一個長老會教徒，就要有長老會教徒的樣子。」

「你不認爲衛理公會派教徒跟長老派教徒一樣可以上天堂嗎？」安嚴肅地問。

「那不是由我們決定的，那是更高層次的問題。」柯妮莉亞小姐同樣嚴肅地說。「不管我在天堂會怎麼樣，但是我現在不會跟他們有任何關聯。你說的那個衛理公會教派的牧師還沒有結婚。他們上一個牧師已經結婚了，他的老婆是我看過最愚蠢、最愛亂想的小東西。有一次我告訴她丈夫，說他應該等她長大之後才娶她。他說他想要訓練她，這不就是男人的樣子嗎？」

「要判斷人們何時長大是相當困難的。」安笑著說。

「親愛的，這是真的。相信我，有些人出生時就已經成長了，但是有些人就算老到八十歲了還是長不大。我剛談到的羅德里克夫人就像，這樣永遠都沒有成長，一百歲的時候跟十歲的時候一樣愚蠢。」

「也許就是這樣，她才會這麼長壽吧。」安猜測起來。

「也許是這樣吧。但我寧願靈敏地生活五十年，而不願意愚蠢地生活一百年。」

「但是想想，如果每個人都這麼靈敏的話，這個世界將會多麼無聊啊。」安反駁她。

柯妮莉亞小姐不屑進行任何輕率俏皮話的小爭論。

「羅德里克夫人是密爾格列弗家的人，而密爾格列弗家族從來沒有過什麼智慧。她的姪子伊班哲．密爾格列弗過去一直是精神錯亂的，他認爲自己已經死了，而且習慣對他的太太發怒，因爲她沒有將他埋起來。如果是我，早就將他埋掉了。」

柯妮莉亞小姐看起來非常嚴肅，因爲她認爲安可以看到她手中的王牌了。

「布萊恩特小姐，難道你不認識任何好丈夫嗎？」

「哦，有很多個，就在那邊。」柯妮莉亞小姐揮動她的手，指向開啓的窗戶外面，位於港口方向的一個教堂小墓園說。

「但我說的是還活著的，可以四處走動的人。」安堅持說。

「喔，只有一些，只要證明與上帝在一起，什麼事情都有可能。」柯妮莉亞小姐不情願地承認。「我不否認到處都有古怪的男人，如果他年輕的時候就受到正確的教養，而且他的母親事先良好地鞭策他的話，他就有可能成爲還不錯的人。那麼，就我所聽到的，你的丈夫不像一般男人那麼壞。我猜……」柯妮莉亞小姐透過她的眼鏡，銳利地看著安：「你認爲世界上沒有任何人像他一樣，對吧？」

「的確是沒有。」安立卽回覆。

「啊！好吧，我曾經聽過另一個新娘也是這樣回答。」柯妮莉亞小姐嘆道：「珍妮．狄恩結婚的時候，認爲世界上沒有任何人像她丈夫一樣。而且她是對的——沒有任何人像她丈夫一樣。

相信我，他確實是個好東西！他讓她過著極糟的生活，而且在珍妮快死的時候，就開始向他的第二任妻子求婚。那不就是男人的樣子嗎？

「但是，親愛的，我希望你的自信可以證明你的丈夫是相對好的。年輕醫生眞的表現得很好，剛開始我還害怕他沒有辦法做好，因爲附近的人們總是認爲老大衛醫生是世界上唯一的醫生。可以確定的是，大衛醫生不怎麼圓滑，因爲他總是談論著某些人上吊用的繩索，但是當人們胃痛的時候，他們就會忘記傷痛的感覺。如果他是個牧師而不是個醫生的話，那麼他們永遠都不會原諒他。對於人們而言，靈魂的傷痛不像胃痛那樣靠近。因爲這裡只有我們兩個長老派教徒，而且附近也沒有衛理公會派教徒，所以你可以把你對於我們牧師的坦率意見告訴我嗎？」

「咦……眞的……我……認爲很好。」安吞吞吐吐地說。

柯妮莉亞小姐點點頭。

「一點也沒錯，親愛的，我同意你的看法。當我們叫他的時候，我們犯了一個錯誤。他的臉看起來就像墓園裡一塊長長窄窄的石碑，對不對？應該將『專供記憶使用』寫在他的額頭上。我絕對不會忘記他的第一次布道。那次的主題是每個人去做最適合他們自己的工作，當然那是一個非常好的主題，天啊！他竟說：『如果你有一頭乳牛及一棵蘋果樹，而你將蘋果樹綁在畜舍，並且將乳牛四腳朝天地種在你的果樹園裡的話，那麼你可以從蘋果樹上擠出多少牛奶，或是從乳牛身上採到多少顆蘋果呢？』親愛的，從你出生以來，你可曾聽過這樣子的布道嗎？我眞是非常感激那天沒有衛理公會派教徒在場，否則他們一定會不停叫囂。但是我最不喜歡他的一點，就是他慣於同意每一個人，不管別人說了什麼。如果你對他說：『你是一個壞蛋。』那麼他會帶著那和藹的微笑說：『是的，正是如此。』一個牧師應該更有骨氣的。總而言之，我認爲他是一個值得尊敬的蠢蛋。但是，這件事當然是我們之間的閒談罷了。如果旁邊有衛理公會派教徒在聽的話，我會極力地讚美他的。

「有些人認爲他的太太穿得太鮮豔了，但是我認爲她必須與那種人度日的話，她就必須有些東西來讓她快樂。你絕對不會聽到我責備一個女人的穿著，只要她的丈夫不是過於吝嗇的穿著，我就很感謝了，但這並非意味著我非常煩惱我的穿著，認爲女人只是打扮來取悅男人。我絕對不會墮落到那種程度。親愛的，我確實有一個寧靜、舒服的生活，而那來自於我從來不管男人的想法。」

「布萊恩特小姐，你爲什麼如此痛恨男人呢？」

「天啊，親愛的，我不恨男人啊，他們不值得我來恨的，我只是有點看不起他們。不過我想我會喜歡你丈夫的，如果他可以保持始終如一的話。但是除了他以外，世界上對我最有用處的男人就只有老醫師和吉姆船長了。」

「吉姆船長的確是非常好的人。」安眞誠地同意她。

「吉姆船長是一個好男人，但是他在某方面使人有些厭煩，因爲你無法激怒他。我已經試了二十年，他卻一直保持平靜。他那種平靜的態度讓我有點生氣，而且，我猜本來要嫁給他的女人，後來卻嫁給一個每兩天就會發一次脾氣的男人了。」

「哪一個女人呢？」

「哦，我不知道，親愛的，我不記得吉姆船長曾經與任何人親近過。在我的記憶裡，他一直都是獨自到老。你知道他已經七十六歲了，我從來沒聽過是什麼原因讓他一直維持單身，但是，相信我，一定有原因造成如此狀態。他終其一生都在航海，直到五年前才停止，他到過世界上每一個角落。他與伊麗莎白．羅素一生都是非常好的朋友，但是他們從來沒有激出過愛的火花。雖然伊麗莎白有很多追求者，但是她始終沒有結婚。

「她年輕的時候非常漂亮，當威爾斯王子光臨島上的時候，她正在夏洛特鎭拜訪她在政府單位任職的叔叔，所以她也被邀請參加了大舞會。她是那裡最漂亮的女孩，而且還與威爾斯王子共舞過，因此所有其他不能與王子跳舞的女人都非常生氣，因爲她們的社會地位比她還高，並且說王子不應該忽略掉她們。

「伊麗莎白對於那次舞會一直感到很驕傲。有些卑鄙的人們認爲那就是她不結婚的原因，因爲在與王子跳舞之後，她就不應該與一般男人在一起了。但是事實並非如此，有一次她將原因告訴我，她說自己不結婚的原因是因爲她的脾氣暴躁，擔心自己無法與任何男人和平度日。她的脾氣眞的很壞，像是得把她的梳妝台咬成碎片好幾次，她才能冷靜下來。但是我告訴她，如果她想結婚，那不會是一個不結婚的理由。沒有理由讓生氣成爲男人的專利。親愛的布萊斯太太，你說對不對？」

「我自己也有一點脾氣。」安嘆道。

「親愛的，有脾氣很好啊，相信我，這樣子你很可能就不會被蹧蹋了。哇！你的花園盛開的花朵多麼鮮豔奪目啊！你的花園看起來很好啊。可憐的伊麗莎白以前總是非常照顧它。」

「我愛這個花園。」安說，「我很高興這兒的花朵充滿一種舊式情懷。談到花園，我們想找一個人幫我們在冷杉小樹林那邊挖出一小塊地，要種植草莓。吉伯太忙了，他這個秋天無法挪出時間來做這件事，你知道有誰可以幫我們嗎？」

「嗯，格蘭的亨利．哈蒙德就從事這類工作，也許他願意接受。他對於薪水的興趣總是高於工作，就是男人的樣子，他的理解能力很遲鈍。因爲在他小時候，他的父親對他丟了一根殘幹，讓他變得如此遲鈍。當然啦，那個男孩從此就沒有恢復正常了，但是他是我唯一推薦的人。上個春天他幫我的房子塗漆，你不認爲我的房子現在看起來眞的很不錯嗎？」

時鐘敲響報時五點的時候，終於讓安可以得到解脫。

「天啊，已經這麼晚了嗎？」柯妮莉亞小姐驚叫。「當你自得其樂的時候，時間過得眞快啊！好吧，我必須回家了。」

「不見得吧！你要留下來並且跟我們喝杯茶。」安熱切地說。

「你是因爲認爲應該，還是因爲你眞的想要才邀請我啊？」柯妮莉亞小姐問道。

「因爲我眞的想要邀請你啊。」

「這樣子我就留下來吧。你是屬於知道約瑟夫那一類的人。」

「我知道我們將會成爲朋友。」安帶著那種只有對家人或是信任的人的微笑說著。

「是的，親愛的，我們是朋友。謝天謝地，我們可以選擇我們的朋友。不管我們的親戚如何，我們都必須接受，而且如果裡面沒有應受懲罰的傢伙，我們就要感謝了。我並沒有很多親戚，除了兩個表姊妹外沒有更親近的了。布萊斯太太，我是有幾分孤獨的人。」

柯妮莉亞小姐的聲音裡帶著一種愁悶。

「我希望你可以叫我安就好。」安用力地呼喊著。「這樣子似乎是更親切。除了我先生以外，四風的每個人都叫我布萊斯太太，那樣子讓我覺得自己好像一個陌生人。你知道你的名字很像我小時候一直很嚮往的一個名字嗎？我討厭『安』這個名字，所以我在想像中稱呼自己是蔻蒂莉亞。」

「我喜歡安這個名字，我的母親就叫作安。在我看來，舊式的名字是最好以及最悅耳的。如果你要泡茶，你可以派你那個年輕醫生來跟我談話。自從我來之後，他就一直躺在辦公室沙發上，拚命地嘲笑我所說的每一句話。」

「你怎麼知道啊？」安叫著說，由於太過驚訝柯妮莉亞小姐的先見之明，而沒有做出禮貌性的否認。

「當我從小路上來的時候，我看見他坐在你旁邊，而且我知道男人們的伎倆。」柯妮莉亞小姐回嘴。「親愛的，你瞧，我已經完成這件小衣服了，所以第八個小孩只要他高興，隨時都可以出生了。」

第9章 四風岬的那一夜

當安與吉伯實踐他們的承諾到四風燈塔拜訪時，已經是九月底了。他們一直計畫要前去拜訪，但是總有事情讓他們無法前往。吉姆船長倒是「順道拜訪」小屋好幾次了。

「布萊斯太太，我是不拘禮節的。」他告訴安。「你們的來訪眞的讓我很高興，而且我也不會因爲你們沒有來看我而否定自己。在認識約瑟夫的人之間，是不需要這樣子討價還價的。我在我方便的時候拜訪你們，你們可在方便的時候來拜訪我，而且不論我們在哪個屋頂下，都能夠快樂地閒聊呀。」

吉姆船長非常喜愛狗狗及馬狗狗，它們躺在這間小屋的壁爐地面，就跟在芭蒂女士家一樣尊貴與沉著。

「它們是最可愛的小詛咒不是嗎？」他會高興地這樣說，而且莊重地每次都跟它們打招呼和道別，就像對待主人及女主人一樣。吉姆船長不會因爲缺少任何尊敬以及禮節，而冒犯到家中的神明。

「你讓這間小屋非常完美。」他告訴安。「它之前從未如此美好過。席爾溫夫人跟你的品味同樣非凡，但是那時候的人們沒有你這些漂亮的小窗簾、圖畫以及小裝飾物。至於伊麗莎白，她是活在過去的人。即使我們完全不說話，我也會很高興，當我來到這裡時，就算只是坐著看你、你的圖畫以及你的花朵，就是很好的款待了。這裡眞漂亮——眞的很漂亮。」

吉姆船長是美麗事物的熱情崇拜者。每樣讓他聽到或看到的美好事物，都會帶給他深刻微妙的樂趣，照耀他的生命。他敏銳觀察到自己所缺乏的漂亮外表，並且爲其感到哀傷。

「人們說我很好。」在一個機會下，他古怪地說：「但是有時，我倒希望上帝能夠讓我只有現在的一半好，並且將其他好放在我的外表上。不過我猜想，上帝知道我應該做個好船長。我們之中有些人必須是不好看的，否則就無法顯示出漂亮的人的美麗，就像是這裡的布萊斯太太。」

有一天晚上，安與吉伯終於走到了四風燈塔。天色已經開始昏暗，被灰白的雲朵及薄霧所籠罩，但是最後卻變成華麗的緋紅色以及金色。在港灣那一邊的西方山丘呈現出深琥珀以及淺透明的天色，還有似火的落日。北方天空是燃燒般的金色卷積雲，揚起白帆的船隻閃爍著紅光在海峽上滑動，航向一個位於棕梠樹島上的南方港口。

更遠處，紅光閃耀在沒有草皮覆蓋的閃亮白色沙丘表面並將其染紅，掉落在右側小溪上柳樹間的舊房子則出借窗扉給它一個短暫的空間展示，看來甚至比那些老舊的大教堂還要燦爛。它們向外發出安靜灰白的光芒，像被監禁在單調環境中一個活生生的人，擁有躍動的生命與血紅的思想。

「靠近小溪的那間舊房子，看起來總是那麼孤單。」安說。「我從沒看過有人去拜訪。當然它的通道是開在較高的路上，但是我不認爲它與鄰居有許多來往。我們還沒見過摩爾夫人，這似乎很奇怪，因爲他們住在只要步行十五分鐘就可以抵達的地方。我也許在教堂看過他們，即使看過卻也認不出來。我很難過他們如此不愛交際，雖然他們是唯一靠近我們的鄰居。」

「顯然，他們不是認識約瑟夫的那一類。」吉伯笑著說。「你知道那個漂亮女孩子是誰嗎？」

「沒有，不知怎麼的，我一直都忘記要詢問有關她的事。但是我在其他地方都不曾看過她，所以我猜她是一個陌生人。啊，太陽剛剛消失了，而燈塔就在那裡。」

當天色變暗，巨大的燈塔劃出一長條燈光穿過天空，畫著圓圈掃過田野與港口、沙洲與海灣。

當一道燈光浸透他們時，安說：「我覺得燈塔的燈光好像會抓住我，並且將我帶到海之外的三哩處。」當他們非常接近燈塔時，她感到相當放心，因爲不會再受到耀眼重複的閃光所照射。

當他們轉進小徑，穿過田野進入燈塔時，他們遇到一個從燈塔走出來的男人，他的外貌令人驚奇。他確實是一個好看的人，高大、肩膀寬闊、相貌堂堂，有一個鷹鉤鼻以及一雙率直灰白的眼；他穿著農夫在禮拜天最好的衣服，可能是四風或是格蘭的居民。但是，他那彎曲如波的棕色鬍子，幾乎從他的胸部垂到膝蓋；而在他那頂普通毛氈帽子下，茂密、彎曲如波的棕色頭髮沿著他的背部如同瀑布般落下。

「安。」當他們走出那人聽力所及範圍以外後，吉伯低聲說：「在我們離開家之前，你給我喝的檸檬水裡面，有沒有加入大衛伯父所謂的『蘇格蘭配方』？」

「不，我沒有。」安抑制住她的笑聲，免得被那個謎樣人物聽到。「他到底是什麼人啊？」

「我不知道。可是如果吉姆船長有像剛剛那個一樣的幽靈，那麼下次我來這裡就要在口袋裡帶一根冷鐵。他不是船員，否則就可以原諒他那古怪的外表；他一定是屬於港口另一邊的家族的人。大衛伯父說那裡有好幾個怪人。」

「我認為大衛伯父持有偏見。你知道的，所有從港口另一邊來格蘭教堂的人看起來都非常善良。啊！吉伯，這裡很漂亮對不對？」

四風燈塔建築在紅色沙岩峭壁的山鼻子上，向外突出到海灣。一邊是穿過海峽，延伸到沙洲的銀色沙岸；另外一邊是從紅色峭壁伸展出一條長長彎曲的海灘，從多石的小海灣陡峭升起。那是一個經歷過暴風雨仍充滿星星的魔幻與神秘的海岸，這樣的海岸有一種極大的孤寂感。然而樹林是從來不會孤獨的，它們充滿了低語、召喚以及友善的生命。但是海洋具有強大的精力，不斷地呻吟一些巨大、無法共享的悲傷，它將其永遠獨自封閉起來。我們永遠無法突破其無限的神秘，只能在其外部徘徊、驚歎與入迷。森林以數以百計的聲音呼喚我們，但是大海只有一種巨大的聲音，將我們的靈魂淹沒在其雄偉的音樂中。樹林是有人性的，海洋卻是天使長的同伴。

安與吉伯發現吉姆船長坐在燈塔外面的長椅上，正在對一艘極好的大型玩具縱帆輪船做最後妝點。他起身以他那非常和善、無意識的禮貌歡迎他們來到他的住所。

「布萊斯太太，今天是非常美好的一天，而現在是最後以及最好的一刻。你們願意在燈光還在的時候在外面稍坐一會兒嗎？我剛剛才爲我住在格蘭的小姪孫喬伊完成這個小玩具。在我答應他製作這個玩具以後，感到有點抱歉，因爲這讓他的媽媽生氣了。她擔心他以後會想要出海，所以不希望他受到這個東西鼓舞。但是我能夠怎麼辦呢？布萊斯太太，我答應了他，而且我認爲違背你對小孩所做的承諾是很卑鄙的。來吧，坐下來，在這裡待個一小時是不會太久的。」

風往海岸外吹拂，將海洋表面破成長長的銀色漣漪，並且將光亮的陰影從海角往外傳送出去，就像一雙透明的翅膀。黃昏在沙丘以及海鷗蜷縮的海角上掛了一面暗紫色的帷幔。天空罩著一層輕柔的薄霧，雲朵沿地平線掠過以後停泊下來，一顆夜晚的星星守護著沙洲。

「這是值得看的景象吧，對不對？」吉姆船長帶著深情的驕傲說。「你不需要支付任何費用，所有大海與天空『都是免費的也都是無價的』。月亮沒多久就要升上來了，對於找出在岩石、海洋與港灣上的月出時分會是什麼樣的景致，我也從不會感到疲憊，因爲每一次都會發現不同的驚喜。」

月亮已經升起，他們別無所求，靜靜看著這令人驚奇以及充滿魅力的月亮。然後他們進到燈塔，吉姆船長向他們展示大燈塔的機械裝置。最後他們來到餐廳，在那裡有一個開放的壁爐正在燃燒浮木，閃爍晃動著難以理解的海中色澤的火焰。

「這個壁爐是我自己做的。」吉姆船長談道。「政府沒有提供燈塔管理人這樣的奢侈品。看看那些木頭發出的顏色。布萊斯太太，如果你想要一些浮木來生火的話，我會找一天帶一堆給你。

坐下來吧，我去泡杯茶給你們喝。」

吉姆船長先把椅子上一隻巨大橘貓和報紙移開，然後拿給安坐下。

「大副下來吧，你的位置在沙發上。我必須把報紙放在安全的地方，另外找時間來看完裡面的故事。那個故事叫作瘋狂之愛。那不是我喜歡的小說類型，但我之所以會看這個故事，只是想知道她可以編造多久。故事現在已經編到第六十二章了，而且故事中的結婚典禮都沒有什麼進展。當小喬伊來的時候，我必須說海盜故事給他聽。而且像小孩子那樣天真的人，竟然會那麼喜歡嗜血的故事，那不是很奇怪嗎？」

「就像我家的小伙子德比。」安說著。「他想要聽有流血的故事。」

安說吉姆船長泡的茶就像是瓊漿玉液，他就像小孩子高興聽到安的讚美，但是他假裝無關緊要。

「秘訣就在於不要捨不得使用奶油。」他輕快地談論著。吉姆船長從來沒聽過奧立佛．文德爾．霍姆斯，但是顯然地，他同意那個作家的名言：「內心寬大的人絕不會喜歡小小的奶油罐。」

「我們看到一個外表奇怪的人從你的小路走出來，他是誰啊？」吉伯在他們喝茶時提問。

吉姆船長露齒而笑。

「那是馬歇爾．伊利爾特，一個非常好的人，帶有愚笨的氣質。我猜想你們一定在懷疑，是什麼原因讓他變成像廉價的奇幻博物館展覽的怪物？」

「他是現代的希伯來修行者，還是古代剩下來的希伯來先知嗎？」安問著。

「兩者都不是，是政治造成他的怪異行爲。所有伊利爾特家族、克勞復家族以及馬克亞里斯特家族都是專搞黨派政治的人。看情況，他們生爲自由黨或是保守黨、活在自由黨或是保守黨，並且死爲自由黨或是保守黨；至於在沒有政治的天堂上，他們將要做些什麼，是我無法推測的。這位馬歇爾．伊利爾特屬於自由黨。我自己是一個溫和的自由黨人，但是馬歇爾可是一點都不溫和。十五年前有一場特別激烈的大選，馬歇爾爲他的政黨竭盡全力，他非常篤定自由主義會獲勝，因爲如此地確定，所以他在一個公開集會中起身宣示，他將不會刮掉他的鬍子或是剪掉頭髮，直到自由黨執政。唔，他們並沒有獲勝，而且也一直還沒有執政，所以那就是你們今晚親眼看到的結果。馬歇爾會信守他的諾言。」

「他的太太怎樣看待的呢？」安問著。

「他是一個單身漢。但卽使他有太太，我認爲她也無法讓他違反那個誓言，伊利爾特家族的人總是比天生的還要固執。馬歇爾的哥哥亞歷山大曾經十分重視一隻狗，當那隻狗死去時，那個男人竟然想要將牠埋在墓園裡，他說：『讓他和基督徒埋在一起。』當然他不能這樣子做，所以他就把牠埋在墓園的柵欄外面，而且再也沒有上過教堂了。但是在禮拜天時，他會載著他的家人到教堂，然後自己坐在小狗的墳墓旁，在進行禮拜的時候閱讀他的聖經。他們說當他要死的時候，他要求他的太太將他埋在小狗旁邊；她是一個柔順的小女人，卻因爲那樣的要求而激動。她說自己不會將他埋在狗的旁邊。

「亞歷山大．伊利爾特是一個固執的人，但是他喜愛他的妻子，所以他讓步說：『好吧，眞糟糕，隨便你喜歡把我埋在哪裡吧。但是當加百列的喇叭聲響起，我期待我的小狗會跟我們一起復活，因爲牠的靈魂跟高視闊步令人討厭的伊利爾特家族、克勞復家族以及馬克亞里斯特家族是一樣的。』那些就是他的遺言。至於馬歐爾，我們都已經習慣他了，雖然陌生人剛看到他的特殊外表時一定會受到衝擊。他十歲時我就認識他了，他現在大約是五十歲了，而且我喜歡他。他和我今天才出去捕鮭魚。那是我目前最好的娛樂了——偶爾捕抓鱒魚以及鱈魚，但絕不是一直這樣。我習慣做其他事情，如果你們看過我的生活手記就會承認我所說的了。」

當大副跳上吉姆船長的膝蓋來轉移注意力時，安正要詢問他所說的生活手記是什麼。牠是一隻令人十分愉快的小動物，一張跟月亮一樣圓的臉、鮮明的綠色雙眸以及巨大的白色雙爪。吉姆船長輕輕地撫摸牠柔軟光滑的背脊。

「我從來沒有如此地喜歡過貓咪，直到我找到大副。」他說道，伴隨大副非常迷人的嗚嗚聲。「我救了牠，而且當你救了一條生命時，你就一定會愛牠，那就是奉獻生命後要做的事。布萊斯太太，世界上有一些不爲別人著想的人，有一些在港口那裡擁有避暑別墅的城市居民，太過於不爲別人著想而成爲殘忍的人；那是最殘忍、最不爲別人著想的一種。你無法對付那種人。在夏天的時候他們將貓留在那裡，餵養以及寵愛牠們，還幫牠們繫上緞帶和項圈，可是當秋天來臨，他們離開了，卻把貓咪留下來挨餓受凍。布萊斯太太，他們這種行爲讓我熱血沸騰。

「去年冬天的某一天，我發現一隻可憐的貓媽媽死在岸邊，有三隻小貓咪靠在牠那皮包骨的身體上。牠在死時曾經試圖保護牠們，那可憐的小腳爪圍繞著牠們。耶穌啊，我哭叫著，然後我詛咒著，後來我就將這些可憐的小貓咪帶回家，將牠們養大並且爲牠們找到好的收養人家。我知道這些貓是哪位婦人留下來的，所以當她在這個夏天回來時，我就到港口去，告知我對她的評價。」

「她的反應如何呢？」吉伯問。

「她哭泣並且說：『我沒有想到事情會是這樣的。』我對她說：『當你必須在審判日到來，爲那隻可憐的貓媽媽的生命負責時，你認爲那會是個好藉口嗎？我猜上帝將會問你，如果賜予你的大腦不是用來思考的，那麼是要幹什麼用的？』我想她下次不會再把貓咪留下來挨餓了。」

「大副是其中一隻被遺棄的貓咪嗎？」安進一步問，並且得到船長仁慈的回答。

「是的。我在一個寒冷的冬夜裡發現牠，牠被那該死的項圈卡在樹枝上，幾乎快餓死了。布萊斯太太，如果你看到牠的雙眼……牠只是一隻小貓罷了，而且自從牠被遺留下來直到掛在樹上時，牠已經自行謀生一段時間。當我把牠從樹枝上解開時，牠用那小小的紅色舌頭，在我手上以令人同情的方式舔了一下。你所看到的能幹水手的樣子是截然不同的。那時候牠就跟老鼠一樣懦弱，而那已經是九年前的事情了。對於貓而言，牠算很長壽了。牠是一個令人滿意的老伙伴，牠就是大副。」

「我還以爲你會有一隻狗呢。」吉伯說道。

吉姆船長搖搖頭。

「我曾經養過一隻狗。但我太關心牠，以至於牠死去時，我一直想要再養一隻狗取代牠。布萊斯太太，牠是一個朋友，你了解嗎？大副只是個夥伴。我喜歡大副，由於牠那一點惡作劇行爲而很喜歡牠，牠就跟所有的貓一樣。但是我愛我的狗，我私下總是對於亞歷山大·伊利爾特與他的狗感到同情。在一隻好狗身上是找不到任何邪惡的，我猜想，那就是爲什麼牠們比貓更讓人喜愛。但是如果牠們跟貓一樣有趣的話，我就糟糕了。嘿！都是我在說話，你們爲什麼不阻止我呢？當我有機會跟別人說話時，很糟糕，我會一直說下去。如果你們的茶已經喝完了，我有些小東西你們可能想要看，那些是從我習慣探聽的奇怪街角中獲得的。」

吉姆船長的「幾個小東西」原來是最有趣的蒐集品，包括珍品、醜惡的、奇趣的，以及漂亮的收藏品，而且幾乎每一個東西都伴隨著一個感人的故事。

安永遠無法忘記在那個月光照耀的夜晚，令人入迷的浮木爐火旁，聆聽那些古老傳說的喜悅，同時伴隨著銀色海洋穿過開啓的窗戶召喚他們，對著他們下面的岩石低低嗚咽。

吉姆船長沒說過自誇的話語，但是不得不將他視爲曾經是一位具有勇氣、眞誠、機智以及無私的英雄。他坐在他的小屋裡，讓那些東西栩栩如生呈現在他的聽衆面前，藉由眉毛的挑動、嘴唇的扭動、姿勢和言語，他完整刻畫出一個景象或一件事的特質，讓人們能夠看到事情的面貌。
吉姆船長的冒險活動中有一些太過於令人驚歎，以至於安和吉伯背地裡懷疑，是否因爲他們的輕信而誇大其詞。但是，他們稍後發現，他們在這一點上對於吉姆船長的猜測是不公平的，因爲他所說的故事全部眞實不加矯飾。吉姆船長天生就很會說故事，因此不管是不是「不快樂、遙遠的事情」，他都能將其原始的沉痛生動陳述給聽衆。
他的故事讓安與吉伯發笑也讓他們發抖，安甚至一度哭泣。吉姆船長臉上閃耀著喜悅。
「我喜歡看到人們那樣哭泣。」他談論著。「那是一種讚美，但是對於我所看到或是幫助的事情，我無法公平地對待。我都把它們草草寫在我的生活手記裡，但是我還沒有本領將它們正確地寫出來。如果我可以用正確的文字寫在紙上的話，我就能夠寫成一本偉大的書了，而這本書將可以聲勢浩大地擊敗《瘋狂之愛》這本書，而且我相信喬伊會喜歡它，像喜歡海盜冒險故事一樣。是的，在我的時代裡，我確實經歷了一些冒險活動，而且，布萊斯太太，你知道嗎？我仍然渴望著它們。沒錯，也許我現在已經老了，但是偶爾，我的內心還是被『航行出去——出去——出去——』永遠出去的極度渴望所席捲。」
安幻想著說：「就像尤里西斯，你會『航越夕陽，沐浴在星星之中，直到你死去』。」
「尤里西斯？我聽過這個人。沒錯，那正是我的感覺！我認爲那正是我們這些老船員的感覺。但是，我猜，終究我會死在陸地上。算了，聽天由命吧。在格蘭有一位老威廉·福特，一生都沒有到過水中，他害怕會淹死，因爲有一位算命師跟他說過。但是有一天他昏倒了，並且整個臉落在馬房的飲水槽中，就這樣淹死了。你們要離開了嗎？好吧，希望你們能夠很快地再次來訪，並且常常過來。下次換醫生發言，他知道一大堆我想知道的事情。在這裡我常感到有點寂寞，而且自伊麗莎白．羅素去世後更爲嚴重，她和我是那樣好的朋友。」

吉姆船長帶著年長者的感傷說著，那是看著老友們一個個從自己身邊溜走的感傷；朋友的地位永遠無法完全被那些年輕世代所塡滿，即使是認識約瑟夫一類的那些人。安與吉伯答應很快會再次來訪，而且常常過來。

「他是一個非常好的老人，對不對？」吉伯在他們回家路上說。

「不知怎麼的，我就是無法將他的單純以及和藹的個性與他的狂野、冒險的生活結合在一起。」安若有所思地說。

「如果你在不久前的某天看到他在漁村裡，你會發現沒有那麼困難的。有一個彼得．高提爾輪船的船員淫穢地談論岸邊某個女孩。吉姆船長雙眼明亮、光明正大地斥責了那個無恥的傢伙，那時候的他看起來就像是另外一個人。他沒有說很多話，而是他說話的方式！你會認爲就像是要將那個傢伙的肉從骨頭上剝下來一樣。我知道只要吉姆船長在場，他絕對不允許任何對於女性不敬的話。」

「他爲什麼單身讓我感到納悶。」安說著：「他現在應該有兒子駕著他們的船，以及孫子們爬在他身上聽他講故事，他應該是那樣的人才對。相反地，他什麼都沒有，只有一隻極好的貓咪。」

但是安錯了，吉姆船長擁有的更多——他擁有回憶。

第10章

蕾絲莉・摩爾

「我今晚要去海岸散步。」十月的夜晚，由於沒有其他人可以說話，安對著狗狗及馬狗狗說，因爲吉伯到港口去了。安有一小塊整齊沒有污染的活動範圍，任何由瑪麗拉・卡伯特養育的人都可以預期有這樣的習慣，並且覺得她可以問心無愧地向著岸邊閒蕩。她在岸邊漫步是愉快的，有時候與吉伯或吉姆船長，有時候獨自一人，想像著新的、強烈甜美的夢想，使用夢想裡的彩虹測量生命。她熱愛那個溫和有霧的灣岸，以及似銀的、被海風吹拂的沙岸，不過她的最愛是岩岸，擁有峭壁、洞穴以及大量表面風化的巨礫，還有洞穴水池中閃亮的小卵石，而她今晚就要躲藏在這裡。

秋天的暴風雨持續了三天，轟隆轟隆的聲音是巨浪在岩石上碰撞所發出的聲響，在沙洲上激起的白色浪花，混亂、模糊、騷動撕裂了四風港灣往昔平靜的藍色海洋。現在暴風雨已經結束，而且海岸在暴風雨沖刷之後已經變乾淨了；沒有任何的海風吹拂，只有依然存在的燦爛潔白的細微浪花潑濺攪動著沙子與岩石，這些浪花是在極爲寧靜的環境中唯一不安靜的事物。

「哦！經過了幾星期的暴風雨和緊張後，這眞是生命最值得的一刻。」安呼喊著，欣喜地從她所站的峭壁頂端遠望那片穿過顚簸的水面。現在她爬下陡峭小路來到下面的小灣，在那裡她就像被岩石、海洋以及天空所包圍。

「我要跳舞與歌唱。」她說。「這裡沒有人可以看見我，海鷗不會洩漏我的秘密，我可以盡情地瘋狂。」

她撩起裙子沿沙岸邊緣，以趾尖旋轉到剛好位於波浪處，波浪以它們的泡沫輕輕拍打她的雙腳。安不停旋轉歡笑，就像個小孩子，最後到達了小灣東部的海角；然後她突然停下來，雙頰變得緋紅，因爲她並非獨自一人，那裡有人看到她的舞蹈以及她的笑聲。

那是一位留著金髮並且有一雙海藍雙眼的女孩，坐在海角的一塊大圓石上，身影被突出的岩石遮掩掉一半。她正以一個奇怪的表情直勾勾看著安，看起來像在納悶、憐憫，又像是忌妒。她沒有戴帽子，那亮麗的頭髮僅以一條深紅色緞帶綁在她的頭上，尤其像布朗寧[1]的「華麗的蛇」。她穿著一套暗色質料的衣服，樣式很簡樸，但是圍繞在她的腰部顯示出她美好曲線的，是一條鮮豔紅色的絲質腰帶。她的雙手扣住她的膝蓋，看起來是被太陽曬黑的，而且因爲工作而變得結實；但是在她的喉嚨以及臉頰的膚色就像奶油一樣白皙。落日餘暉穿過西方的低雲落在她的頭髮上，一瞬間，她的神秘、熱情以及難以捉摸的魅力，看起來就像具體化的海洋精靈。

「你……你一定認爲我瘋了。」安結結巴巴地說，並且試著要恢復鎮定。被這樣高貴的女孩

1羅伯特・布朗寧（Robert Browning, 1812-1889），英國詩人、劇作家。

看到，對於擁有所有已婚女子尊嚴的布萊斯醫生太太而言，眞是太糟糕了。

「不會。」女孩說。「我不認爲你瘋了。」

她沒有再多說什麼，她的聲音是無表情的，她的舉止是稍微有點排斥的，但是她的眼中透露某些訊息：渴望但卻害羞的、違抗但卻請求的，讓安改變了離開的心意，並且來到女孩身邊，坐在大圓石上。

「讓我們自我介紹吧。」安說著，帶著她那從來沒有失敗過，能夠贏取友誼以及信任的微笑。「我是布萊斯太太，住在灣岸上的白色小屋。」

「是的，我知道。」女孩答道。「我是蕾絲莉，是迪克．摩爾太太。」她生硬地補充。

安因爲全然詫異而安靜了一陣子。心裡沒想到這個女孩子已經結婚了，她看起來不像已婚婦女，但她竟然就是安想像中的平凡的家庭主婦！安對於這個驚訝的變化，難以迅速調整她的思緒。

「那麼……那麼你就住在小溪旁的那間灰色房子囉？」她結結巴巴地問。

「是的，我應該老早就要去拜訪你了。」女孩說道，並沒有對於爲何沒有拜訪這件事情提出任何解釋或理由。

「我希望你能夠來。」安稍微恢復自信地說。「我們是住得這麼近的鄰居，應該要成爲朋友才是。那是四風的唯一缺點——沒有相當足夠的鄰居，要不然就很完美了。」

「你喜歡四風嗎？」

「豈止喜歡而已，我愛它呢！這是我看過最美麗的地方了。」
「我不曾到過很多地方。」蕾絲莉．摩爾緩緩地說。「但我一直都認爲四風是個非常美好的地方，我……我也愛它。」
她的談話跟她的外表是一樣害羞，可是卻帶有渴望。安對這個陌生女孩——「女孩」這個詞會持續使用——升起一個奇特的印象，那就是——如果她願意的話，她可以很健談。
「我時常來到岸邊。」她進一步說著。
「我也是。」安附和。「眞奇怪，我們之前從沒有見過彼此。」
「也許是因爲你在傍晚抵達的時間比我早。我來到這裡時通常已經很晚，幾乎是黑夜了，而且我更愛在暴風雨剛過後來這裡。我不是非常喜歡風平浪靜的海洋，我喜歡波濤洶湧、有海浪拍擊岩石聲的海洋。」
「我喜歡它所有的千變萬化。」安聲明道。「四風的海洋對我而言，就像家鄉的戀人小徑。今晚的大海看起來似乎非常自由不受束縛，也讓我擺脫了心中某些事情，那就是爲什麼我會獨自狂野地沿著海岸跳舞，當然我並沒有料想會被任何人看到。」
「你認識柯妮莉亞小姐啊？」蕾絲莉笑起來。她擁有娟秀的笑容，那個笑是突然的，帶有某種嬰兒般的美妙特質。安也笑了。
「哦，是的，她已經到過我的夢幻小屋好幾次了。」

「你的夢幻小屋？」

「啊，那是吉伯和我爲我們的家所取的一個可愛與可笑的小名，這個名字只有我們兩人使用而已。我無意中就說出口了。」

「所以羅素小姐的白色小屋就是你們的夢幻小屋囉？」蕾絲莉驚訝地說。「我曾經也有過一間夢幻小屋，但那是一座宮殿。」她進一步笑道，她那甜美的笑容，被一點點的嘲弄語調所破壞。

「哦，我也曾夢想過宮殿。」安說著。「我猜所有女孩子都是一樣的，然後我們滿足地安頓在一個擁有八間房的房子，那似乎就塡滿了我們心中所有渴望，因爲我們的王子就在那裡。然而，你應該擁有自己的眞實宮殿，你眞的好漂亮。你一定要讓我說出來，這件事必須要說出來，我幾乎快被羨慕死了，摩爾太太，你是我看過最美麗的人了。」

「如果我們要成爲朋友的話，你必須叫我蕾絲莉。」蕾絲莉以奇特的熱情說著。

「當然啦，我會叫你蕾絲莉。還有，我的朋友都叫我安。」

「我猜我是漂亮的。」蕾絲莉繼續說，狂怒地看著大海。「但是我痛恨自己的美麗。我希望自己就像在漁村中最黝黑與最平常的女孩，是一樣黝黑的。好吧，你覺得柯妮莉亞小姐是怎樣的人呢？」

蕾絲莉突然改變話題，讓安無法進一步得知她的秘密。

「柯妮莉亞小姐是很迷人的，對不對？」安說著。「上星期吉伯和我受邀到她的家中喝正式的下午茶。你聽說過桌子擺滿菜餚到像要發出呻吟似的情況吧?」

「我似乎記得在報紙的結婚報導中看過那種表情。」蕾絲莉笑著說。

「嗯,至少,柯妮莉亞小姐的桌子呻吟了,因爲擺滿了菜餚,它確實是咯吱咯吱響。你絕對不會相信她爲兩個普通人煮了那麼多菜餚。我想,她準備了各種你說得出名字的派,除了檸檬派以外。她說十年前在夏洛特鎮展覽時她的檸檬派是得獎的,而且自從得獎後就沒有再做過了,因爲擔心會毀掉她的名聲。」

「你能夠吃很多派來取悅她嗎?」

「我沒有辦法,但是吉伯卻因爲吃而贏得了她的喜愛。哈,我不會告訴你他吃了多少的。她說她從來不知道有男人對於派的不喜愛會勝於他的聖經。你知道嗎?我喜歡柯妮莉亞小姐。」

「我也喜歡她。」蕾絲莉說。「她是我在這世界上最好的朋友。」

安暗地裡懷疑,如果是這樣,爲什麼柯妮莉亞小姐從未對她提起過迪克·摩爾太太呢?柯妮莉亞小姐當然是自由談論在四風或是靠近四風的每一個人。

「那個好漂亮啊,對不對?」在短暫的沉默後蕾絲莉說著,指著掉過在她們後方岩石裂口的一道光線,它到達其底部的深綠色小水池上,產生出精美的視覺效果。「如果我來到這裡,雖然沒有看到其他東西,但只看到這個景象,我還是會心滿意足地回家。」

「沿著這些海岸的光線與陰影的印象都是很奇妙的。」安同意。「我那間小裁縫房間可以看到海港，所以我會坐在窗戶旁享受這些美景。這些顏色與影子每分鐘都在變化。」

「但是你不會孤獨嗎？」蕾絲莉突然問道。「從來沒有嗎？當你獨自一人的時候。」

「沒有，我不認爲我的生命中曾經孤獨過。」安回答。「卽使當我獨自一人，我也有很好的伴侶，那就是夢想、想像力以及幻想。我有時候喜歡自己獨處，只是爲了思考事情以及體驗它們。但是我喜愛友誼，以及和人們在一起的美好和高興的短暫時光。啊，你不會常來看我嗎？請你一定要來好嗎？」安笑著進一步說。「我相信如果你了解我的話，你會喜歡我的。」

「我懷疑你是否會喜歡我。」蕾絲莉認眞地說。她望向在月光照耀下泛起泡沫的波浪，而她的雙眼卻充滿了陰影。

「我很確定我喜歡你。」安說著。「而且請不要因爲你看到落日時我在海岸上跳舞就認爲我是個完全不負責的人。無疑地，一段時間後我就會恢復高貴的樣子。你看，我剛結婚不久而已。我覺得自己像個女孩，而且有時候像個小孩。」

「我已經結婚十二年了。」蕾絲莉說著。

這又是一件令人無法相信的事情。

「怎麼會？你應該比我還年輕啊！」安驚叫著。「你結婚的時候一定還只是個小孩子。」

「結婚時我才十六歲。」蕾絲莉起身說，並且拿起她旁邊的帽子與上衣。「我現在已經二十八歲了。好吧，我必須回家了。」

「那我也該回家了，吉伯很可能已經到家了，但是我好高興今天來到了海岸，並且與你相遇。」

蕾絲莉沒說什麼，因此安覺得有點掃興。她率直地給予了她的友誼，但是如果那不是完全的拒絕，就是沒有得到親切的接受。在沉默之中，她們爬上了峭壁，步行穿過牧草原野。那片原野上輕柔、淡色的牧草，就像月光照耀下的淡黃色天鵝絨地毯。當她們到達海岸小徑，蕾絲莉轉頭過來發問。

「布萊斯太太，我走這邊。你以後還會來這裡與我見面嗎？」

安覺得這個邀請好像是突然向她丟過來一般。她覺得蕾絲莉．摩爾說得很勉強。

「如果你眞的希望我來的話，我就會來。」她冷淡地回答。

「哦，我眞的希望……我眞的希望你來。」蕾絲莉呼喊起來，她那渴望的聲音就像要衝破加諸在她身上的束縛一般。

「好吧，我會來的。晚安，蕾絲莉。」

「晚安，布萊斯太太。」

安呆想地走回去，並且向吉伯傾吐她所遭遇的事。

「所以迪克．摩爾太太不是屬於認識約瑟夫的那一類人囉？」吉伯揶揄地說。

「不，不全然是，我認爲她曾經是的，但是已經離開或被放逐了。」安沉思著說。「她確實跟這裡的其他婦女非常的不同，你無法與她談論柴米油鹽，想當初我還把她想像成第二個林德夫人呢！吉伯，你看過迪克．摩爾嗎？」

「沒有呢，我曾經看過幾個男人在農場附近的田地工作，但是我不知道哪一個是摩爾。」

「她都沒有提到他。我知道她不快樂。」

「從你對我說的這件事情來看，我猜她在還未能夠了解她自己的理性以及感情的年紀，就已經嫁了，並且發現後悔已經來不及了。安，那是一個常見的悲劇。一個好女人會在逆境中盡力而爲，很顯然，摩爾太太因爲無法克服逆境而感到痛恨。」

「在我們尚未了解她之前，不要批評她。」安懇求著說。「我不相信她的事會如此簡單。吉伯，當你見到她時，你就可以了解她的魅力，那是一種超出她的美麗之外的事物。我覺得她擁有豐富的本質，能夠成爲她的朋友就好像進入一個王國，但是因爲某些原因，她將所有人排除在外，並且將她的所有潛在價值都自行封閉起來，以至於無法開花結果。自從我離開她之後，我就努力想要確定她的輪廓，而那也是我最能夠接近的方式了。我要去問柯妮莉亞小姐有關她的事。」

第11章 蕾絲莉・摩爾的故事

「是的，第八個小孩兩星期前誕生了。」柯妮莉亞小姐在冷颼颼的十月午後，坐在小屋爐火前的搖椅上說。「是一個小女嬰。弗雷德瘋狂喊說他要的是一個男生，但是事實上他根本就不想要小孩。如果生出來的是一個男生，他一定會大聲叫嚷爲什麼不是女生。他們先前已經有四個女兒和三個兒子了，所以我不認爲這胎是男是女有什麼大不同，不過他當然必須唱反調，這樣子才像男人嘛！那個小嬰兒穿著那套可愛的小衣服。她有一雙烏黑的眼睛以及一雙最可愛的小手。」

「我一定要去看看她，我好喜愛小嬰兒。」安因爲想到了太過神聖無法用言語形容的事，所以自己笑著說。

「我雖然沒說，但他們確實是可愛的。」柯妮莉亞小姐承認。「但是，相信我，有些人似乎是生得太多了。我住在格蘭的那個可憐表妹弗蘿拉生了十一個小孩，把自己搞得像個奴隸似的！她的先生三年前自殺死掉了。男人就是那樣子！」

「他爲什麼自殺啊？」安相當震驚地問。

「因爲無法克服某些東西吧，所以就跳井自殺了，那眞是一個擺脫的好方法啊！他天生就是專橫的人，而且，他那樣子做，那口井當然也被破壞掉了。弗蘿拉永遠不敢再去使用那口井了，眞是可憐的人！所以她花了非常多錢挖另一口井，那口井的水就跟指甲一樣堅硬。如果他要把自己淹死，港灣裡面有很多水啊，不是嗎？我對於那樣的男人毫無耐心。在我記憶中，四風只發生過兩次自殺事件。另一位是法蘭克．韋斯特，那就是蕾絲莉——摩爾的父親。對了，蕾絲莉拜訪過你們了嗎？」

「沒有耶，但是幾天前的晚上我在海岸遇到她，我們互相認識了。」安豎起雙耳說著。

柯妮莉亞小姐點點頭。

「我很高興你們已經見過面了，我正希望你能夠與她見面呢。你覺得她那個人如何呢？」

「我覺得她非常漂亮。」

「哦，那當然啦。四風這附近絕對沒有人可以跟她的美貌相比擬。你有看到她的頭髮嗎？放下來時可以到達她的雙腳呢。不過，我的意思是，你有多喜歡她？」

「我認爲，如果她同意的話，我會非常喜歡她。」安緩慢地說著。

「但是她不同意。她跟你保持了一個手臂的距離對吧？可憐的蕾絲莉！如果你知道她過著什麼樣的生活的話，你就不會感到很意外了。那是一個悲劇……眞的是一個悲劇啊！」柯妮莉亞小姐重複地強調。

「我希望你能將她的事都告訴我，也就是說在不背叛任何信任的情況下，你可以告訴我關於她的事情。」

「天啊，親愛的，在四風的每一個人都知道可憐的蕾絲莉的故事，那已經不是個秘密了。外表的事情人們都知道了，但是沒人知道蕾絲莉內心的秘密，而且她不信任人們。我猜，我可能是她在這個世界上最好的朋友了，但是她從來沒有對我表達過隻字片語的抱怨。你看過迪克．摩爾嗎？」

「沒看過呢。」

「好吧，我直接告訴你每一件事情吧，好讓你了解事情的經過。就像我說過的，蕾絲莉的爸爸就是法蘭克．韋斯特，他是一個有小聰明但無志氣的男人。啊，他有很聰明的腦袋，而且對他很有幫助！他到學院念了兩年書，然後他的健康就變差了。韋斯特家族的人都有肺病的傾向。所以法蘭克回到家中並開始經營農場，他娶了港口另一邊的蘿絲．伊利爾特。蘿絲被認爲是四風的美女，蕾絲莉擁有她母親的美貌，但是氣質又比她的母親好上十倍，身材也遠比她好。安，現在你知道爲什麼我總是主張女人應該彼此支持了嗎？

「上帝知道我們已經受夠了男人的支配，所以我們不應該相互辱罵，而且你很難發現我向另一個女人出言不遜，但是蘿絲．伊莉爾特是個例外。相信我，她一開始就被寵壞了，而且她什麼都不是，只是一個懶惰、自私又愛發牢騷的人。法蘭克沒有能力工作，所以他倆非常貧窮。眞可憐！相信我，他們靠無味的馬鈴薯過活。他們有兩個小孩——蕾絲莉與肯尼士。蕾絲莉擁有母親的美貌及父親的頭腦，以及一些不是得自他們的遺傳，而是來自於她的祖母（父親這邊的），一位極好的老婦人。當她小的時候，她是一個最聰穎、友善及快樂的小孩，每個人都喜歡她。她是父親的最愛，而她也深愛他，就像她之前說的，他們是『好朋友』。她認爲他完美無缺——而他在某方面確實是個有點迷人的男人。

「嗯，當蕾絲莉十二歲的時候，第一件可怕的事情發生了。她寵愛小她四歲的弟弟肯尼士，那是個可愛的小傢伙，但是他在過去的某一天被殺死了！他從一車裝滿乾草要送到穀倉的車上掉了下來，並且正好被車輪輾過去而死掉，而且，安，注意聽好了，蕾絲莉親眼目睹了一切，她那時候正從閣樓往下看。

「她尖叫一聲，卻被雇用的那個男人說他一生當中不曾聽過這樣的尖叫聲，他說那個聲音會一直在他耳邊響起，直到加百列的號角將其驅散。但是從此之後，她沒有再對那件事情尖叫或哭泣過。她從閣樓跳向貨車，再從貨車跳到地面，並且抱起了那個留著血、身體還是溫暖的，但是已經死去的小軀體。安，他們必須將那個小孩從她的手中用力扯開，她才肯放手。他們派人來叫我……喔，我無法再談論了。」

柯妮莉亞小姐從她那和藹的棕色雙眼中拭去眼淚，並且持續幾分鐘痛苦又安靜地做著針線活。

「喔。」她總算能繼續開口：「一切都結束了，他們將小肯尼士葬在港口那邊的墓園，而且不久後，蕾絲莉也回到學校繼續唸書。她不曾提起肯尼士的名字——從那天到現在，我再也沒有從她的嘴裡聽到了。我認爲那個舊時的傷痕，有時候仍然令她感到萬分痛苦；親愛的安，但是她已經是唯一的小孩了，而且時間對於孩子眞的是寬容的。過了不久，她又重拾歡笑，她擁有最美麗的笑聲。不過你現在已經不常聽到她笑了。」

「我在不久前的某一天晚上聽過她的笑聲。」安說。「那是美麗的笑聲。」

「法蘭克．韋斯特在肯尼士死後，健康情況日漸惡化。他不是個強壯的人，而且那對他來說是個打擊，因爲他眞的很喜歡那個小孩，儘管我說蕾絲莉才是他的最愛。他變得悶悶不樂、憂鬱，而且不想工作，蕾絲莉十四歲的某一天，他上吊自殺了，而且，他是在客廳中，就在客廳的正中央！以天花板上的燈具鉤子吊死的！你說那不就是男人的樣子嗎？那天同時也是他的結婚紀念日。選了那麼好的時辰自殺，眞糟糕不是嗎？當然，可憐的蕾絲莉就是發現他的人。那天早上她唱著歌，帶了一些鮮花要放到閣樓上的花瓶，可是她卻看到了她的父親吊掛在天花板上，他的臉那時已經黑得像木炭了。相信我，那是很恐怖的景象！」

「喔，眞的非常恐怖！」安戰慄地說。「好可憐的孩子！」

「在她父親的葬禮上，蕾絲莉不再像肯尼士的葬禮那樣哭泣。然而蘿絲嚎啕大哭了兩小時，所以蕾絲莉盡全力要試著安慰她的母親，平撫她的傷痛。每個人都受不了蘿絲，包括我在內，但是蕾絲莉從沒有失去耐性。她愛她的媽媽。蕾絲莉是排他的——她的自我堅定表現在她的眼神。

「好吧，他們將法蘭克．韋斯特葬在肯尼士旁邊，而且蘿絲爲他立了一塊很大的紀念碑。相信我，那個紀念碑比他的身體還大。總之那個大紀念碑，讓蘿絲根本買不起，還得拿農場去抵押。

但是過了沒多久，蕾絲莉年老的祖母，韋斯特老太太就去世了，並且遺留一點錢給蕾絲莉，足夠讓她在皇后學院就讀一年的學費。蕾絲莉下定決心，如果可以的話要通過教師考試，然後賺取足夠的錢讓她到雷蒙大學。那一直是她父親鍾愛的計畫，他希望她能夠擁有他所失去的。蕾絲莉充滿了抱負而且很聰明，她到皇后學院，在一年之內完成了兩年學業，完成她的第一個願望；當她回家後，順利前往格蘭學校教書。她非常快樂並且有前途，充滿了活力與渴望。當我想到她的過去與現在，我就忍不住想說——可惡的男人！」

柯妮莉亞小姐看起來就像古羅馬的尼祿一樣，惡狠狠地剪斷她的線，那一擊就像是要將男人的脖子切斷一樣。

「迪克．摩爾在那個夏天進入她的生命裡。他的父親，阿伯納．摩爾在格蘭經營一家商店，但是迪克遺傳了他母親的航海氣質；他通常在夏天出海，在冬天的時候到他父親的店裡當店員。他是一個高大英俊的傢伙，但是他的靈魂卻是醜陋的。在沒有到手之前，他絕不會放棄他想要的東西，然而得到之後就不再有任何興趣——標準的男人。哦，當事情都順利的時候他不會咆哮，每樣事情都很順利的時候，他絕大部分都是眞的感到快樂與同意的，但是他很愛喝酒，還有一些關於他與漁村一位女孩子之間的下流故事。總之，他連幫蕾絲莉擦腳的資格都沒有，而且他還是一個衛理公會派教徒！但是他卻徹底地爲她瘋狂，主要是因爲她長得漂亮，再來是因爲她對他沒什麼話說。他發誓一定要得到她，而且眞的得到了！」

「他是如何做到的呢？」

「哎呀，那是一件邪惡的事情！我永遠都不會原諒蘿絲．韋斯特。親愛的，我告訴你，韋斯特的農場就是抵押給阿伯納．摩爾的，而且利息已經到期好幾年了，所以迪克前去告訴韋斯特太太，如果蕾絲莉不嫁給他，他就會要求他爸爸取消抵押的贖回權。蘿絲持續著令人討厭的昏厥與哭泣，並且懇求蕾絲莉不要讓她被趕出家中。離開這個家將會讓她心碎，因爲她還是個姑娘時就嫁到這個家來了。我不會責怪她對於離開家這件事所感受到的害怕，但是你無法想像她是如此自私，竟然因爲這樣而要犧牲掉自己的骨肉，你會這樣做嗎？

「好吧，她就是如此自私，而蕾絲莉只好讓步，因爲她深愛著她的母親，她願意做任何事情來免除她的痛苦，所以她就嫁給了迪克．摩爾。那時候我們都不了解爲什麼她會這樣子做，過了沒多久我就發現她的媽媽是如何地讓她擔心。但是我確信，一定有些事情是不對勁的，因爲我知道她如何一次次地嚴厲斥責他，而且蕾絲莉不像是會那樣就此轉過頭的人。此外，我知道迪克．摩爾不是那種蕾絲莉會愛慕的男人，儘管他長得英俊瀟灑。當然啦，他們沒有舉行婚禮，但是蘿絲要求我前去看他們結婚。我的確去了，但卻感到很後悔。蕾絲莉的表情跟她在她弟弟和父親的葬禮上一模一樣，對我而言，我就像是看到她自己的葬禮一般，但是蘿絲卻笑得很開心。」

「蕾絲莉與迪克定居在韋斯特的家，因爲蘿絲無法承受與她親愛的女兒分離，他們在那裡度過了冬天。當春天到來時，蘿絲得到了肺炎，一年後就過世，那眞的是讓蕾絲莉太過悲傷了。一些可恥的人們被如此深愛著不是件可怕的事情嗎?你會想這樣子不會太過感性嗎?至於迪克,他已經受夠了沉默的婚姻生活,那就是男人的樣子。他前往新斯科細亞拜訪他的親戚,他的父親就是來自於新斯科細亞,他並且寫信給蕾絲莉,說他的堂弟喬治.摩爾要出海到哈瓦那,他也要一起去。那艘船的名字叫作四姊妹號,而他們大概要離開九個禮拜。

「對蕾絲莉來說這一定是如釋重負,但她從來沒表示過任何意見。從她結婚的那天開始,她就是這個樣子了——冷酷與自負,並且遠離每一個人,除了我以外。相信我,我不會被拒絕在千里之外的!不管一切事物,我就是知道如何跟蕾絲莉保持親近。」

「她跟我說你是她最好的朋友。」安說著。

「她真的這樣說嗎?」柯妮莉亞小姐高興地呼喊。「這個,聽到她這樣子說我真的很欣慰。有時候我會懷疑她是否真的希望我在她身邊,不過她從來沒有讓我有這樣的想法。你一定沒有想到自己能夠融化她的冷酷,否則她不會對你說這麼多事的。哦,那個可憐心碎的女孩!我沒有看過迪克.摩爾,但是我想要拿一把刀子將他完全刺穿。」

柯妮莉亞小姐再次擦拭了她的雙眼,並且熱切渴望她的故事緩和了她的情緒。

「好吧,蕾絲莉獨自被遺留在那裡了。迪克在離開之前種植了作物,並且由老阿伯納來照顧作物。夏天過去了,可是四姊妹號沒有回來,住在新斯科細亞省的摩爾家人調查了船隻下落,發現船的確有到達哈瓦那卸下貨物,裝載了其他的貨物後離港回家,那也是他們找到有關四姊妹號的最後下落了。逐漸地，人們開始認爲迪克．摩爾已經死去，幾乎每個人都相信他死了；雖然沒有人能夠確定，因爲還是有人在離開好幾年之後，再度出現在這個港口。蕾絲莉從來不認爲他已經死掉，而且她是對的，那眞的是非常遺憾的事！

「隔年夏天吉姆船長到了哈瓦那——當然，那是在他放棄航海之前的事。他認爲他應該在那裡閒逛一下，吉姆船長就是男人的樣子，總是愛管閒事，所以他在附近的船員旅館以及類似的場所中探訪，看看他是否能夠發現任何有關四姊妹號全體船員的事情。在我看來，他最好還是不要惹是生非的好。好吧，他去了一個不尋常的地方，在那裡他看到了一個男人，而且第一眼就認出他來，那就是迪克．摩爾，雖然他長滿了鬍子。吉姆船長讓他把鬍子刮掉，更加確定那就是迪克．摩爾。」

「他發生了什麼事呢？」

「沒人確實知道。所有在船員旅館的人們所知道的，就只有大約在一年前，他們在一個清晨發現他倒在門階上，而且情況非常糟糕，他的頭幾乎被打爛了。他們猜應該是在一些酒醉引起的爭吵中被打傷的，而且很可能就是那樣子。他們將他帶了進去，並且不認爲他能夠活下來。可是他卻活下來了，但是復元之後，他的行爲就像是個小孩子，他沒有記憶、智力或是判斷力。他們試圖找出他是什麼人，但是一直沒有辦法，他甚至無法說出他叫作什麼名字，他只能說一些簡單的單字。

「他身上有一封信，信上的開頭是『親愛的迪克』，並且署名『蕾絲莉』，但是上面沒有任何地址，而且信封也不見了。他們讓他留下來，他學著在那個地方做一些零工，而吉姆船長就是在那裡發現他的。他將他帶了回來，而我認為那是一個倒楣的工作，雖然我猜他沒辦法做其他選擇。他認為也許迪克回到家中，看到舊時環境以及熟悉的面孔後，可以喚起他的記憶，然而並沒有任何效果。從那時候起，他就一直住在小溪旁的屋子了。他就像一個不折不扣的小孩，偶爾做做簡單的拼寫，大部分時間只是茫然的。如果沒有注意他，他就會偷跑出去。那是一個蕾絲莉已經承擔了十一年的包袱，而且只有她一人獨自承受。

「在迪克被帶回家後不久，老阿伯納就死去了，而且他快破產了。他所有帳目都結清之後，已經沒有什麼東西可以留給蕾絲莉以及迪克，除了那座舊時的韋斯特農場。蕾絲莉將它租給約翰．沃得，而她就靠那些租金來過活。有時候在夏天會提供住宿服務來賺取多些生活費，但是大部分訪客都比較喜歡港口另一邊的旅館和避暑小屋，蕾絲莉的房子距離海岸太遠了。她一直在照顧迪克，而且十一年來不曾離開，她的生活，還有她曾經擁有的所有夢想以及希望，都被那個低能者綁住了。親愛的安，你可以想，她是那麼地漂亮、有精神、驕傲以及聰明，可是卻過著那樣的生活。那種生活對她就說像個活地獄一樣。」

「可憐、好可憐的女孩！」安再次說道。幸福似乎在指責她。當另一個人的靈魂必須如此不幸之時，她有什麼權利可以如此幸福呢？

「你能告訴我那晚在海邊相遇時，蕾絲莉對你說的話和舉止嗎？」柯妮莉亞小姐問。

她專心地聆聽並滿意地點頭。

「親愛的安，你認爲她是倔強以及冷酷的人，但是我可以告訴你，她的冷酷已經被相當程度地融化了，她一定很喜歡你。我眞的好高興，你對她一定是很有幫助的。當我聽到有一對年輕夫婦要來到這個房子時，我是很感謝的，因爲我希望那意味著蕾絲莉可以有些朋友，特別是如果你們是屬於認識約瑟夫的一類。親愛的安，你將會成爲她的朋友，對不對？」

「沒錯，我將會成爲她的朋友，如果她願意接受我的話。」安帶著她特有的溫柔與活力說道。

「不不，是你必須成爲她的朋友，不論她是否接受。」柯妮莉亞小姐堅決地說。「你不要介意她的倔強，不要去注意就好了。只要記住她過著什麼樣的生活，而且我猜她會一直過著這樣的生活，因爲我了解像迪克．摩爾這樣的人是很長壽的。你應該看看，自從他回到家之後已經變得多胖了，他以前可是挺瘦的。絕對要讓蕾絲莉成爲你的朋友，你可以做到的，你是最具有這種本領的人，唯一要注意的是，不可以敏感，而且也不要介意，如果她似乎非常不希望你拜訪她家的話。

「她知道有些女人不喜歡在有迪克的地方出現，因爲她們會起雞皮疙瘩。只要讓她盡量時常來到這裡就可以了。她不能時常離開，因爲她不能讓迪克一人獨自在家，因爲天曉得他會做出什麼事情？最有可能是把房子燒掉。晚上他上床睡覺之後，她才擁有唯一的自由時間。他總是很早就上床睡覺，並且像睡死一樣直到隔天早晨，那很可能就是爲什麼你會在海邊遇到她的原因。她時常在那裡閒逛。」

「我會盡我所能來幫助她。」安說著。自從她看到蕾絲莉驅趕鵝群下山開始，她對於這名女子的興趣就一直存在，聽過柯妮莉亞小姐講述之後，興趣更增加了一千倍。這個女孩的美麗、哀愁以及孤獨，形成了一種難以抗拒的魅力。安從來沒有認識像這樣的人，她的朋友都是生氣勃勃又快樂的女孩，就像她一樣，只有一般的人性關懷與悲痛會使她們少女般的夢想蒙上陰影。但是蕾絲莉．摩爾卻與這樣的生活遠遠分離，她是一個受到挫折的、悲慘哀求的女人的象徵。安下定決心，她要贏得那個孤獨靈魂的信任，進入她的國度，並找到裡面因爲殘忍的腳鐐所監禁，而不是自由意志所能決定的可以豐富給予的友誼。

「還有，親愛的安，提醒你一件事。」柯妮莉亞小姐不放心地說：「你不能因爲蕾絲力不曾上過教堂而認爲她是個離經叛道者，或認爲她是衛理公會派。她沒有辦法帶迪克上教堂，就算在最得意的那些日子也很少上教堂。但是，親愛的安，你只要記住，她內心屬於一個非常堅決的長老派教徒就好了。」

第12章 蕾絲莉來訪

在一個嚴寒的十月夜晚，蕾絲莉來到了夢幻小屋，當時朦朧的月光掛在港口上方，像一條捲曲的銀帶順著向海的幽谷而去。當吉伯前去應門時，她的樣子看起來像是後悔來到這裡；但是安飛奔而來，一把抓住她，拉著她進了門。

「我好高興你選擇今晚來拜訪。」她興高采烈地說。「我今天下午特地做了好吃的牛奶軟糖，所以我們希望有人可以幫我們吃掉它們。我們可以在爐火前面邊說故事邊吃糖果，也許吉姆船長也會順道來訪，今晚是屬於他的。」

「不是的，吉姆船長在他家裡。」蕾絲莉說。「是他……是他要我來的！」她有點挑釁地進一步補充。

「下次我看到他的時候要跟他道謝。」安說道，將扶手椅拉到壁爐爐火前。

「啊，我並不是說我不想要來這裡。」蕾絲莉有點臉紅地聲明。「我……我一直想要來，但是出門對我而言並非一件容易的事。」

「喔！那當然，要你離開摩爾先生是件困難的事情。」安用陳述事實的語調說。她已經決定把迪克·摩爾當作一個已被接受的事實（偶爾提起來，而不是過度避免談及這件事情）。她是對的，因爲蕾絲莉的拘束感突然間就消失了。

顯然地，安已經知道了關於她的生活狀況，但是現在都已經放心了，因爲不需要多作解釋。她脫下帽子與上衣，坐在馬狗狗旁邊的大扶手椅上。她的穿著優美，白色頸子上是她慣有的深紅色天竺葵裝飾，美麗的秀髮就像是在溫暖火光裡的黃金一般閃爍著光亮。她那海藍的雙眼充滿溫柔笑意與誘惑，頃刻間，在夢幻小屋的影響下，她再次成爲一個忘記過去與痛苦的少女。

這間小屋滿溢的愛的氣氛圍繞著她，她感覺屈服在她周遭的魅力中了，如果柯妮莉亞小姐與吉姆船長看到現在的她，大概認不出她來吧。這個活潑、熱烈渴望著談論與聆聽的女孩，讓安不敢置信就是她在岸邊遇到的冷酷、無反應的女人。

「我們的藏書並非昂貴。」安說著。「但是每一本書都是我們的朋友。我們這些年來一直在到處挑選書本，我們都會先讀過，並且知道是屬於認識約瑟夫的那一類才會購買。」

蕾絲莉笑了，那美麗的笑聲就像在消失的年代裡，曾經迴響在整個小屋的所有快樂。

「我有幾本我父親留下來的書，並沒有很多。」她說。「我一直閱讀它們，直到我幾乎能夠用心去體會它們。我沒有買很多書，在格蘭的商店裡有一個巡迴圖書館，但是我認爲選擇那些書籍給帕克先生的委員會的人，並不知曉哪些書是屬於認識約瑟夫的，或者，也許他們根本就不關心。在那裡很難找到我眞正喜歡的書籍，所以我就沒有再去那裡找書了。」

「我希望你能夠把我們的書櫃當作是你自己的。」安說著。「我們眞心誠意地歡迎你來借閱其中任何一本書。」

「你真是在我面前準備了一頓大餐啊。」蕾絲莉快樂地說。直到時鐘敲響了十點的鐘聲，她不情願地從扶手椅上起身。

「我必須回家了，我沒想到已經這麼晚了。吉姆船長總是說坐個一小時不會很久，但是我已經停留了兩小時，哦，可是我很快樂。」她直率地進一步說道。

「你要常來喔。」安與吉伯同聲說道。蕾絲莉看看他們，他們是這樣年輕、有希望、快樂，擁有所有她所失去的特點，而且永遠失去了。她明亮的臉色與眼神不見了，剛剛那個女孩也消失了，她又變回那個被欺騙的悲傷女人，幾乎冷酷地回應他們的邀請，並且迅速離開。

安一直看著她，直到她消失在寒冷帶霧的夜色中，然後慢慢回到自己洋溢幸福的家庭。

「吉伯，她很漂亮對不對？她的秀髮讓我著迷。柯妮莉亞小姐說她的頭髮長到她的雙腳呢。露比·吉利斯也有一頭漂亮的秀髮，但是蕾絲莉是有生命的，每根髮絲都是充滿生氣的金色。」

「她非常漂亮。」吉伯同意，而且他是真心地開口，讓安幾乎希望他可以稍微不要那麼熱烈。

「吉伯，如果我的頭髮像蕾絲莉的一樣，你會更喜歡我的頭髮嗎？」她憂愁地問。

「我只喜歡你現在的髮色。」吉伯伴隨著一次或是兩次使人信服的語氣說。「如果你有金色的頭髮，你就不是安了，或是任何其他的顏色，除了……」

「紅色。」安帶著憂鬱的滿足接道。

「沒錯，就是紅色，它可以溫暖你那乳白的肌膚以及那對閃亮的灰綠色雙眼。金髮一點都不適合你，安女王，我的安女王，我的心、我的生命還有我的家的女王。」

「好吧，那就隨便你去欣賞蕾絲莉的秀髮了。」安寬宏大度地回應。

第13章 可怕的夜晚

一星期後的某個夜晚，安決定穿過田野到小溪旁的房子做一個非正式的拜訪。那是一個籠罩著灰白霧氣的夜晚，霧氣從海灣進來，漸漸地包圍港口，填滿了幽谷與溪邊，並且緊緊依附在秋天的草地上。穿過霧氣的是海洋顫抖的啜泣聲，安看到了四風的一個新面貌，並且發現它是怪誕、神秘與充滿魔力的，但也讓她稍微感到寂寞。吉伯到夏洛特鎮參加一個醫學會議，翌日才會回來。安渴望與某個少女朋友度過一小時的友誼，吉姆船長與柯妮莉亞小姐都是好人，他們有各自的表現方式，但是年輕人還是渴望與年輕人交朋友。

「如果黛安娜、菲兒、普莉希拉或史黛拉能夠來拜訪聊天。」她自言自語，「那將會多麼愉快啊！這眞是個可怕的夜晚。如果說籠罩的霧氣可以往旁邊拉開，我確信可以看到那些航向他們死亡的船隻在今晚航行進港，連同那些淹死的船員站在甲板上。這些霧氣好像隱藏了數不清的神秘事物，好似我被舊時人們的鬼魂所包圍，並且穿過灰白的帷幕凝視著我。如果在這間小屋過世的那些親愛的女士們想回來重遊，她們應該就會在這樣的夜晚前來。

「如果我在這裡多坐上一會兒，我就會在我對面看到她們其中一個，就在吉伯所坐的那張椅子上。今晚這個地方並非完全安靜，甚至連狗狗與馬狗狗都豎起了它們的耳朵，聽著看不見的訪客的腳步聲。我要在被我自己的想像驚嚇前跑去找蕾絲莉，就像很久以前在鬧鬼的樹林裡一樣狂奔。我將離開我的夢幻小屋，以此歡迎那些舊時的居住者，我的爐火提供對他們的友善與問候，在我回來之前他們就會離開了，房子又會再度成為我所擁有的。」

對著自己的幻想稍微笑了一下，然而還是有些毛骨悚然的感覺從安的脊椎升起，她用手把她的吻傳給狗狗與馬狗狗，然後匆忙走出去，進入霧氣之中，手臂下還夾著一些要給蕾絲莉的新雜誌。

「蕾絲莉渴望書本與雜誌。」柯妮莉亞小姐曾經告訴她：「難得她有機會可以看到，因為她買不起或是無法訂閱。安，她真的非常可憐，我不知道她如何能夠靠著農場的微薄租金過活，她從來沒有對於貧窮的傷痕抱怨過一句話，但是我知道什麼是應該抱怨的。她整個生活都被貧窮妨礙。相信我，當自由以及有雄心的時候，她不會介意，但是現在一定是惱怒的。

「我很高興她與你一起度過的夜晚似乎很開朗和歡愉。吉姆船長告訴我，那天晚上他光明正大地將她的帽子戴在她頭上，將她的外套穿到她身上，並且將她推出門外。如果你太久沒去的話，她會認為你是因為不喜歡看到迪克的關係，而她會再度自我封閉。

「迪克是一個身形很大、但是無惡意的寶寶，儘管他的露齒傻笑以及咯咯聲確實會讓人緊張。謝天謝地，我自己可是很沉著的。相較於他正常的時候，我比較喜歡現在的迪克·摩爾，雖然上帝知道不需要多說什麼。有一天我到他家幫忙蕾絲莉清理房屋，還炸了甜甜圈來吃。迪克跟平常一樣在那裡徘徊著要拿一個去吃，可是突然間，他在我彎下腰時，拿起一塊剛炸好的甜甜圈丟到我的脖子後面，然後不停地笑。相信我，安，是我心中所有的上帝慈悲，讓我沒有立卽把那個長柄燉鍋拿起來，並且將裡面的滾燙熱油倒在他頭上。」

當安快速通過黑暗時，想到柯妮莉亞小姐的憤怒而發笑，但是笑聲與那個夜晚卻是不相配的。當她抵達柳樹林間的房子時，她是夠淸醒的。那間屋子的前方看起來黑暗而荒蕪，所以安悄悄走到側門，那個門位於走廊，再進去點就有一個小客廳。她安靜地待在那裡。

側門是打開的，蕾絲莉就坐在那個燈光昏暗的房間內，她的雙臂用力拋在桌子上，而她的頭低垂在雙臂裡。她正傷心地哭泣，帶著低沉、強烈的哽咽啜泣聲，就好像靈魂中某些極度的痛苦正試圖將其撕裂出來。

而且，她的身旁坐著一隻黑色公狗，牠的鼻子停留在她的膝上，那雙大眼睛滿是沉默，懇求著同情與熱愛。安沮喪地退縮了，她覺得自己無法干涉這種痛苦，她的內心因爲無法表達同情而感到疼痛。如果現在進去，就會永遠將幫助的可能或是友誼永遠關閉。某種直覺警告著安，有自尊心的女孩絕對不會原諒在她絕望放棄時出現，而令她感到驚駭不已的人。

安悄悄地從走廊離開，穿過庭院。她聽到遠處黑暗中發出的聲音，並且看到了模糊的燈光。她在大門口遇到兩個男人，吉姆船長手上拿著一盞提燈，而她知道另一個一定是迪克．摩爾，一個太過肥胖的高大男人，還有一張寬闊紅潤的圓臉，以及一對茫然的雙眼。卽使在陰暗光線下，安仍能感受到他的雙眼有些不尋常的地方。

「布萊斯太太，是你嗎？」吉姆船長問。「這種時候你不該一個人獨自漫步，在這樣的霧氣中是很容易迷路的。你在這裡等著，我先把迪克平安帶進屋內，然後回來幫你照亮田野上的路。我才不要讓布萊斯醫生發現你在霧中行走，並且從立弗斯海角掉下海去。四十年前就有一個婦女遭遇到這種結果。」

當他與安重新會合後，他問：「所以你是來這裡探訪蕾絲莉的囉？」

「我沒進去屋內。」安回答，並且訴說她看到的景象。吉姆船長聽了之後嘆了口氣。

「眞是可憐的小女孩！布萊斯太太，她不常哭，她勇敢承受這一切，當她哭泣的時候一定是感覺到極糟糕的。像這樣的夜晚，對於悲傷的可憐女人是很難熬的。這樣的夜晚有時會讓我們想到痛苦或是害怕。」

「到處都是鬼耶。」安顫抖地說。「就是這樣子我才會來這裡，我想要緊握住人類的手，並且聽到人類的聲音。今晚似乎有很多非人類出現，在我自己可愛的小屋裡開起聚會。它們將我推擠出來，所以我才逃到這裡來尋找跟我同類的友誼。」

「布萊斯太太，不過你沒有去她家是正確的，蕾絲莉不會喜歡你在那樣的情況下進去。如果沒有遇到你，那麼我就會跟迪克進去，而她也不會喜歡我進去。迪克一整天都跟我在一起。只要能夠盡可能對蕾絲莉有幫助，我就會讓他跟我在一起。」

「他的眼睛是不是有些奇怪啊？」安問道。

「你注意到他的眼睛了啊？沒錯，一邊是藍色的，另一邊是淡褐色的，他的父親也是這樣，那就是摩爾家人的特性。就是這個特質讓我在古巴一眼認出他是迪克．摩爾。如果不是因爲那雙眼睛，我可能沒有辦法從他的鬍鬚和肥胖中認出他來。我猜你知道我就是那個找到並且帶他回家的人。柯妮莉亞小姐說我不該那樣子做的，但是我無法同意她所說的。

「那是一件對的事情，而且也是唯一的。我心中對於將他帶回家這件事情，沒有任何疑問，但是我這顆老心臟卻爲蕾絲莉而傷痛。她才二十八歲而已，但是相較於大部分八十歲婦女所經歷的悲痛，她吞下的苦是更多的。」

他們沉默地走了一段時間，不久，安開口：「吉姆船長，你知道嗎？我從來都不喜歡帶提燈走路。在燈光的範圍之外，正好在黑暗的邊緣，我總是有種奇怪的感覺，覺得自己被狡猾邪惡的東西所圍繞，它們用不友善的眼神從暗處看著我，自從孩童時期我就有那種感覺了。這是什麼原因呢？當我眞正處在黑暗中時，我從來沒有那種感覺，就算它們全部接近圍繞著我，我也一點都不覺得害怕。」

「我自己也有幾分這樣的感覺。」吉姆船長說，「我猜當黑暗接近我們時，它就是個朋友，但是當我們用燈光將它推開時，它就變成敵人了。但是霧氣正在消散，如果你有注意到，有一陣輕快的西風正在吹起。當你到家的時候，星星就會出來了。」

星星眞的出來了，同時，當安重新進入她的夢幻小屋時，紅色的餘燼仍在爐床上灼熱燃燒，

可是所有的鬼魂都不見了。

第14章 十一月

沿著四風港海岸閃亮了數星期的壯麗顏色，已經褪色成為晚秋柔和的灰藍色山丘。很多個白天裡，田野與海岸都因為霧茫茫的大雨而變得迷濛，或是在憂鬱的海風氣息之前顫抖，晚上也一樣。當暴風雨來襲，安有時候會醒過來，祈禱不會有船隻逆風行駛到可怕的北海岸，因為如果真的航向那裡，即使是那座在黑暗中無懼旋轉的巨大忠實燈塔，也無法幫助指引它進入安全的避風港。

「十一月會讓我覺得春天永遠不會再度來臨。」她嘆著氣說，她被那些因為凍壞以及弄濕而變得非常難看的花盆感到苦惱。校長的新娘擁有的那座艷麗小花園，現在已經變成一個相當荒涼的地方，而且白楊樹和白樺樹的頂端都是光禿禿的，正如吉姆船長所說。但是小屋後面的冷杉還是一樣蔥綠又堅固，即使在十一與十二月，還是有陽光以及紫色薄霧的優美日子，港口就像仲夏一樣活潑閃耀，而海灣呈現著如此柔和的藍色，讓暴風雨以及狂風變成似乎只是很久以前夢中的東西罷了。

秋天的好幾個夜晚，安與吉伯都是在燈塔中度過的。那裡一直是個令人愉快的地方，即使東風已經唱著小調而大海已經死寂與陰暗，少量的陽光還是潛藏在那裡。也許是因為大副總以壯麗的金色在那裡招搖行進吧。牠生得如此龐大又燦爛，讓人很難不想到太陽，而且牠那響亮的嗚嗚叫聲、吉姆船長的笑聲以及談話聲都能成為愉快的伴奏，船長與吉伯在有關貓或者西洋棋以外的議題上有很多對話。

「我喜歡思考各種問題，雖然我無法解決它們。」吉姆船長說。「我的父親認為對於無法了解的事情，絕對不可以去談論，但是醫生啊，如果我們不談論的話，那麼談話的主題就會非常少了。我認為衆神們聽了我們的談話一定會發笑，不過那有什麼關係？只要記得我們只是人類，而且不要把我們自己想像成可以分辨善與惡的神就好了。我覺得我們的議題不會對我們或是任何人有多大傷害，所以醫生，為什麼不要讓我們就在今晚再來分享另一個議題呢？」

當他們「分享」的時候，安就會在旁邊聽他們說話或是自己幻想著。有時候蕾絲莉也會與他們一起來到燈塔，然後她就會跟安一起在神秘的微光下沿著海岸漫步，或是坐在燈塔下的岩石上，直到黑暗將她們趕回燃燒著浮木爐火的歡樂中，然後吉姆船長會泡茶給他們，並且告訴他們「陸地與海洋的故事，以及任何發生在外面，而被遺忘的偉大世界的故事」。

蕾絲莉似乎一直很享受在燈塔的狂歡喧鬧，並且暫時發出機智與美麗的笑聲，或是寂靜卻熱情的眼神。當蕾絲莉也在場時，他們的對話中就具有某種會讓他們在蕾絲莉缺席時想念的氣息與趣味，甚至當她沒有說話的時候，似乎也能鼓舞其他人機智的談論。吉姆船長很會說故事，吉伯辯論的速度很快，又具有機敏應答的才能，安在蕾絲莉的個性影響下，能滔滔不絕地說出她的想像及幻想。

「那個女孩天生具有在社交圈以及知識分子界的領袖氣質，應該是要遠離四風的。」有一天夜晚，在他們回家路上，她對吉伯說。「她在這邊完全是浪費才華。」

「你沒有聽到吉姆船長說的嗎？還有我們不久前的一個夜晚討論的那個主題？我們達成了一個令人欣慰的結論，那就是造物者知道如何運作祂的宇宙，所以終究沒有所謂的『浪費的』生命，除非一個人固執地揮霍以及浪費他的生命，當然蕾絲莉沒有這樣子做。而且有些人可能也會認爲，編輯們尊敬的雷蒙文學士，卻成爲一個在四風農村社區努力中的鄉下醫師的太太也是『浪費的』。」

「吉伯！」

「如果你現在嫁的是羅爾．加德納的話。」吉伯無情地繼續說：「你就會是一個遠離四風的社交圈及知識份子界的領袖了。」

「吉伯．布萊斯！」

「安，你知道的，你曾經跟他相愛過。」

「吉伯，你太卑鄙了，如同柯妮莉亞小姐所說：『眞的很卑鄙，就跟所有男人一樣。』我從來沒有愛過他，我只有想像我跟他相愛，你很淸楚的。你知道我寧願在我們這間充滿夢想以及滿足的小屋裡面當你的太太，也不願去宮殿裡面當女王。」

吉伯接著並非用言語來回答，但是我擔心他們兩個忘記可憐的蕾絲莉正快速穿越田野，孤獨地走在回家路上，回到一個既不是宮殿也沒有夢想滿足的房子。

月亮已經在他們後面那個黯淡黝黑的海洋上空升起，並且將其美化。她的月光還沒有照射入港口，港口的另一邊是幽暗且能引發人聯想的，朦朧的小海灣以及深沉的憂鬱、璀璨的燈光。

「家裡的燈光投射到黑夜裡是多麼漂亮啊！」安說著。「在港口上一整串房子投射出來的燈光，就像是一條項鍊，而且在格蘭那邊是多麼閃亮啊！哦！吉伯你看，我們家在那裡。我好高興我們離開的時候把燈開著。我不喜歡回到一個黑漆漆的家。吉伯，我們家的燈光耶！那看起來很令人愉快，不是嗎？」

「那只是地球上數百萬個房子中的一個，安，不過是我們的，我們家的燈火在一個『頑皮的世界』，像燈塔般照耀著。當一個男人擁有一個家，以及一個嬌小可愛的紅髮妻子時，他的生活還能有什麼不滿足的呢？」

「嗯，他可能會再要求一件事情。」安快樂地小聲說。「哦，吉伯，我似乎等不及春天的到來了。」

第15章 四風的聖誕節

安剛開始與吉伯討論要回到艾凡里過聖誕節，但他們最後決定要留在四風。「我希望我們共同生活的第一個聖誕節，是在自己的家度過的。」安以命令的口吻說。

所以最後是瑪麗拉與林德夫人，還有那對雙胞胎來到四風過聖誕節。瑪麗拉的表情就像環繞了地球一周一樣。她之前離家從未超過六十哩，而且也沒有在綠色屋頂之家以外的任何地方吃過聖誕晚餐。

林德夫人帶來了一個親手製作的巨大梅子布丁。她絕不相信從學院畢業的年輕一代可以正確做出梅子布丁，但是她對安的房子卻給予了讚美。

「安是一個好管家。」她在他們抵達那一晚，在客房裡對瑪麗拉說著。「我有察看過她的麵包盒以及剩菜桶，我總是用這個方法來評判一個管家的好壞。剩菜桶裡面沒有不應該被丟棄的東西，麵包盒裡也沒有不新鮮的麵包。當然啦，她是由你訓練出來的，但是她之後跑去學院唸書了。我注意到她將我送的菸葉條紋被子鋪在床上，你送她的大圓珠鑲綴小地毯也放在客廳的壁爐前，這讓我感覺就像在家裡一樣。」

安在自己家裡的第一個聖誕節，就像她所想要的一樣令人愉快。那是一個美好明亮的日子，第一層雪在聖誕節前夕落下來，讓世界變美了；港口仍然是開放與光彩奪目的。

吉姆船長與柯妮莉亞小姐都過來用晚餐，蕾絲莉與迪克也受到了邀請，但是蕾絲莉藉口說，他們聖誕節總是到她的叔叔伊薩克．韋斯特的家度過。

「她寧願去那裡的。」柯妮莉亞告訴安。「她無法忍受帶著迪克去有陌生人的地方，聖誕節對蕾絲莉而言一直都很難熬。過去她跟她父親的聖誕節是很精采的。」

柯妮莉亞小姐與林德夫人彼此沒有非常趣味相投，「兩顆太陽不會在同一片天空下運行」，但是她們一點也沒有衝突，因爲林德夫人在廚房幫助安與瑪麗拉準備晚餐，吉伯則是負責款待吉姆船長與柯妮莉亞小姐，或者更正確地說，是他們兩個逗她快樂，因爲那兩個老朋友兼對手之間的對話一定是不會乏味的。

「布萊斯太太，這裡已經有好長時間沒辦過聖誕晚餐了。」吉姆船長說。「羅素小姐總是到鎮上她朋友那兒過聖誕節，而我第一次來這裡吃的聖誕晚餐是老師的新娘煮的。布萊斯太太，那就是六十年前的今天，足夠將山丘覆蓋成白色的雪，而海灣就跟六月時一樣湛藍。那時候我還只是個小孩子，而且不會被邀請外出吃飯，又因爲太過害羞不敢吃太多，但是我撐過去了。」

「大部分人都是這樣的。」柯妮莉亞小姐說，手上還是快速地做著針線活。她在坐著的時候是不會讓雙手閒著的，卽使是在聖誕節。小嬰兒的誕生是不會考慮到節日的，而在格蘭聖瑪莉非常貧窮的一家人是有些期待的。畢竟柯妮莉亞小姐送給了那一家人一頓豐盛的晚餐。

「好吧，柯妮莉亞，你知道嗎？要抓住男人的心，要先抓住他的胃。」吉姆船長解釋道。

「我相信你，只要他眞的有一顆心的話。」柯妮莉亞回嘴。「我猜那就是爲什麼許多女人拚命地烹飪，就像可憐的阿梅莉亞．巴斯特一樣。她在去年聖誕節早晨過世，並且在死前說道：『結婚之後，這是她第一個不需要烹煮二十大盤菜餚的聖誕節。』對她而言，那一定是快樂的轉變。嗯，她已經過世一年了，所以你很快就可以收到哈洛斯．巴斯特的結婚通知了。」

「我聽說他已經在通知了。」吉姆船長說，並且對吉伯眨眼。「他不久前穿著那套硬衣領黑色喪服在星期天去過你家啊。」

「沒有，他沒到我家，而且他也不需要來。我如果要他的話，在他年輕的時候就可以得到了。相信我，我不想要任何二手貨。說到哈洛斯．巴斯特，去年夏天遇到財務困難，所以他祈禱上帝的幫忙，當他的太太去世了，他就得到他太太的人壽保險了，因此他相信這是上帝回覆給他的祈禱。這不是一個很可惡的男人嗎？」

「柯妮莉亞，你眞能證明他說過那樣的話嗎？」

「我是從衛理公會派牧師那裡聽到的，如果你稱那是證明的話。羅伯特．巴斯特也告訴我同樣的事，但我承認那不是個證明，羅伯特．巴斯特的話並不常常是可信的。」

「柯妮莉亞，會的，我認爲他通常都說實話的，但是太常改變意見了，所以有時候聽起來不像是實話。」

「相信我，那聽起來很平常。但是需要一個人來爲另一個辯解。我不要羅伯特．巴斯特這個人，他僅僅因爲長老派教會唱詩班在他與瑪格莉特結婚後的禮拜天走上教堂側廊時，正好吟唱著『新郎來了』作爲募款音樂，就轉爲加入成爲衛理公會派教徒。（那樣子對待他的遲到倒是很適當！）他一直堅決認爲那個唱詩班這樣做是故意侮辱他，好似他非常重要一樣。他的哥哥艾里費爾特幻想自己的手肘裡面一直住著一個惡魔，但我從來都不相信惡魔會浪費這麼多時間在他身上。」

「我……不……知道。」吉姆船長沉思地說。「艾里費爾特的生活太孤單了，甚至沒有一隻貓或是一隻狗來保持他的人性。當一個人單獨的時候，如果他不是和上帝在一起，極有可能是與魔鬼在一起，我猜他必須選擇一個同伴。如果惡魔一直住在萊夫．巴斯特的手肘的話，那一定是因爲萊夫喜歡他們待在那兒。」

「就像男人。」柯妮利亞小姐說完，沉默了下來。吉姆船長漫不經心說著：「上個禮拜天早晨我去了衛理公會教徒的教堂。」

「你最好回家去讀你的聖經吧。」柯妮莉亞小姐回嘴。

「聽著，柯妮莉亞，我看不出來到衛理公會教徒的教堂會有任何傷害，因爲又不是你在講道。我作爲一個長老派教徒已經有七十六年了，剩下來的日子裡，我也不會改變我的宗教信仰。」

「眞要如此，那會立下一個不好的規矩。」柯妮莉亞小姐嚴肅地說。

「此外，」吉姆船長繼續淘氣地說：「我想聽一些悅耳的歌聲。衛理公會教派有一個很好的唱詩班。柯妮莉亞，你無法否認，我們教堂的歌聲自從唱詩班分裂之後就是頗糟糕的了。」

「歌聲不好又怎麼樣呢？他們已經將最好的表現出來了，而且對上帝而言，烏鴉與夜鶯之間的叫聲是沒有差別的。」

「好吧，好吧，柯妮莉亞。」吉姆船長溫和地說：「我有一個更好的見解，就是全能上帝的耳朵是更喜歡音樂的。」

「我們的唱詩班為什麼會有那些問題啊？」吉伯提問，他一直忍著不要笑出來。

「那要追溯到三年前的新教堂了。」吉姆船長回答。「對於興建那座教堂，我們經歷了一段極糟糕的日子，因為對於新地點發生了爭吵。這兩個場所距離不超過兩百碼，但是在劇烈爭吵過後兩地就不相往來了，感覺上好像相距了一千碼。我們分成了三個派別，其中一派想要在東邊的場地，一派想要南邊的場地，而第三派想要維持在原地。從床上吵到委員會，從教堂吵到市場，祖宗三代的醜聞又被重新批判，三個競爭派別因為這樣而分裂，而我們曾經召開會議試圖解決問題！柯妮莉亞，你還記得老魯瑟．柏恩那個演講嗎？他強而有力地陳述了他的意見。」

「直言不諱吧，吉姆船長，你是指他從頭到尾都氣得臉紅，並且嚴厲斥責他們全部人的那時候嗎？他們也是活該，一群無能的人。但是一群男人的會議有什麼好期待的呢？那個建築委員會開了二十七次會議，而且在第二十七次會議結束時，討論進度跟剛開始時沒差多少——加上一些突發事件，他們必須重新作業並且拆掉舊的教堂，所以造成我們目前的處境，沒有一間教堂可以做禮拜，也沒有其他地方，除了會堂還算可以提供來做禮拜之外。」

「衛理公會派將他們的教堂提供給我們，柯妮莉亞。」

「如果沒有我們女人正確地開始並且掌管的話。」柯妮莉亞小姐不理會吉姆船長，繼續說：「格蘭聖瑪莉的教堂至今還沒有建起來呢。如果男人打算繼續爭吵直到最後審判日的話，我說我們的目的就是要建一座教堂，而且我們已經厭煩成爲衛理公會派教徒的笑柄了。我們召開了一個會議，並且選出一個委員會來進行遊說捐款，我們也遊說他們捐款。

「當任何一個男人試圖對我們說無理的話時，我們就會告訴他們，他們已經籌劃兩年的教堂，可是沒有任何的進展，現在該換我們來接手了。相信我，我們就這樣子教他們閉嘴了，而且六個月內我們就把教堂建好了。當然啦，很快的，當他們知道我們已經下定決心時，他們就停止爭吵並且回去工作，或是停止作威作福，這就是男人的樣子。哦，女人無法講道或是當長老，但是她們可以建造教堂，並且爲大家募集金錢。」

「衛理公會派允許女人講道呢。」吉姆船長說。

柯妮莉亞小姐怒目瞪視他。

「船長，我從來都沒說過衛理公會教徒是沒有常識的，我的意思是，我懷疑他們是否有忠誠的宗教信仰。」

「柯妮莉亞小姐，我猜你是贊成女人有投票權的吧?」吉伯說道。

「相信我，我不渴望投票權。」柯妮莉亞小姐藐視地說：「我知道怎樣幫男人處理善後，但是總有一天，當男人了解到他們已經將世界弄得一團亂，而且無法脫身的時候，他們就會很高興地將投票權交給我們，並且將他們承擔的麻煩丟給我們，那就是他們的陰謀。哦，相信我，幸好女人都是很有耐心的。」

「談談賈伯吧？」吉姆船長建議。

「賈伯啊！要找到一個非常有耐心的男人眞是非常稀少，如果眞的找到的話，人們堅定地認爲他就是不應該被忘記的那一個。」柯妮莉亞小姐得意洋洋地說。「總之，美德與名稱是不相配的。在港口那裡從來沒有一個男人像老賈伯．泰勒一樣有耐心。」

「嗯，柯妮莉亞，你知道他受了很多折磨。甚至你也不能爲他的太太辯護。我永遠都不會忘記老威廉．馬克亞里斯特在她的葬禮上對她的評語：『毫無疑問的，她是一個信仰基督教的女人，卻具有惡魔般的脾氣。』」

「我猜她是令人厭煩的。」柯妮莉亞小姐不情願地承認：「但是無法爲賈伯在她死時所說的話辯解。他在葬禮那天與我父親從墓園駕著馬車回來，他一路上都不發一語，直到快到家了，他竟然大大嘆了一口氣，並且說：『史帝芬，你可能不會相信，但今天是我一生中最快樂的日子！』那不就是男人的樣子嗎？」

「我猜可憐的賈伯夫人一定讓他的日子過得很辛苦。」吉姆船長思考著說。

「好吧，有一種像是行爲準則的東西吧，不是嗎？即使一個男人因爲他太太的死亡而感到內心歡喜，他也不需要向天空宣告吧。你可能注意到，不管是快樂或不快樂的日子，賈伯．泰勒過了不久又結婚了，他的第二任妻子可以控制他。相信我，她讓他如履薄冰。她做的第一件事情就是讓他在各處拚命掙錢，並且爲第一位賈伯夫人建造一座墓碑，還爲自己的名字留了一個位置。她說沒有人會讓賈伯爲她建造一座紀念碑的。」

「說到泰勒家的人，格蘭的露薏絲．泰勒夫人現在過得如何呢？醫生。」吉姆船長問。

「她已經慢慢康復了，她也很努力工作。」吉伯答覆。

「她的丈夫也很努力工作，他的工作是飼養種豬。」柯妮莉亞小姐說。「他因爲他的漂亮豬隻而引起人們注意。他的豬隻獲得的誇耀比他的孩子們還多。但是可以確定的是，他的豬隻可能是最好的，然而他的孩子們卻不大重要。他爲他們選了一個體弱的母親，並且在她懷孕以及養育他們的時候讓她餓肚子。他的豬隻可以吃到奶油，他的孩子們卻只能喝到脫脂牛奶。」

「柯妮莉亞，有時候我也要同意你的看法，雖然那會讓我受傷。」吉姆船長說。「露薏絲．泰勒就像你所說的那樣。當我看到他那些可憐不幸的小孩子時，所有孩子應該有的幸福在他們身上都看不到，這種景象刺痛了我，並且讓我哭了幾天。」

吉伯在安的召喚下走進廚房。安把門關上，並且對他進行了夫婦間的告誡。

「吉伯，你和吉姆船長必須停止逗弄柯妮莉亞小姐。啊，你們說什麼我都聽到了，而且我就是不准你們這樣子。」

「安，柯妮莉亞小姐可是非常自得其樂呢，這是你知道的吧。」

「好吧，沒有關係，那你們兩個也不用這樣子讓她出洋相啊。晚餐已經準備好了，還有，吉伯，不要讓林德夫人來切鵝肉。我知道她打算去做這件事，因爲她不認爲你可以正確地切開。做給她看，讓她知道你可以。」

「我應該可以做到。過去一個月我一直在研究展開的A—B—C—D圖表。」吉伯說著。「安，唯一的要求是不要在我切肉的時候跟我講話，因爲如果你讓我分心的話，就會讓我腦中的順序亂掉，而我就會陷於困境，那比起你過去的幾何學老師做的更改更爲糟糕。」

吉伯將鵝肉切得很漂亮，連林德夫人也必須承認。每個人都吃到鵝肉也相當喜歡，安的第一場聖誕晚餐會非常成功，所以她的臉上堆滿了主婦的驕傲笑容。

這個聖誕盛宴是快樂並且歷時長久的；結束用餐後，他們歡聚在壁爐的紅色火焰前，吉姆船長一直給大家說故事，直到太陽從四風港口的海面上消失，而白楊樹蔭掉落在小徑那邊的白雪。

「我必須回到燈塔了。」他最後說。「在日落前我正好還有時間走回家。布萊斯太太，謝謝你準備了這麼美麗的聖誕節。在大衛醫師回家前，找一天晚上帶他到燈塔走走吧。」

「我想去看看那些石頭神像。」大衛帶著有興趣的語氣說。

第16章　燈塔的除夕夜

綠色屋頂之家的人們在聖誕節過後就回家了，瑪麗拉鄭重承諾春天會再回來住一個月。新年之前下了一場更大的雪，港口都結冰了，但是在白色結冰區域另一邊的海灣仍是自由的。舊年的最後一天是一個寒冷卻明亮燦爛的冬日，它們的光彩不斷襲向我們，控制了我們的崇拜而絕對不是我們的愛。天空是鮮明又湛藍的，白雪就像鑽石般閃爍；僵直的樹木是裸露且不害羞的，還帶著一種堅實的美麗，而山丘就像是射出攻擊的水晶長矛，連陰影都如此明顯、強烈又清楚，反倒不像是真的陰影。每一樣美觀的東西看起來都更加美麗，但在閃耀的光彩下卻相形較無吸引力；每一樣醜陋的東西看起來又是十倍的醜陋，它們不是美觀的就是醜陋的。在那樣的閃光下，沒有柔和的混合、相似的暗淡或難懂的朦朧。唯一保有它們個性的東西就是冷杉，對於赤裸光線的入侵絕不屈服。

但是白天終究要結束，然後是某種哀愁拂上她的美麗，使她變得朦朧，鮮明的角度與閃耀的光點消失成為曲線以及迷人的閃光。白色的港口戴上了柔和的灰色與粉紅色，而遠方的山丘轉換成紫色的。

「舊的一年美麗地離開了。」安說著。她與蕾絲莉還有吉伯正在前往四風燈塔的路上，他們與吉姆船長策劃著要在燈塔中迎接新年。太陽已經落下了，而壯麗與金黃色的金星正懸掛在西南方的天空上，非常靠近她的地球姊妹。這是安與吉伯第一次看到由那一顆明亮的星星在夜間投射的影子，那抹影子是微弱與神秘的，隨時都可能消失，而且當你直接凝視她的時候，只要目光轉移一下子就消失了。

「那就像影子精靈，不是嗎？」安低語著。「當你往前看，你可以如此清楚地看到她縈繞在你身邊，但是當你回頭看時，卻又消失了。」

「我曾聽說一生只能看到一次金星的影子，而在你看到的那一年之中，你會得到一生中最美好的禮物。」蕾絲莉說著，但她說得相當不悅，也許她認爲即使是金星影子也無法帶給她生命的禮物。安在柔和微光下笑著，因爲她相當肯定那個神秘的影子給了她什麼樣的承諾。

他們在燈塔裡遇到了馬歐爾．伊利爾特。剛開始，安對於這個蓄著長髮長鬍子的怪人打擾了這個熟人的小聚會感到有些怨恨，但他其實是個說話風趣、聰明且博覽群書的男人，講述長篇故事的本領足可與吉姆船長相匹敵。當他同意與他們一起歡送舊的一年時，他們都很高興。

吉姆船長的小姪孫喬伊來到燈塔與他的叔公過新年，他睡在沙發上，大副則是蜷曲成一顆大金球在他腳邊睡著了。

「他是一個可愛的小男孩，對吧？」吉姆船長得意洋洋地說。「布萊斯太太，我眞的喜歡看顧熟睡中的小孩，我認爲那是世界上最漂亮的景象。喬伊眞的喜歡到燈塔來過夜，因爲我讓他和我一起睡。在家中他必須與其他兩個男孩睡在一起，但是他不喜歡。『吉姆叔公，爲什麼我不能和爸爸一起睡覺呢？』他說。『聖經上每個人都跟爸爸睡覺啊。』說到他提出的問題，牧師也沒辦法回答，它們眞的讓我陷入困境。『吉姆叔公，如果我不是我，那麼我會是誰？』以及『吉姆叔公，如果上帝死了，會發生什麼事情？』今天晚上在他睡覺前，就對我提出了這兩個問題。

「談到他的想像力，他可編造出最非凡的冒險故事，但是他的媽媽會因爲他說故事而把他關在小房間裡。然後他就會坐下來編出另一個故事，並且在被放出來的時候，已經準備好跟媽媽說了。當他今晚來到這裡時，就對我說了一個故事。『吉姆叔公，』他說，嚴肅得就像一塊墓碑似的：『我今天在格蘭有一個冒險活動。』我問：『喔，那是關於什麼呢？』我期待那是一件相當令人吃驚的事情，但絕不是爲我眞正了解的做準備。『我在街上遇到一匹狼。』他說：『吉姆叔公，那是一匹大狼，有一張紅色的大嘴巴以及可怕的長牙。』我說：『我不知道格蘭那裡有任何一匹狼耶。』喬伊繼續說：『哦，牠是從很遠很遠的地方來的。而且我認爲牠將會把我吃掉，吉姆叔公。』我問：『你害怕嗎？』喬伊說：『不怕，因爲我有一支大手槍。而且我把牠射死了，吉姆叔公，牠眞的死了，然後牠就跑到天堂去咬上帝。』他的故事結束了。好吧，布萊斯太太，他的故事可眞讓我感到吃驚。」

浮木爐火旁圍繞著歡樂的時光。吉姆船長說著故事，而馬歇爾．伊利爾特用美妙的男高音聲調唱起古老的蘇格蘭民謠，最後吉姆船長從牆壁上拿下他那老舊的棕色小提琴開始演奏。他的小提琴演奏技巧尚可，每個人都表現出欣賞，除了大副以外，牠就像是被槍打到一樣從沙發上彈起來，發出抗議的尖叫後，瘋狂地一路逃向階梯。

「就是沒辦法培養一隻貓來欣賞音樂。」吉姆船長說。「牠沒有耐心停留下來欣賞它。當我們在格蘭的教堂安裝了風琴，老艾爾德．理察在聽到風琴手演奏的片刻，就從牠的椅子上彈了起來，往通道下面急速奔逃離開教堂。那個景象強烈得讓我聯想到大副在我彈奏小提琴時狂奔的樣子，因此我幾乎是在教堂裡大聲笑出來，那是我之前未曾做過的事。」

吉姆船長演奏的愉快曲調帶有幾分感染力，沒一會兒，馬歇爾．伊利爾特開始用雙腳打起拍子，他年輕時是一個有名的舞者。沒多久，他突然站了起來，並且對蕾絲莉伸出他的雙手，邀請她跳舞。蕾絲莉很快地接受了他的邀舞，兩人在閃著火光的房子裡不斷隨著優雅的韻律繞圈，那是一幅美好的景象。蕾絲莉彷彿得到啓示般的跳著，那個狂野、甜美放任的音樂似乎已進入她的身體，並且令她瘋狂。安有如著迷般羨慕地看著她。她從未看過她這個樣子，所有她與生俱來的豐富色彩以及自然魅力似乎都釋放開來，並且洋溢在緋紅的臉頰、鮮明的雙眼與優雅的動作中。即使馬歇爾．伊利爾特的長鬍子與長髮也不能破壞那幅畫面，相反地，似乎是加強了整幅畫面的效果。馬歇爾．伊利爾特看起來就像古時候的北歐海盜，正在與其中一位同樣來自北國，金髮碧眼的女子跳著舞。

「這是我看過最美麗的舞蹈。」最後吉姆船長疲累的手停止了演奏，並且聲明道。蕾絲莉不知不覺坐到椅子上，並且氣喘吁吁地笑著。

「我愛跳舞。」她獨自對安說。「自從十六歲後，我再也沒跳過舞了，但是我愛跳舞。那些音樂似乎奔騰在我的血管裡，我因此忘掉了所有東西，除了保持跳舞的快樂之外。我的腳下沒有地板，頭上也沒有天花板，我正在星星之中漂浮著。」

吉姆船長將小提琴掛回原位，那個位置是在一個由數張鈔票圍起來的大型畫框旁邊。

「你們認識的人當中，有任何人可以用鈔票當作圖畫來掛在他的牆壁上嗎？」他問。「那個框子有兩千零一十塊紙幣，不值得用玻璃來蓋住它們。它們是老愛德華王子島銀行的紙幣，我在銀行破產的時候得到它們，並且將它們框起來掛在那上面，一部分是用來提醒你不要信任銀行，而一部分是讓我眞正感受到奢侈與百萬富翁的感覺。哈囉！大副，不用害怕了，你現在可以回來啦，今晚的音樂及狂歡已經結束。再過一小時，舊的一年就要結束了。布萊斯太太，我曾經看過七十六個新年從那邊的海灣到達。」

「你將會看到第一百個新年。」馬歇爾．伊利爾特說。

「不會的，至少我不想要，我認爲我看不到第一百個新年。當我們年紀越大，死亡與我們也越來越親近。馬歇爾，雖然我們之中的一個並不是眞的想要死去。當丁尼生這樣說的時候，他是在說實話。在格蘭有一位華勒斯老夫人，她一生遇到了許多麻煩，可憐的靈魂，而且她幾乎失去了她所關心的所有人。她總是說當她的時間到了，她將會很高興，她再也不想要逗留在這煩惱的人世間了。但是當她生病時，卻帶來了緊張不安，從鎮上找了好多醫生及一個培訓護士，還有足夠殺死一條狗的許多藥品。好吧！我猜生命是個悲慘的經驗，但是有些人卻是喜歡哭泣的。」

他們安靜地圍坐在火爐旁，等待舊年的最後一個小時。十二點前的幾分鐘，吉姆船長站了起來打開門。

「我們要讓新年進來了。」他說。

外面的天空是晴朗的藍夜，閃亮的月光緞帶爲海灣戴上花冠，沙洲內的港口看起來像是一條珍珠鋪成的步道。他們站在門前等待，吉姆船長是非常成熟穩重的，馬歇爾．伊利爾特是精力充沛的，吉伯與安帶著他們的珍貴記憶與美好的希望，而蕾絲莉帶著她渴望年代的記錄以及無望的未來。壁爐小架上的時鐘敲響了十二點的鐘聲。

「歡迎光臨，新年。」吉姆船長在最後的鐘聲越來越弱時，低頭說著。「各位夥伴們，祝福你們都過著很好的生活。我認爲不論新年帶給我們什麼，都是偉大上帝給我們最好的東西，而且我們將會讓港口成爲一個好的港口。」

第17章 四風的冬天

活潑的冬天在新年過後到來，滿眼的白雪堆積在小屋周圍，小屋窗戶也被寒霜所覆蓋。港口結的冰是越來越堅固，直到四風的人們跟往常冬天一樣開始在冰上通行。安全的路徑是由仁慈的政府規劃出來的，日夜都可以聽到雪橇輕快的叮噹聲。在有月光的夜晚，那些叮噹聲在安的夢幻小屋聽起來就像仙女的鐘聲。港灣也結冰了，四風燈塔也不再閃耀。在導航關閉的那幾個月間，吉姆船長的辦公室就是近於無工作的給薪職位。

「除了保持溫暖以及自我消遣之外，直到春天來臨前，大副和我將無事可做。前任的燈塔管理員總是去格蘭過冬，但是我寧願待在海岬。如果去格蘭，大副可能會被毒死或是被狗嚼碎。當然這裡是有點寂寞的，既沒有燈塔也沒有海水的陪伴，如果我們的朋友時常來看我們，我們就可以完全承受住這種寂寞了。」

吉姆船長有一艘破冰船，所以吉伯、安與蕾絲莉有好幾次與他極其愉快又狂野地乘著這艘船在結冰的港灣裡疾馳。安與蕾絲莉也穿上雪靴，一起踏步穿越田野，或在暴風雪之後穿過港口，或是在格蘭那一邊的樹林。她們是非常好的漫步以及火爐邊親密交談的夥伴，她們是互補的，兩人都覺得因爲友好的思想交換以及親密的沉默，讓她們的生活更加豐富；她們都以令人愉快的意念穿越房子之間的白色田野，看著在另一邊的朋友。但是，儘管有這些美好友善的相處，安還是覺得蕾絲莉和她之間有個障礙，一種從未消失過的束縛。

「我不知道爲什麼無法更接近她。」有一天晚上，安對吉姆船長說。「我非常喜歡和欣賞蕾絲莉，我想要將她放在我心中，並且不知不覺進入她的內心，但是我永遠無法跨越那個障礙。」

「你的一生都太過幸福了，布萊斯太太。」吉姆船長沉思地說。「我猜那是爲什麼在你的靈魂裡，無法與蕾絲莉親密地在一起，你們之間的障礙就是她所經歷的悲傷與煩惱。你們兩個都毋須對這種障礙負責，但它就是存在那裡，而且你們兩人都無法跨越。」

「我還未到綠色屋頂之家以前的童年，並不十分快樂。」安說道，認眞地凝視窗外白雪上那抹月光投射照耀的靜止、黯淡、枯萎無樹葉的美麗樹影。

「也許你是不快樂的，但那只是孩童因爲沒有得到適當照顧而不快樂。你的生命中沒有任何悲劇，布萊斯太太，但是蕾絲莉的生命幾乎全都是悲劇。我猜想她自己也感受到了，她的生命中有很大一部分是你無法進入或了解的，因此，可以說她必須讓你保持後退不讓你接近，如此才不會傷害你。你知道的，當有任何東西讓我們受到傷害時，我們都會畏避其他人的碰觸或是靠近，我猜那樣子可以讓我們的靈魂與身體都保持良好。蕾絲莉的靈魂一定是接近刺痛的，也難怪她會將它藏起來。」

「吉姆船長，如果眞是像你所說，我就不會介意了。我可以了解，只是有些時候，我幾乎必須相信蕾絲莉是不喜歡……不喜歡我。有時候她的眼神讓我感到吃驚，因爲那看起來像在表達怨恨與厭惡，雖然那種眼神很快就消失，但是已經讓我看到了。吉姆船長，我非常確定我看見了什麼，而且那傷害了我。我不習慣被厭惡，何況我是如此努力，嘗試要贏取蕾絲莉的友誼。」

「布萊斯太太，你已經贏得了她的友誼，你千萬不要懷著蕾絲莉不喜歡你的可笑想法。如果她不喜歡你，她就不會與你一起做任何事情了。我知道蕾絲莉．摩爾對於你們之間的友誼也不是很確定的。」

「我第一次看到她的時候，是我來到四風的那一天，她正在驅趕一群鵝下山，她也是以相同的怨憤與厭惡的表情看著我。」安持續說著。「即使在我羨慕她的美麗時，我仍然可以感受到。她確實是怨恨地看著我，吉姆船長。」

「布萊斯太太，她一定是在怨恨其他東西，而你正好在那個時候通過。蕾絲莉偶爾確實會表現出不高興，可憐的女孩。當我知道她必須去忍受的時候，我就無法責怪她。我不知道爲什麼會允許這種情況發生。醫生和我談論了許多關於邪惡的起源，但是我們還沒法找出它的全部。布萊斯太太，生命中有許多不可理解之事，不是嗎？有時候事情似乎眞的有結果，就像你與醫生，然後再一次的，它們似乎變成惡意的。蕾絲莉就是這樣，她是如此地聰明與美麗，讓你以爲她是一個女王，但事實相反，她被監禁在一處，幾乎喪失了所有女人所珍視的東西；她全部的生命中沒有期望，只有等待迪克．摩爾。然而，布萊斯太太，你不要介意，我敢說她寧願選擇現在這樣的生活，而不要迪克·摩爾離開她之前的生活。那是一個笨拙老水手的語言，不要介意，但是你幫忙蕾絲莉很多，自從你來到四風之後，她就變了一個人了。我們這些老朋友看到她的改變，而那是你所看不到的。柯妮莉亞小姐和我有一天談到這件事情，很難得我們在這件事情上的見解是一致的，所以你可以將那些她不喜歡你的想法丟到船外了。」

安很難將那個想法完全丟棄，因爲無可懷疑，有時候她還是會感受到蕾絲莉對她懷有一種奇怪、難以說明的怨恨，而那是無法可以解釋的。有時候這種秘密的感覺損害她們快樂的友誼，而有時候幾乎被全部遺忘，但是安總覺得看不見的刺就在那裡，並且隨時都可能刺傷她。有一天，當她告訴蕾絲莉說她希望春天可以帶給夢幻小屋什麼東西的時候，她感受到那些刺對她的殘忍刺痛，因爲蕾絲莉以嚴厲、痛苦以及不友善的眼神看著她。

「所以你也要有那個希望啊。」她以哽咽的聲音說，同時不再多說任何一個字，轉身穿過田野就向著她家離開了。安眞的受到了很深的傷害，因爲在那一刻，她覺得自己再也不會喜歡蕾絲莉了。但是幾天後的夜晚，當蕾絲莉來訪時，她是如此地快樂、友善、眞誠、詼諧以及迷人，以至於安原諒與忘記她先前的態度。只不過那次以後，她就不曾再對蕾絲莉訴說她心愛的夢想，而蕾絲莉也不曾再提過。但是在冬末春初的一個晚上，蕾絲莉在微光中來到小屋聊天，並且在離開時在桌上留下一個白色小盒子。安在她走後才發現，並且驚訝地將它打開。盒子裡裝著一件作工精美的白色小禮服，雅致的繡花、美妙的皺摺以及可愛透明的蕾絲。每一針都是手工縫製，而且領子與袖子的小波浪蕾絲，都是一種真正法國製的高級花邊，裡面還有一張卡片寫「蕾絲莉對你的愛」。

「她一定花費了很多時間來做這一件衣服啊。」安說著。「而且這些料子的費用一定遠超過她所能負擔的，她眞是太讓人喜愛了。」

但是當安對她道謝時，蕾絲莉的反應卻顯得唐突與緩慢，再一次讓安覺得蕾絲莉並不領情。

蕾絲莉的禮物並不是小屋收到的唯一一件禮物。柯妮莉亞小姐暫時放棄爲那個多餘的、不受歡迎的第八個小寶寶縫製衣服，轉而開始爲受到期待以及歡迎的第一個小寶寶縫製衣服。菲兒·布雷克與黛安娜·萊特各送來一套非常好的衣服；林德夫人則送來了好幾套衣服，用料都很好，並且以紮實的裁縫取代了繡花與波形褶邊。安自己也做了很多套衣服，爲了避免褻瀆所以沒使用機器，都是在那個快樂冬天的快樂時光裡完成的。

吉姆船長是小屋最常見的訪客，而且也是最受歡迎的。安是越來越喜歡這個天眞熱情、眞心誠意的老水手了。他就像海風一樣清新，就像某些古老的歷史一樣有趣。他的故事從來不會讓她感到疲倦，還有他那奇特有趣的談論與評論，不斷地讓她感到欣喜。吉姆船長如此稀罕又有趣，他們「從不說話但總是言之有物」。在他的故事中，人類善良的天性以及魔鬼的智慧以令人愉快的比例調和在一起。

似乎沒有任何東西能夠熄滅或是壓抑吉姆船長的熱情。

「我有一種喜歡東西的習慣。」有一次他在安評論他不變的爽朗時說著。「那已經變成一種習慣，讓我相信我甚至會喜歡一些我討厭的東西，想到它們無法維持是很有趣的事情。當風濕讓我受折磨的時候，我說：『老風濕啊，你有時也要停止疼痛吧，也許你越痛你會越快停止。我已經下定決心要與你長期抗戰，並且在體內或體外戰勝你。』」

有一天晚上，安在燈塔的爐邊看到吉姆船長的「生活手記」，不需要勸誘，他就會得意洋洋地拿給她看。

「我是要寫下來留給小喬伊的。」他說。「我不希望自我最後一次航行後，所有做過以及看到的每一件事情都被完全遺忘掉。喬伊他將會記住，並且將這些冒險故事告訴他的孩子們。」

那是一本有著老舊皮封的書，裡面寫滿了他的航行以及冒險活動的記錄。安認為對於一個作者而言，那是一項珍貴的收藏品，每一個句子都是一個珍品。書本本身並沒有文學上的優點；吉姆船長說故事的魅力在筆墨之間無法呈現，因為他只能夠草草記下他那些著名故事的摘要，而且他的拼字與文法非常歪斜。但是安覺得，如果任何人擁有這個禮物，都可以從那些簡單的記錄裡看到勇敢冒險的生活，從單調的字裡行間讀到堅定面對危險的故事，以及勇敢完成的任務，從那本書中可以構成一個精采的故事。吉姆船長的「生活手記」裡，同時隱藏著豐富的喜劇以及毛骨悚然的悲劇，等待船長的手去碰觸，搖醒數千人的歡笑、悲傷與害怕。

在他們回家路上，安對吉伯說了一些關於這件事的想法。

「安，爲什麼你不要試著寫看看呢？」

安搖搖她的頭。

「我沒辦法，我只希望我可以，但是我沒有這種天賦。吉伯，你知道我的專長是什麼，我只會寫一些富於幻想、仙女般的漂亮故事。如果要寫像吉姆船長的生活手記那種書的話，那麼就必須是一個由強有力但是細心風格的能手、一個敏銳的心理學家、一個天生的幽默作家以及天生的悲劇作家來操刀才行，那需要相當天賦的組合，保羅如果年紀再大一點的話也許能做到。總之，我要邀請他在下一個暑假來這裡，並且與吉姆船長見面。」

安寫信給保羅，「我擔心你在這裡無法找到諾拉、金夫人或是雙胞胎水手，但是你將會發現一個老水手，他可以告訴你許多精采的故事。」

保羅的回信裡，卻抱歉地說他今年無法前來，他要出國留學兩年。

「親愛的老師，當我回來的時候，我會到四風拜訪您。」他的回信寫道。

「但是吉姆船長的年紀越來越大了。」安憂愁地說，「而且沒有人可以幫他寫生活手記。」

第18章 春天

港口的結冰開始變黑，並且在三月陽光下發出惡臭；到了四月已經可以看見碧藍的海水，以及被海風吹拂的海灣湧出白浪，四風燈塔再一次閃爍起來，就像裝飾在黃昏上的寶石。

「我好高興看到燈塔再次被點亮喔。」安在燈塔再現的第一個夜晚說著。「整個冬天我都如此想念它。沒有它的西北邊天空，看起來是那麼空白又孤獨。」

大地上覆蓋了一層全新柔嫩的金綠色新生樹葉；在格蘭那一邊的樹林是一片翠綠色的朦朧，向海的村莊在黎明的時候滿是仙境般的薄霧。

來來去去充滿生氣的風中，帶著冒泡鹹水的氣息。大海就像是一個漂亮、賣弄風情的女人閃爍著、洋洋自得地引誘著。鯡魚群以及漁村也已復甦，白色的船帆點綴著海峽，讓港口熱鬧了起來，船隻也開始進進出出地航行。

「像這樣的一個春日。」安說著，「我完全可以知道靈魂在早晨復活的那種感覺。」

「春天有時讓人感覺到，如果我能在年輕時被發現的話，我可能會成爲一位詩人。」吉姆船長談論著。「我發現自己精讀著六十年前從學校老師的朗誦所聽到的詩行與韻文。它們在其他時候不會困擾我，但是我覺得好像要走到岩石、田野或是海，並且滔滔不絕地將它們唸出來。」

吉姆船長那個下午來過小屋，並且帶來許多貝殼給安布置花園，還有一小束香草，那是他在沙丘那邊閒逛時發現的。

「這個海岸的香草現在已經相當稀少了。」他說。「當我還是小孩子，那裡有好多香草，現在只能夠發現一小塊香草地，在你想要尋找它們的時候絕對是找不到的。你只能偶爾發現，當你沿著沙丘散步，而且心中不是想著香草的時候，然後，突然間，空氣中就充滿了芳香，而你就正好站在那種草上面。我喜歡香草的味道，它們總是讓我想起我的母親。」

「她喜歡香草嗎？」安問著。

「我不知道她是否喜歡，也不知道她是否看過任何香草，而是因爲它有一種慈母般的芳香，你了解的，不會太年輕，那是一種經驗豐富、生氣勃勃又可靠的感覺，就像母親一樣。老師的新娘總是將它們保存在她的手帕中。布萊斯太太，你也可以將那一小束香草放在你的手帕裡。我不喜歡現成手帕的香味，而是要有一點點香草芳香，那是屬於女士的香味，不論在什麼地方。」

安並不是特別熱中將她的花圃用圓蛤圍繞起來裝飾的想法，但她不願傷害吉姆船長的美意，所以她假裝成收到一個意想不到的禮物，並且衷心感謝他。而當吉姆船長得意洋洋地將每個花圃裝飾了一圈巨大乳白色的貝殼後，安感到十分驚喜並且相當喜歡那種效果。在一個市鎮草坪，或者甚至是在靠近格蘭的地方，使用這些貝殼來裝飾可能是不協調的，但是在這個地方，在夢幻小屋這樣舊式鄰接海邊的花園，卻是十分相配的。

「它們看起來眞的很怡人。」她由衷地說。

「老師的新娘總是在她的花圃旁邊繞上牛鷹貝殼。」吉姆船長說。「她精通花藝。她看顧著這片花圃，親手照料它們，所以它們發狂似的生長。有些人就是有那種本領，而且布萊斯太太，我認爲你也有那種本領。」

「喔，我不知道耶，但是我愛我的花園，而且我喜愛在其中工作。我認爲在綠色成長的事物之中消磨，每天看著可愛的新芽出現，就像是在進行創作。現在我的花園就像是個信仰，是期望中的事物的本體，儘管只是一點極渺小的等待。」

「看著那些起皺褶的棕色小種子，總是令我大爲驚奇，並且想到『它們』之中的彩虹。」吉姆船長說。「當我默想著那些種子，你很難相信在微小的事物裡面竟然有生命的存在，有些並不比灰塵顆粒大，只有單一的顏色與氣味，如果你沒有看到那個奇蹟的話，你會相信嗎？」

安像在計算念珠上的銀色珠子般，計算著她生產日子的到來，她無法再走遠路到燈塔或是格蘭了，但是柯妮莉亞小姐以及吉姆船長經常造訪小屋。柯妮莉亞小姐是安與吉伯生活的樂趣，在每一次她的拜訪後，他們對於她的演說內容總是笑得東倒西歪。當吉姆船長與她同時拜訪小屋的話，他們就可以聽到很多玩笑。兩人在口頭上進行戰爭，她進行攻擊，而他則是防禦。有一次安還指責船長欺負柯妮莉亞小姐。

「哦，布萊斯太太，我眞的喜歡由她發動攻擊。」不悔過的罪人輕笑著。「那是我生活中最大的娛樂，她的口才甚至可以痛擊一顆石頭，你和醫生的小狗都跟我一樣，喜歡聽她說話。」

吉姆船長有一晚帶了一些五月花來給安。那個花園充滿了春天夜晚的潮濕與海邊的氣息。在海的邊緣是一層乳白色霧氣籠著一輪新月，而散布在格蘭天空上的是閃亮著銀色喜悅的星星。教堂夢幻甜美的鐘聲響遍港口，柔和的鐘聲漂流過黃昏，與春天輕柔呻吟的大海混合在一起。吉姆船長的五月花，將夜晚的魅力增添了最後的完整妝點。

「這個春天我還不曾看過五月花，而且我一直惦記著它們。」安將臉埋在花中說著。

「它們不是在四風附近找到的，只有遠在格蘭後面的荒地才找得到。我今天到那片無事可做的土地上進行了一趟小旅行，並且尋找這些花來送給你。我猜它們是你在這個春天最後一次看到的五月花了，因爲它們的花期幾乎都要結束啦。」

「吉姆船長，你眞是親切又體貼。沒有其他人，甚至連吉伯也一樣，還記得我在夏天渴望著五月花。」安對他搖搖頭說。

「好吧，我還有另一項任務。我想要爲那邊的霍華德先生準備一餐鱒魚料理，他偶爾喜歡吃鱒魚，而那是我唯一能回報他曾經對我的仁慈。他喜歡跟我講話，儘管他受過高等教育，而我只是個不學無術的老船員，因爲他是那種必須找人談話，否則就會感到很不幸的人，但是很少人願意聽他說話。格蘭的人們都避開他，因爲他們認爲他是一個異教徒。我覺得他並不是眞的如此離經叛道，很少人像他這樣，但他不是那種會被你稱爲是異教徒的人。

「異教徒是邪惡的，但他們也相當有趣，只是因爲他們較少尋求上帝，在他們的觀念裡，上帝是很難找到的，不過事實上並非如此。我猜，他們大部分人在片刻之後就會盲目地追隨祂了。我不認爲聆聽霍華德先生的論點會對我造成多大傷害，我也相信將我養育成人的信仰，那樣子幫我省下了很多麻煩，而且追本溯源，上帝是好的。霍華德先生的問題在於他有點過於聰明，他認爲他一定不會辜負自己的聰明，而且能研究到達天堂的新方式。有一天，他將會安全抵達天堂，然後就會自我解嘲。」

「霍華德先生一開始的時候是個衛理公會派教徒。」柯妮莉亞小姐說，好像他就是因爲這樣子才成爲異教徒的。

「柯妮莉亞，你知道嗎？」吉姆船長嚴肅地說：「我經常認爲，如果我不是一個長老派教徒的話，我就會是一個衛理公會派教徒。」

「哦，好吧。」柯妮莉亞小姐讓步說道：「如果你不是一個衛理公會派教徒，不管你信仰什麼都跟我沒關係了。醫生，說到異端邪說倒是提醒了我，我已經將你借我的那本書《靈界的自然律》帶過來了，我還讀不到三分之一的內容。我會閱讀有道理的書籍，也可以閱讀內容無價值的書籍，但是那本書什麼都不是。」

「它的某一些章節是被視爲相當異端的。」吉伯承認：「但是，柯妮莉亞小姐，在你拿走那本書之前我就已經告訴你了。」

「啊，我不會在意異端內容，我可以忍受邪惡的事情，但是我無法忍受愚蠢。」柯妮莉亞小姐平靜地說，並且表現出不願意再談論到任何有關《靈界的自然律》這本書的事情。

「談到書籍，《瘋狂之愛》終於在兩星期前完結了。」吉姆船長沉思著說著。「它總共有一百零三章。那本書以他們的結婚作爲結束，所以我認爲他們的煩惱全都結束了。不管怎樣，書中能以這樣的方式結尾眞的是很好的，不是嗎？卽使在其他任何地方並非如此。」

「我從來都不看小說的。」柯妮莉亞小姐說。「吉姆船長，你知道傑洛帝．羅素現在過得如何嗎？」

「是的，我今天回家時有順便去看他。他已經好多了，但跟平常一樣感到困擾不安，可憐的男人。因爲他大部分時間都只是自尋煩惱，但是我認爲他這樣子早晚承受不住。」

「他是一個極糟糕的悲觀者。」柯妮莉亞小姐說。

「噯，柯妮莉亞，確切地說他不是一個悲觀者，他只是從來不會找到適合他的東西。」

「那樣子還不算是一個悲觀者嗎？」

「當然不是啦。所謂的悲觀者是指一個人從未找到適合他的東西，傑洛帝還不至於此。」

「你只是在尋找一些好東西來爲惡魔辯護罷了，吉姆．包伊德。」

「好吧，你聽說過那位老女士說他固執的那個故事吧，但是柯妮莉亞，不是這樣的，我不會爲惡魔辯解的。」

「你眞的相信他嗎？」柯妮莉亞小姐嚴肅地問。

「柯妮莉亞，你怎麼這子問我呢？你知道我是一個很優秀的長老派教徒。身爲一個長老派教徒，如何能夠在沒有惡魔的情況下過活呢？」

「你相信嗎？」柯妮莉亞小姐堅持問道。

突然間，吉姆船長變得嚴肅。

「我曾經聽一個牧師說過一句話：『巨大的邪惡與有惡意的聰明力量在宇宙中運作。』」他嚴肅地說：「柯妮莉亞，我相信那個。你可以將它稱爲惡魔或是『邪惡的原則』，或是魔鬼或是任何你喜歡的名稱。它就在那裡，而且世上所有無宗教信仰者與異教徒都無法與上帝的爭論不休有任何更進一步的爭論。柯妮莉亞，請注意，我相信它的情況會越來越糟。」

「但願如此。」柯妮莉亞小姐沒有懷抱太多希望地說。「但是談到惡魔，我肯定比利．布斯現在已經被它掌控。你聽過比利最近的表現嗎？」

「沒有，他做了什麼呢？」

「他將他太太在夏洛特鎮花了二十五塊錢買的全新棕色絨面呢衣燒掉了。因爲他聲稱當她首次穿那件衣服去教堂的時候太過於吸引男人們。那不就是男人的樣子嗎？」

「布斯太太非常漂亮，而棕色是最適合她的顏色。」吉姆船長沉思地說。

「有何好理由可以解釋他爲什麼將她的新衣服丟進廚房的爐子裡嗎？比利．布斯是一個愛吃醋的笨蛋，而且他讓他太太生活得很痛苦，她爲了那件衣服哭了整整一星期！哦，安，我希望能夠像你一樣寫作，相信我，如果我會寫作，我一定會用來訓斥附近的一些男人！」

「布斯家族的人都有點奇怪。」吉姆船長說。「在結婚以前，比利是他們家族之中頭腦最清楚的，但是之後他就變得莫名愛吃醋了。說起來，他的哥哥丹尼爾一直都很奇怪。」

「沒幾天就會發脾氣，並且不願意下床。」柯妮莉亞小姐語意深長地說。「所有穀倉的工作都必須由他的太太去做，直到他恢復工作的心情。當他死掉時，人們寫弔唁信給她；如果我也有寫給她，那我的內容一定是在表達慶賀。他們的父親老亞伯拉罕．布斯是一個十分討人厭的老醉鬼，他在他太太的葬禮上喝醉，就在附近搖搖晃晃地亂走，還邊打嗝邊說：『我沒有……嗝……嗝……很多，但是我覺得非常……非常地不……不……不舒服。』當他靠近我的時候，我用雨傘往他背上猛刺了一下，那一下總算讓他變得清醒，直到衆人將棺材移出屋外。年輕的強尼．布斯原本昨天要結婚的，但是他沒有辦法，因爲他得到腮腺炎。那不就是男人的樣子嗎？」

「可憐的傢伙，他怎麼會得到腮腺炎啊？」

「如果我是凱特．史坦的話，我就會可憐他，相信我。我不知道他爲什麼會得到腮腺炎，但是我知道婚禮晚宴都已經準備好了，然而在他康復以前，所有事情都被破壞了。眞是浪費！他應該在孩提時代就得到腮腺炎的。」

「好了，好了，柯妮莉亞，你不覺得自己有點不講理嗎？」

柯妮莉亞小姐不屑回答，反而轉向蘇珊．貝克，一個住在格蘭、面惡心善的未婚女子，她是在小屋工作幾週的雜役女僕。蘇珊剛從格蘭探病回來。

「可憐的曼蒂老伯母今晚狀況如何？」柯妮莉亞小姐問。

蘇珊嘆了口氣。

「非常不好，柯妮莉亞。我擔心她很快就會到天國去了，可憐的人！」

「哦，當然，沒有比那情況更糟了！」柯妮莉亞小姐同情地大聲道。

吉姆船長與吉伯互相看著彼此。然後，突然間，他們同時站了起來走出門去。

「有時，」吉姆船長唐突地開口，「不笑出來是一種罪惡。她們兩個眞是傑出的女人。」

第19章 黎明與黃昏

六月初的沙丘開滿了粉紅色野玫瑰，格蘭也盛放著蘋果花，瑪麗拉帶上一只黃銅釘黑色馬毛大皮箱來到夢幻小屋。那只皮箱原先放置在綠色屋頂之家的閣樓上，已經超過半世紀不曾被使用過。蘇珊·貝克逗留在小屋的幾週之間，盲目熱情地崇拜著「年輕的醫生夫人」，這是她對安的尊稱，在瑪麗拉剛來的時候，甚至相當忌妒地提防她。但是瑪麗拉沒有打算插手廚房的事務，並且不想阻礙蘇珊對於年輕醫生夫人的服侍，這個好女傭便可以接受她的來到，並且告訴她在格蘭的好朋友說，卡伯特小姐是個很好的老女士並且守本分。

有一天晚上，清澈的天空上塡滿了紅色的光輝，而知更鳥在金色的微光下，歡喜顫動地對著星夜歌唱讚美，而夢幻小屋突然間騷動起來。電話訊息傳遞到了格蘭，大衛醫生以及戴著白色帽子的護士匆忙趕過來，瑪麗拉在圓蛤貝殼圍繞的花園步道中踱步，口中喃喃祈禱著，蘇珊則坐在廚房中用藥棉將耳朵塞住，並且用圍裙蓋住她的頭。

蕾絲莉從自己家裡看到夢幻小屋的每一扇窗戶都點亮著，所以那一夜她也沒睡著。

六月的夜晚是短暫的，但是對於那些等待的人而言，似乎是漫長的。

「哎呀，難道永遠都不會結束嗎？」瑪麗拉開口，然後看見護士及大衛醫生認眞的神情，就不敢再多問了。假設安……但是瑪麗拉無法做出任何假設。

「不要告訴我，」蘇珊兇惡地回應瑪麗拉極度痛苦的眼神：「上帝會如此殘忍，將我們如此深愛的小寶貝從我們身邊帶走。」

「他已經將我們心愛的其他人帶走了。」瑪麗拉嘶啞地說。

但是到了黎明時分，升起的太陽驅散了霧氣，高掛在沙洲上，天邊更出現一道彩虹，將歡樂帶給小屋。安平安生出了一個皮膚潔白的小女娃，她的大眼睛就像她的母親一樣，她就安睡在她的身旁。由於整夜的苦惱，吉伯的臉色變得蒼白憔悴，就那樣下樓來告訴瑪麗拉與蘇珊，安已經平安生產的消息。

「感謝上帝。」瑪麗拉發著抖說。

蘇珊聽到消息後站起來，並且拿下塞在耳朵裡的藥棉。

「好，現在可以吃早餐了。」她活潑地說：「我認爲我們可以高興地進食了。請告訴年輕的醫生夫人，不要擔心任何事，蘇珊可以掌控全局。你告訴她，她只要想著她的小寶寶就好了。」

吉伯在走開的時候悲傷地笑著。安由於初次經歷到這種疼痛而顯得臉色慘白，她的眼神散發出爲人母親的聖潔熱情，不用說也知道她是在想著她的寶貝，她不會想到其他事情了。幾個小時讓她享受到如此珍貴與強烈的幸福，讓她不得不懷疑天使是否會忌妒她。

「小喬伊絲。」當瑪麗拉進來看望寶寶的時候，她輕柔地說，「如果她是個女孩，我們計畫取這個名字給她。因爲有好多名字我們都很喜歡，但是無法做出選擇，所以就決定是喬伊絲了，我們也可以叫她喬伊，喬伊這個名字非常相稱。哦，瑪麗拉，從前我認爲自己是快樂的，但是我知道自己過去只是夢想著快樂與幸福，現在的快樂才是眞實的。」

「安，你現在不要說話，等你更強壯的時候再說。」瑪麗拉警告她。

「你知道要我不說話是非常困難的事情。」安笑著說。

由於最初太過虛弱以及高興，她沒有注意到吉伯與護士的嚴肅，以及瑪麗拉的悲傷。然後，就像海蛙向陸地偷偷行進般地敏銳、冷靜與冷酷，她的內心漸漸感到恐懼。爲什麼吉伯沒有高興的樣子？他爲什麼都沒有談論到小寶寶？爲什麼在第一刻的快樂時光後他們不讓她看她呢？難道……難道出了什麼問題嗎？

「吉伯。」安懇求著低聲詢問：「寶寶……都沒有問題……對吧？告訴我……告訴我吧。」

吉伯隔了好久才轉過身來，俯身凝望安同樣在注視他的雙眼。瑪麗拉在門外擔心地聽著，她聽到了一聲令人同情、心碎的嗚咽，隨後就逃避到廚房去了，而蘇珊正在那裡哭泣著。

「哦，可憐的小孩……眞是可憐的小孩！卡伯特小姐，她怎麼能夠承受啊？我擔心那將會殺死她。她是那樣子快樂地讚揚並且渴望那個小寶寶！卡伯特小姐，難道沒有其他辦法了嗎？」

「蘇珊，恐怕是沒有辦法了。吉伯說沒有希望了，他一開始就知道那個小生命無法存活。」

「可是，這麼可愛的小寶寶！」蘇珊嗚咽地說。「我沒有看過如此白皙的小寶寶，大部分寶寶都是偏紅或偏黃的，而且她張開的那雙大眼睛就像是已經好幾個月大了。那個小小的小生命！啊，可憐的、年輕的醫生夫人！」

到了日落，隨著黎明來到的小生命就此逝去，只留下令人難忍的悲傷。柯妮莉亞小姐從善良但是陌生的護士手中接過那個白皙的小女嬰，爲其穿上蕾絲莉所做的漂亮柔軟的小禮服，那是蕾絲莉要求她這樣子做的。然後她將她抱回並安置在那位可憐、心碎、淚濕雙眼的年輕母親身邊。

「親愛的，上帝給予了，但是又被上帝帶走了。」柯妮莉亞透過自己的眼淚說著。「以上帝之名祝福。」

然後她就離開了，讓安與吉伯獨自陪伴他們死去的小寶寶。

隔天，白皙的小喬伊絲被放置在一個絲絨棺材裡，並且由蕾絲莉用蘋果花裝飾了襯裡，然後安葬在港口的教堂墓園中。柯妮莉亞小姐與瑪麗拉將所有心愛的小衣服，連同那只要給小寶寶的有波形褶邊以及花樣的籃子都收了起來。小喬伊絲永遠不會睡在那個籃子裡面了，她已經找到另一個床鋪，儘管如此寒冷與狹窄。

「這眞令我感到非常失望。」柯妮莉亞小姐嘆著氣。「我一直期待這個小寶寶的到來，而且我也確實希望她是個女孩。」

「我只能夠感謝安的生命得到饒恕。」瑪麗拉顫抖著說，回想起她所愛的女孩在通過陰影幽谷之時所面對的黑暗。

「可憐啊，可憐的小寶貝！她的心碎了！」蘇珊說著。

「我忌妒安。」蕾絲莉突然激烈地說：「而且即使小寶寶已經死去了，我還是忌妒她！她當了一天的媽媽、完美的母親，我會非常樂意用我的生命來換取那一天！」

「親愛的蕾絲莉，你不該說這樣的話。」柯妮莉亞小姐極不贊成地說，她擔心高貴的卡伯特小姐會因爲這些話而認爲蕾絲莉是相當可怕的人。

安花了很長一段時間才恢復過來，但仍有許多事情都讓她感到痛苦。四風盛開的花朵以及陽光嚴厲地刺痛了她；在降大雨的時候，她會想像到雨水無情地打在港口邊那座小墳上；而當風在屋簷附近吹起時，她聽到了之前從未聽過的悲傷聲音。

好心探訪者陳腔濫調的善意慰問也讓她感到傷痛，菲兒．布雷克的來信更是刺痛了她，因爲菲兒只聽到小寶寶出生的消息，卻不知道其死訊，而在寫給安的信中充滿甜美歡笑的祝賀之意，更是讓她傷痛非常。

「如果小寶寶還活著的話，我會高興地笑看這封信。」她對瑪麗拉哭訴。「但是寶寶已經不在了，這封信看起來就像是惡意與殘忍的傷害，雖然我知道菲兒絕對不會傷害我。啊！瑪麗拉，我認爲我永遠都不會再感到快樂了，在我未來的生活中，所有東西都將會讓我感到痛苦！」

「時間會幫助你治療傷痛的。」瑪麗拉滿是同情地說，但還是無法避免使用老舊的客套話。

「這樣是不公平的。」安難以平息傷痛，「在人們不想要、忽視而且不會得到好生活的情況下誕生的寶寶可以活下來，但是我如此喜愛、如此溫柔照護並且試著給她所有好生活的小寶寶，卻不允許我保有她。」

「安，那是上帝的決定。」對於爲什麼會受到這種不該受的痛苦的宇宙之謎，瑪麗拉也只能無助地說。「而且小喬伊絲的離開對她是更好的。」

「我才不相信是這樣子的。」安痛苦地哭著。然後在看到瑪麗拉震驚的表情後，她激昂地說：「那麼她爲什麼要出生呢？爲什麼每個人都要生出來呢？如果死亡對她是更好的？我不認爲小孩子在出生時就死亡會比活下來愛人與被愛、享樂與受苦、做自己喜歡的事情，並且發展自己永恆的人格來得更好。而且你怎麼知道那是上帝的決定呢？也許那正是因爲上帝的意志受到惡魔的力量所阻礙而造成的！我們不會是被期待去聽從惡魔的吧？」

「啊，安，千萬不要這樣子說。」瑪麗拉眞誠地告誡，免得安逐漸陷入深沉與危險的領域。「我們無法了解，但我們必須有信仰，我們必須相信上帝所有的決定都是最好的。我知道在這個時候要你接受這個說法有其困難，但是爲了吉伯，你要學著勇敢面對。他眞的非常擔心你，因爲你並沒有快速地恢復健康。」

「啊，我知道自己非常自私。」安嘆氣道。「我比以前更愛吉伯，而且我想要爲他活下來，但是我的一部分生命，似乎已經埋葬在港口那個小墳墓裡了。那是如此地傷痛，讓我害怕自己活下來。」

「安，你不會一直都如此傷痛的。」

「瑪麗拉，停止傷痛這種想法，有時候比其他事情更令我難過。」

「是的，我了解。但是，安，我們都愛著你。吉姆船長每天都來求見你，摩爾太太也常來，而布萊恩特小姐大部分時間都在這裡，我想她是爲了煮一些營養的東西給你吃吧。蘇珊不是很喜歡她這樣子做，因爲她認爲自己跟布萊恩特小姐一樣會烹飪。」

「親愛的蘇珊！哦，瑪麗拉，每個人都是如此可愛，對我如此地好。我不是不領情，而且也許當這個可怕的傷痛稍微減少的時候，我就會發現我可以繼續活下去了。」

第20章 消失的瑪格麗特

安終於發現她可以繼續生活下去了，甚至能再次因爲柯妮莉亞小姐的談話而發笑，但是她的笑容之中卻透露出某種不曾有過的神情，而且永遠不會再消失了。

在她能夠搭乘馬車的第一天，吉伯載她到四風岬，並且在他划船到海峽對岸的漁村治療一位病人的時候，將她留在那裡。一陣愉快的風掠過海港與沙丘，在水面上激起白色的浪花，以一長條的銀色波浪沖洗沙岸。

「布萊斯太太，你的再度光臨讓我眞的感到很光榮。」吉姆船長說。「請坐，我還擔心這裡會有很多灰塵呢！但是當你能夠看著這般景致時，就不需要再看那些灰塵了，對不對？」

「我不介意那些灰塵。」安說：「但是吉伯交代我必須待在空氣流通的地方，我想還是去坐在外面那邊的岩石上吧。」

「你需要人陪你嗎？還是你比較喜歡獨自一人？」

「如果要人陪伴，指的是由吉姆船長來陪伴的話，我會非常願意，反而不希望獨自一人。」安笑著說，然後嘆了口氣。她以前從不介意獨處，但是現在她害怕獨處。當她現在獨自一人的時候，她會感到非常害怕。

「這裡有一個小地方不會讓風吹到。」當他們抵達岩石那兒時，吉姆船長說。「我常常坐在這裡，這是一個坐下想著夢想的好地方。」

「啊！夢想。」安嘆氣道。「吉姆船長，我現在已經沒有辦法夢想了，我的夢想都完成了。」

「哦，不是的，布萊斯太太，你還沒有完成你的夢想。」吉姆船長沉思地說。「我知道你現在的感覺，但是只要繼續活下去，你就會再度快活起來，而那時你所知道的第一件事情，就是你將會繼續有夢想，感謝上帝讓你有夢想！如果不是爲了我們的夢想，還不如將我們埋葬起來。如果不是我們不朽的夢想，我們如何能夠維持生活呢？而且那是一個必然要實現的夢想，布萊斯太太。將來有一天，你會再度看見你的小喬伊絲。」

「但她不會是我的小寶寶了。」安顫抖著雙唇說。「啊，她就像是朗費羅所說：『一名白皙的少女穿著天國的優美。』但她對我而言，她將會是一個陌生人了。」

「我相信上帝的安排會是更好的。」吉姆船長說。

他們兩人都沉默一陣子，然後吉姆船長非常柔和地開口：

「布萊斯太太，我可以告訴你關於消失的瑪格麗特嗎？」

「當然可以呀。」安溫柔地說。她不知道「消失的瑪格麗特」是什麼人，但是她覺得自己將會聽到吉姆船長生命中的浪漫故事。

「我常常想告訴你關於她的事情。」吉姆船長繼續說。「你知道爲什麼嗎？布萊斯太太，因爲我希望我走了之後，還有人可以記得並且偶爾想到她。我無法承受她的名字會被活著的人所遺忘，除了我之外，而現在沒人會記得消失的瑪格麗特了。」

然後吉姆船長開始講述那個很久很久之前就被遺忘的故事，因爲那已經過了五十年。

很久很久以前某天的夏日午後，瑪格麗特在她父親的平底小漁船上睡著，並且漂流到沙洲那邊的海峽，或者大概是類似的情況，從來沒有人確實知道她的命運如何，她就在一陣突然發生的陰暗並夾雜雷聲的暴風雨中死去。但是對於吉姆船長而言，五十年前所發生的事情，就像昨天才發生一般難以忘卻。

「在發生那件事情後的好幾個月，我一直在岸邊行走。」他傷心地說：「我試著找到她那可愛甜美的小身軀，但是大海不曾將她歸還給我，不過總有一天我會找到她的。布萊斯太太，總有一天我將會找到她，她正在等著我。我希望可以告訴你有關她的長相，但是我沒有辦法。我曾經看過一片美好的銀色薄霧在日出時懸掛在沙丘上，那看起來就像她一樣；然後我又在後面的樹林裡看到一棵白樺樹，那也讓我想到她。她有一頭淡棕色的頭髮，以及一張小小的臉蛋，生得既白皙又甜美，還有跟你一樣修長的手指，布萊斯太太，只是她的看起來比較黝黑，因爲她是個在海邊成長的女孩。

「有時候在夜裡醒來，我會聽到大海以昔日的方式呼喚我，而那就像消失的瑪格麗特在其中呼喚著。而當暴風雨來襲，還有在波浪啜泣與呻吟時，我聽到她在歡笑。而當它們在爽朗的日子裡歡笑時，那就是她的笑聲，那就是消失的瑪格麗特甜美、淘氣與小巧可愛的笑聲。大海將她從我身邊帶走，但是總有一天我會找到她的，布萊斯太太。它不能讓我們永遠分離。」

「我很高興聽到你說起關於她的故事。」安對吉姆船長說。「我常納悶著爲何你一直都是獨自過活的。」

「我沒有辦法守護其他人了。消失的瑪格麗特已經將我和她的心一起帶走，而且消失在大海裡。」這個老情人說著，五十年來他一直忠貞於他那溺死的、心愛的瑪格麗特。「布萊斯太太，你不介意我說了很多關於她的事吧？能夠對你說這些事情，讓我感到很高興，因爲所有多年來關於她的痛苦記憶都已經消失，只剩下祝福。我知道你永遠都不會忘記她的，布萊斯太太。如果未來幾年，正如我所希望，你的家中還會誕生其他小朋友的話，我希望你答應我，你會把消失的瑪格麗特的故事告訴他們，如此她的名字才不會被人們遺忘。」

第21章 掃除障礙

「安。」蕾絲莉突然打破短暫的沉默說：「你不知道，能夠再次和你一起坐在這裡工作、談天是件多麼美好的事情。」

她們就坐在安的花園中，小溪堤岸邊她們最喜愛的草地上。溪水充滿活力低低穿過她們，白樺樹的斑點樹蔭落在她們身上，沿著走道則是盛開的玫瑰花。陽光開始減弱，空氣中也充滿各種交織的音樂，屋後有冷杉林風吹過的樂聲，沙洲飄揚起一種音樂，而靠近那個白皙小女孩所長眠的遠處教堂鐘聲，又是另外一種音樂。安喜愛那個鐘聲，雖然它現在帶來了悲傷的思緒。

她好奇地望向拋下針線活並且無拘無束說著話的蕾絲莉，因爲那對她而言是非常不尋常的。

「在你病得很嚴重的那個可怕夜晚。」蕾絲莉繼續說：「我一直想，也許我們再也無法一起談話、散步及工作了。而那時候我才了解你的友誼，就像你表示的，還有我過去是一個多麼可恨的小東西。」

「蕾絲莉！蕾絲莉！我絕對不允許任何人辱罵我的朋友們。」

「那是眞的。我就是這樣的人——一個可恨的小東西。安，我有些事情必須告訴你，我猜那會讓你怨恨我，但是我必須向你坦白。安，在過去的冬天以及春天這段期間，有好幾次我都感到非常痛恨你。」
「我知道你恨我。」安平靜地說。
「你知道我恨你？」
「沒錯，我從你的眼神看出你對我的恨。」
「而你卻繼續喜歡我並且當我的朋友？」
「嗯，蕾絲莉，我想你只是偶爾恨我而已，但是其他時候你是愛我的。」
「我確實是這樣的，但是那種可怕的感覺一直存在我心中，它寵愛並且支持著我。我將它壓抑住，有時候我會忘記它的存在，但是有時候它會洶湧而起並且控制了我的情緒。我之所以恨你是因爲忌妒你，啊，有時候我眞的是非常的忌妒你。
「你有一個親愛的小家庭，還有愛、幸福以及快樂的夢想，每一樣都是我所渴望，但我永遠都不可能擁有的！那些就是讓我傷痛的事情。如果我可以期待生活中有任何改變的話，我就不會忌妒你了。但是我沒有！我沒有！而那似乎是不公平的。那讓我變得頑強，並且傷害我的感情，也因此讓我有時候感到痛恨你。啊，我眞的感到非常羞愧，我眞的是快要羞愧死了，但是我無法克服它。
「那一天夜晚，我害怕你可能活不下來了，我想，如果你死去的話，那將會是對於我的邪惡的懲罰，而我是如此深愛著你。安，自從我媽媽過世後，我就沒愛過任何東西了，除了迪克的那隻老狗，而沒有東西愛著是件令人恐懼的事情；生活是如此空虛，而這一片空虛當中最糟糕的一件事，是我是如此地愛著你，但是那個可怕的東西卻破壞了我對你的愛。」

蕾絲莉全身發抖，而且越來越劇烈，幾乎與她激動的情感不一致。

「不要再說了，蕾絲莉。」安乞求著：「哦，別再說了。我了解，不要再提起這件事了。」

「我必須說！我必須說。當我知道你平安活下來了，我就發誓，要在你恢復健康後立刻告訴你。如果我沒有告訴你我是這麼可恥的一個人，我就不能接受你的友好與友誼。而且我非常地害怕，害怕在告訴你這些事之後，你會拒絕我。」

「蕾絲莉，你不需要爲了這件事感到害怕。」

「哦，我好高興，眞的好高興啊！安。」蕾絲莉緊緊扣住她那雙因爲辛苦工作而曬黑的雙手以停止顫抖。「但是，既然我已經說出來了，我想要將所有事情都告訴你。我猜你不記得我第一次遇見你並不是在海岸的那一晚。」

「沒錯，不是海岸那一晚，是吉伯和我回家的那一晚，你剛好把鵝群趕下山丘，我想我是眞的記得的！那時候看到你，我就覺得你好漂亮，我渴望了好幾星期，迫切想知道你到底是誰。」

「不過我倒是知道你們是誰，雖然之前我不曾見過你們兩個。我聽說有一位新的醫生以及他的新娘要入住羅素小姐的小屋。安，從那一刻起，我就開始痛恨你了。」

「我有感受到你眼中所流露出來的怨恨，然後我就感到懷疑，我認爲我一定是錯怪你了，是什麼理由讓你怨恨我呢？」

「那是因爲你是如此快樂。啊，現在你會同意我是一個可恨的東西了，只因爲另一個女人是快樂的就怨恨她，而且她的快樂並未從我身上帶走任何東西！那也是爲什麼我從未前來拜訪你的原因。我應該去拜訪你，甚至連我們在四風的簡單慣例也是如此要求，但是我做不到。我習慣從我的窗戶看著你，我可以看到你和你丈夫晚上在花園中散步，或是你跑下去與他見面，而這些景象都讓我傷痛。但是我卻想要去拜訪你。我感受到自己如果不是那麼不幸的話，我會喜歡上你，並且從你身上找到我生命中不曾有過的密友，一個與我年紀相仿的眞正朋友。然後你還記得我們在海岸相遇的那一晚嗎？你擔心我會認爲你是古怪的，你一定認爲我是這樣想的。」

「不會，但是我不能了解你，蕾絲莉。上一刻你才召喚著我，下一刻你卻將我推開了。」

「那一夜的我非常不快樂，我經歷了痛苦的一天，迪克那天非常難控制。安，你知道的，他的天性使他通常都是相當善良，但有些時候他會十分反常。我非常悲痛，所以在他睡著後，我就立刻跑到岸邊。那裡是我唯一的避難所，我坐在那裡想著我那可憐的父親如何結束他的生命，並且懷疑自己有一天是否也會步上他的後塵。

「啊！我的心中充滿了黑暗的想法！然後你就像是一個快樂的、無憂無慮的小孩子一般，沿著小海灣在跳舞。那一刻，是我……是我最恨你的時候，我過去不會如此怨恨過你，但我還是渴望獲得你的友誼。瞬間有種感覺支配著我，可是下一刻又是另一種感覺。那一夜當我回家後，一想到你會如何看待我，我就慚愧地哭了出來。但是當我來到這裡時，所有一切都還是一樣的。有時候我會很高興並且喜愛地拜訪，但有時候令人厭惡的感覺就會損毀全部的一切。

「有些時候關於你還有你的小屋的所有事情都會讓我感到傷痛，你擁有許多親愛的小東西是我不能擁有的。你知道嗎？那聽起來很荒謬，我特別怨恨你的陶瓷小狗。有時候我想要抓起狗狗和馬狗狗，並將它們雅致的黑色鼻子撞在一起！啊！安，你笑出來了，但那對我而言一直都是無趣的。

「我會來這裡看望你和吉伯，以及你們的書本與花朵，還有你們家中的神像與你們的家庭小笑話，以及你們彼此之間的每一個眼神、每一句話所表現出來的愛，即使你們不知道，而我會回到家，你知道我回家做什麼的！啊，安，我不相信我天生就會忌妒與羨慕，當我還是個小女孩，我的同學們擁有的東西之中，有很多是我沒有的，但是我從來都不在乎，我從來不曾因爲這些原因而不喜歡他們，但是我似乎已經變得如此充滿憎恨了……」

「親愛的蕾絲莉，不要再自責了。你並不是充滿憎恨、忌妒或羨慕，你所經歷的生活也許讓你有點偏見，但是你的優秀以及高貴本質只受到少許破壞。我讓你告訴我這些事情，是因爲我相信說出來對你是比較好的，讓你的靈魂能夠從中解脫，但請不要再感到任何自責了。」

「嗯，我不再自責了。我只是要讓你知道眞實的我。安，上次你談到春天的漂亮夢想時，是我反應最差勁的一次，我永遠無法原諒自己那般對待你。我哭著懺悔自己對你的態度，所以在我做的那件小禮服上放進了許多我對你的溫柔與愛，但是我從沒想到，我爲你做的唯一一件衣服，最後竟然成了一件殮衣。」

「好了，蕾絲莉，那是一件痛苦與憂鬱的事，不要再這樣子想了。當你帶來那件小禮服時，我眞的好高興，而且既然我無法擁有小喬伊絲，我願意爲她穿上你爲她做的那件衣服，那是因爲你愛我才做的衣服。」

「安，你知道嗎？我相信在這件事情之後，我會永遠愛著你。我認爲自己再也不會用那種可怕的方式來揣想你了。不知怎麼的，將這些事情說出來後，我似乎就將它們拋棄了，那是非常奇怪的感覺，但我認爲那是如此眞實與痛苦的。就像開啓了一扇黑暗房間的門，將一些你認爲關在裡面的可怕生物放出來一樣，而且當光線透進來時，證明你的怪獸只是一個影子，房間變亮時就消失不見，而且永遠不會再出現在我們之間。」

「不會再出現了，蕾絲莉，我們現在眞的是朋友了，而且我很高興。」

「安，如果我說了其他事情，希望你不要誤會，當你失去小寶寶的時候，我眞的很悲痛，而且如果切掉我的雙手可以救活她的話，我願意去做。但是你的悲傷讓我們更加緊密，你那完美的幸福再也不是障礙了。啊，親愛的，請不要誤會我的意思，我並不是因爲你不再如此幸福而感到高興，我是很認眞說的；既然不是如此，我們之間就沒有那道鴻溝了。」

「蕾絲莉，我也了解。現在就讓我們關閉過去，並且忘記其中的不愉快，所有一切都會變得不一樣了，我們現在都屬於認識約瑟夫的人了。我認爲你一直都很美好，還有蕾絲莉，我不得不相信你的生活總有一天會變得非常美好與明亮。」

蕾絲莉搖搖頭。「不會的。」她無精打采地說，「我的生活中沒有任何希望。迪克的狀況永遠都不會好轉，而且就算他好轉也是舊時的記憶，哦，安，如果是這樣的話，情況只會更糟糕，甚至比現在還糟，這是你無法了解的一些事情，你這個快樂的新娘。安，柯妮莉亞小姐曾經告訴過你，我怎麼嫁給迪克的嗎？」

「有的。」

「我很高興，因爲我希望你知道這件事，但若你不知道，我自己是無法對你說明的。安，在我看來，自十二歲以來，我的生活就過得很痛苦。在那之前，我有一個快樂的童年。那時候我們家非常貧窮，但是我們不在意。我的父親非常傑出，很聰明、深情且富有同情心，自從我有記憶以來，我們就是好朋友。而我的母親也非常溫柔，她長得非常、非常漂亮。我跟她長得很相似，但是沒有她那麼漂亮。」

「柯妮莉亞小姐說，你比你的母親漂亮多了。」

「她若不是弄錯了就是有偏見。我認爲我的身材比較好，我媽媽比較瘦小，並且因爲辛苦的工作所以稍微有點駝背，但是她的臉孔就像天使一樣美麗。我以前習慣崇拜地抬頭看著她。我們都很崇拜她，包括爸爸、肯尼士還有我。」

安記得柯妮莉亞小姐描述的與蕾絲莉對她母親的描述是截然不同的印象，不過愛不就是最眞實的印象嗎?然而，蘿絲．韋斯特將她的女兒嫁給迪克．摩爾，仍然是相當自私的。

「肯尼士是我弟弟。」蕾絲莉繼續說。「啊，我無法向你形容我是如何愛他，但是他卻被殘忍地殺死了。你知道發生過什麼事嗎?」

「是的，我知道。」

「安，當車輪輾過他的時候，我正看著他的臉。他是背部朝下掉下去的。安!我現在就可以看到他了，我應該會一直看到。安，我唯一祈求上天的，就是那個回憶能夠從我的記憶中消除。哦!我的天!」

「蕾絲莉，不要再談到這件事了。我知道那個故事，不要再談論細節了，那樣子只會毫無意義地折磨你的靈魂。那個記憶將會被除去的。」

在掙扎過一陣子後，蕾絲莉重新恢復了自制。

「之後父親的健康狀況就越來越差，而且變得沮喪，他的心理開始變得不平衡，這些你也都聽說過了吧?」

「是的。」

「在那之後，我只是爲了母親而活，但我是非常野心勃勃的。我打算教書並且賺取到去學院念書的錢，我打算攀登到頂峰——啊，我也不要談論那個，那是沒有用的。你已經知道後來發生的事情了。我無法看著我那親愛、心碎的母親，在非常辛勞的一生後，最後還必須離開她的家。當然啦，我可以賺取足夠的金錢來支撐我們的生活，但是母親無法離開她的家。她來到那裡的時候是個新娘，而且她是如此愛著父親，她全部的記憶也都在那裡。安，當我想起自己讓她生命的最後一年得以過得快樂時，我就不會後悔自己的抉擇。

「至於迪克，我嫁給他的時候並不恨他，對他只有無關緊要的朋友關係般的感情，就像對我大部分同學的感情一樣。我知道他會喝一些酒，但是從未聽過他與漁村那個女孩的故事。如果我事先聽說的話，我就不會嫁給他了，即便是媽媽要求我。

「之後，我確實痛恨著他，但是媽媽從不知道。她過世後，我變成孤伶伶的一個人了，那時候我才十七歲而已，可是卻已經是孤獨一人了。迪克隨著四姊妹號消失了，我非常希望他永遠不要回家，畢竟大海總是留在他的血液裡。如你所知，吉姆船長將他帶回來了，而那就是我全部的故事。你現在了解我嗎?安，我最差勁的一面以及所有障礙都已經消失了。這樣子你還願意成為我的朋友嗎？」

安的目光穿過白樺樹，往上看著白色紙燈籠一般的半月，往下漂移到日落的海灣。她的面容是非常漂亮的。

「我是你的朋友，而且你也是我的朋友，我們是永遠的朋友。」她說。「我不曾有過這樣的朋友。我有很多親愛以及喜愛的朋友，但是你有某種特質，蕾絲莉，那是我在其他人身上沒有發現過的。你可以提供我許多你的豐富天性，而我可以給你許多我所具有的粗心少女情懷。我們兩個都是女人，以及永遠的朋友。」

她們緊扣彼此的手並相視而笑，各自淺灰與碧藍的雙眼中也泛著淚水。

第22章 柯妮莉亞小姐安排事情

吉伯堅持蘇珊應該在夏天留在小屋幫忙，但是安最初是表示反對的。

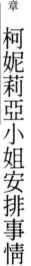

「吉伯，我們兩人在這裡的生活是如此甜蜜，如果有任何其他人就會稍微破壞掉這種甜蜜。蘇珊是一個可愛的人，但畢竟是一個外人。做這些家事不會傷害到我的。」

「你必須接受你的醫生給的忠告。」吉伯說。「有一句古老諺語的大意是，製鞋匠的老婆光著腳走路，而醫生的老婆早死。我不是說這會發生在我們家裡面，但你必須讓蘇珊留下來，直到你的步伐恢復以前的活力，還有臉頰上的小凹陷重新豐滿起來。」

「你只要放輕鬆就好了，親愛的醫生夫人。」蘇珊突然進來說。「享受你的生活，同時不要擔心餐具室，蘇珊可以掌控全局的。就好像是你養了一隻狗，但卻讓自己來吠叫，那樣子是沒有用的。我會每天早上準備好早餐送到床上給你的。」

「眞是的，你不用這樣子。」安笑著說。「我同意柯妮莉亞小姐所說，那就是：一個沒有生病的女人在床上吃早餐是很丟臉的事情，而且幾乎可以爲任何窮兇極惡的男人提供辯護。」

「哎呀，柯妮莉亞！」蘇珊以難以形容的輕視說道。「親愛的醫生夫人，我覺得你的觀念比較對，你不需要理會柯妮莉亞·布萊恩特所說。我不知道她爲什麼一定要一直詆毀男人，雖然她是一個老處女，我也是一個老處女，但你絕對不會聽到我在辱罵男人。我喜歡他們，如果可以的話，我也要嫁給其中一個。親愛的醫生夫人，從來沒有人向我求婚過，這不是一件很好玩的事情嗎？我並不漂亮，但是我跟大部分你曾經看過的已婚婦女是一樣好看的，然而我從來沒有過男朋友，你覺得這是什麼原因呢？」

「那可能就是宿命的關係。」安以神秘的莊嚴感說道。

蘇珊點點頭表示同意。

「親愛的醫生夫人，我自己就是常常這樣想的，而且那對我是很大的安慰。我不在意沒有人等我，如果那是全能上帝的聰明意志所判定的話。但有時候我會不知不覺產生懷疑，親愛的醫生夫人，而且我懷疑，也許那根本是魔鬼所驅使的，所以我沒有辦法感到放棄。但是也許……」蘇珊活耀起來，進一步說：「我還是有結婚的機會！我時常想起我的伯母以前常常背誦的一首老詩歌：『從來沒有一隻鵝的羽毛是這樣子灰白，但是遲早有一天，某隻誠實的雄鵝會向牠靠近，並且成爲牠的伴侶！』親愛的醫生夫人，一個女人只有到她去世以後，才能夠確定沒有人娶她，而這個時候呢，我要去做一爐的櫻桃派。我注意到醫生喜歡它們，而我很喜歡爲懂得欣賞食物的男人烹調。」

柯妮莉亞小姐在那個下午過來拜訪，說話間氣喘吁吁的。

「我不在乎人們或是惡魔，但是發胖確實相當困擾我。」她說，「親愛的安，你看起來一直都像黃瓜一樣清爽苗條。我聞到的是櫻桃派的香味嗎？如果是的話，邀請我留下來喝茶吧，我這個夏天還沒嘗到櫻桃派呢。我的櫻桃全都被來自格蘭的那些流氓般的吉爾曼男孩子們偷光了。」

「好了，好了，柯妮莉亞。」吉姆船長出聲反對，他正窩在客廳一角，閱讀一本有關大海的小說，「你不應該這樣子說那兩個可憐的、沒有母親的小吉爾曼男孩，除非你有確鑿的證據。不能夠只因爲他們的父親不誠實，就把他們看作是小偷。更有可能是知更鳥吃掉你的櫻桃的呀，今年的知更鳥眞是太多了。」

「知更鳥！」柯妮莉亞小姐輕蔑地說。「哼！兩隻腳的知更鳥，你要我相信是牠們吃掉的！」

「唔，在四風的知更鳥大部分都是依照那個原理構成的。」吉姆船長嚴肅地說。

柯妮莉亞小姐盯著他看了一會兒，然後斜斜靠回她的搖椅，開懷笑了許久。

「好吧！吉姆．包伊德，你至少要抓一隻給我，那麼我就承認。親愛的安，你看他是那麼地高興，就像一隻波斯貓一樣露齒而笑。至於知更鳥的腳嘛，如果知更鳥就像上星期天早晨，我從櫻桃樹上看到的一樣，是一雙巨大曬黑的腳，上面還掛著破爛褲子的話，我就會請求吉爾曼男孩子們的寬恕。當我下樓要驅趕他們時，他們就已經不見了。我無法了解他們怎麼可以這麼快就消失，不過吉姆船長眞的啓發了我。當然啦，他們一定是飛走了，才會這麼快就消失。」

吉姆船長笑著離開，懊悔地婉拒留下來晚餐以及分享櫻桃派的邀請。

「我是要過去找蕾絲莉的，並且問她是否要接受寄宿者。」柯妮莉亞小姐再度開口。「昨天我收到一封來自於多倫多的信，那是由達莉夫人所寄來的，兩年前她在我那裡寄宿了一段時間。她要我在這個夏天讓她的朋友寄宿。他的名字是歐文·福特，是一位新聞記者，而且他好像就是建造這間屋子的那個老師的孫子。約翰·席爾溫的大女兒嫁給了安大略省的福特，而歐文就是她的兒子。

「他想看看她的祖父母從前住過的地方。他在春天的一段時間裡得了嚴重的傷寒，並且沒有完全康復，所以他的醫生囑咐他到海邊調養。他不想住旅館，只想要一個安靜的、像家一樣的地方。我不能接受他的寄宿，因爲我八月的時候不在家，我被指派爲代表，要到金斯泊參加一個會議，我會前去參加。我不知道蕾絲莉是否願意接受他的寄宿，因爲除了她之外也沒有其他人可以詢問了。如果她沒有辦法接待他的話，那麼他只好到港口那邊去了。」

「你和她見面後，要回來這裡幫我們把櫻桃派吃掉喔。」安說。「如果他們可以來的話，也將蕾絲莉與迪克帶過來吧。所以你要前往金斯泊嗎？你一定可以玩得很開心。我一定要請你幫我轉交一封信給我住在那裡的朋友，喬納斯·布雷克。」

「我已經說服托馬斯·霍特夫人跟我一起去了。」柯妮莉亞小姐自滿地說。「應該是讓她放個小假期的時候了，相信我。她一直努力工作都沒有休息。湯姆·霍特可以用鉤針編織出很漂亮的東西，但是他卻無法爲他的家庭謀生。他似乎永遠無法早起做任何工作，但是我注意到，如果是去釣魚的話，他永遠都能大清早起床。那不就是男人的樣子嗎？」

安微笑以對。對於柯妮莉亞小姐有關四風男人的評價，她已經學會要大打折扣了，否則她一定會相信他們是世界上最沒有希望的那種無賴，永遠都不會進步，而他們的老婆就是名副其實的奴隸並且受到折磨。例如湯姆．霍特，就她所知，他是一個體貼的丈夫、深受喜愛的父親，同時是一個很棒的鄰居，如果他眞有懶惰傾向的話，那麼也只是因爲天生喜歡釣魚而不喜歡耕作，而且如果他有無惡意的古怪行爲，做出異想天開的事，除了柯妮莉亞小姐之外，似乎沒有人會對他有意見。他的太太是一個「拚命掙錢的人」，並且以拚命掙錢爲榮；他的家庭可以倚靠農田過上舒適的生活，而他那些高大健壯的兒女們更遺傳了他們母親的幹勁，在衆人之間的發展也都相當好。在格蘭聖瑪莉沒有比霍特家更幸福的家庭了。

柯妮莉亞小姐滿意地從小溪旁的房子回來了。

「蕾絲莉願意接受他的寄宿。」她宣布道。「她急切地接受了這個機會，她想要賺些小錢，以便在這個春天爲她的房子鋪屋頂板，但她不知道要如何去處理這件事情。我猜吉姆船長在聽到席爾濕的孫子要來這裡的消息後，會感到有興趣的。蕾絲莉叫我跟你說她渴望著櫻桃派，但是她沒辦法過來喝茶，因爲她必須去尋找她走失的火雞。不過她說，如果有剩下來的派，請你將它放在食品櫃裡面，當她找完她的火雞，她會在貓的引導下跑過來吃的。親愛的安，你知道嗎？當我聽到蕾絲莉就像很久以前一樣，笑著將她的打算告訴你時，我的內心眞的是好高興啊。她最近眞的改變了很多，像普通女孩子一樣談天說笑，而且從她的談話中，我猜她一定會來這裡的。」

「她現在每天都來，要不然就是我過去她那兒。」安說。「如果沒有蕾絲莉，我眞不知道要做些什麼呢！特別是吉伯現在那麼忙碌，他幾乎很少回家，有的話也只有幾小時。他眞的會累死自己，現在港口對面的人老是派人來叫他過去看病。」

「他們最好要滿足於他們自己的醫生。」柯妮莉亞小姐說。「然而可以確定的是，我不能責怪他們，因爲他是一個衛理公會派教徒。自從布萊斯醫生治好阿隆貝太太後，人們就認爲他能夠起死回生了。我相信大衛醫生一定會對他有些忌妒，就像男人的樣子。他認爲布萊斯醫生有太多新的見解。『喔！』我對他說：『就是新的見解救了蘿達．阿隆貝！如果是由你來照料，她早就死了，並且會在墓碑上寫：感謝上帝將她帶走。』啊，我喜歡對大衛醫生有話直說！他已經在格蘭指揮了好幾年，而且他認爲他所忘記的事情比別人知道的還要多。說到醫生嘛，我希望布萊斯醫生可以過去看看迪克．摩爾脖子上的瘡，那已經不是蕾絲莉能處理的了。我當然不知道迪克．摩爾爲什麼會長瘡，他已經夠麻煩的了！」

「你知道嗎？迪克相當喜愛我呢。」安說著。「他像隻小狗一樣跟在我附近，並且在我注意到他的時候，高興得像個小孩子一樣。」

「那樣不會讓你感到毛骨悚然嗎？」

「一點也不會。我相當喜歡可憐的迪克。不知怎麼的，他看起來是如此可憐與動人。」

「如果你看過他從前脾氣很壞的樣子，你就不會認爲他非常動人，相信我。不過我很高興你不介意他，那樣子對蕾絲莉是非常友好的。等她的寄宿者來了以後，她會有更多事情要忙。我希望他是一個像樣的人。你很可能會喜歡他，他是一個作家。」

「我感到很納悶，爲什麼人們會認爲如果兩個人都是作家，那麼他們一定會非常意氣相投呢？」安相當輕蔑地說。

「沒有人會期待兩個鐵匠，只因爲他們同爲鐵匠就會被強烈地互相吸引。」

然而，她還是愉快地期待歐文·福特到來。如果他是一個年輕且可親可愛的人，他可能會給四風的社會增加很多歡樂。小屋的門永遠爲知道約瑟夫那一類的人開啓。

第23章 歐文．福特的到來

有一天晚上，柯妮莉亞小姐撥了電話給安。

「那個男作家剛剛抵達這裡，我要載他去你家，然後你可以告訴他如何去蕾絲莉的家。這樣比走其他的路還要近，而且我非常趕時間。瑞絲的小孩走失了，還在格蘭跌到一桶熱水裡面，幾乎快死掉了，所以他們要我立刻過去，我猜是要我爲那個小孩換上一件新衣服吧。瑞絲太太一直都是這麼粗心大意，然後希望其他人可以彌補她的錯誤。你不會介意吧？親愛的安，他的皮箱明天就可以送過去。」

「很好，沒有問題。」安說。「柯妮莉亞小姐，他長什麼樣子啊？」

「當我帶他過去，你就可以看到他的外在了。至於他的內在，只有造他的上帝才知道。我不要再說任何話了，因爲格蘭的每一支話筒都聽得見我在說什麼。」

「很顯然，柯妮莉亞小姐對於福特先生的外表找不到什麼缺陷，否則她才不在乎電話聽筒有其他人在聽，一定會說出來的。」安說。「蘇珊，因此我推斷，福特先生是相當英俊的。」

「嗯，親愛的醫生夫人，我確實喜歡好看的男人。」蘇珊率直地說。「我是否應該幫他準備一份點心呢？我們還有一個入口卽化的草莓派。」

「不用了，蕾絲莉正在期待他的到來，而且已經準備好他的晚餐了。此外，我要把那個草莓派留給我家那個的可憐男人。他很晚才會到家，所以蘇珊，將那塊派以及一杯牛奶留給他。」

「好的，親愛的醫生夫人，蘇珊可以掌控全局。畢竟，把派留給你自己的男人總比留給陌生人好。陌生人只會把東西吃光，而且就像你經常能體會到的，醫生他自己也長得很好看。」

當歐文．福特在柯妮莉亞小姐引導下走進來的時候，安私下承認他確實「非常好看」。歐文．福特長得高大，肩膀很寬，還有一頭茂密的棕髮、眉清目秀的臉孔，以及一雙明亮深灰色的大眼睛。

「而且你有注意到他的耳朵與牙齒嗎？親愛的醫生夫人。」蘇珊後來問她，「他那對耳朵的形狀是我看過的男人中長得最好看的。我對耳朵可是很挑剔的，當我年輕的時候，我好擔心自己可能會嫁給一個耳朵像蓋子般的男人。但是我多慮了，因為我不會有嫁人的機會啦，不管他的耳朵是哪一類的。」

安並沒有注意到歐文．福特的耳朵，但是的確從他那真誠與友善的微笑中看到了他的牙齒。在不笑的時候，他的臉看起來相當憂傷且缺乏表情，與安自己最初想像的憂鬱、不可理解的英雄不同；但是當他笑的時候，就點燃了他的歡快、幽默與魅力。無疑地，就像柯妮莉亞小姐所說，歐文．福特的外在是個漂亮的人。

「布萊斯太太，你無法理解，來到這裡令我非常高興。」他說，並且以渴望和感興趣的眼神環視四周。「我彷彿有種回到家的奇特感覺。你知道的，我母親就是在這裡出生並且度過她的童年，她總是告訴我許多有關她舊房子的事情。我了解這間房子的布局就如同我自己的房子，當然啦，那是因爲她告訴我有關這間房子建造的故事，還有我祖父痛苦等待皇家威廉號的故事。我過去以爲這麼古老的房子一定在好幾年前就消失了，否則我在這之前就已經來看過。」

「在這個令人陶醉的海岸上的老房子是不會輕易消失的。」安笑著說。「這是一個『所有東西看起來永遠都一樣的土地』，至少幾乎是永遠一樣。約翰．席爾溫的房子至今還是沒有多大改變，而且外面的玫瑰花叢是你祖父爲他的新娘所栽種的，到現在花仍然是盛開的。」

她向這個年輕人承諾：「我們的門永遠爲你開啓。還有，你知道那個看守四風燈塔的老船長在孩童時期與約翰．席爾溫以及他的新娘很熟悉嗎？那是他在我來到這裡的第一晚告知我的，我是這間老房子的第三位新娘。」

「這是眞的嗎？這眞是一個發現啊。我一定要去找他。」

「那不是一件困難的事，因爲我們都是吉姆船長的好朋友，你們互相渴望見到彼此。你的祖母就像星星一樣，在他的記憶中閃耀著。不過我想摩爾太太正在等你呢，所以讓我告訴你去她家的路吧。」

安陪他穿過了一片長了雪白雛菊的田野，走到小溪旁的房子。在港口對面遠處的一船人正唱著歌曲。歌聲就像是微弱、非塵世的音樂在海面上漂流，海風吹過星光照耀的海面，燈塔大燈正閃爍明亮地給予指引。歐文·福特滿意地看著他四周的景物。

「所以這就是四風了。」他說。「不論母親對它多麼極力讚美，我還是沒預期到它竟能如此美麗。多麼美麗的顏色、多麼美麗的景致，多麼有魅力啊！我應該很快就能恢復得像馬兒一樣強壯，而且如果靈感來自於美麗的事物，我當然可以在這裡開始撰寫我那本重要的加拿大小說。」

「你還沒開始動筆啊？」安問道。

「啊！還沒，我一直都還沒有爲它找到適當的中心主題。它就潛伏在我的遠方，引誘、召喚卻又往後退開，我幾乎要抓到它的時候，它又消失了。也許我可以在這個寧靜漂亮的地方捕捉到它。布萊恩特小姐跟我說你也會寫作。」

「哦，我只是寫些小東西給小朋友看，自從我結婚之後就很少寫了，而且我沒想過要寫一本偉大的加拿大小說。」安笑著回答。「那遠超出我的能力範圍。」

歐文·福特也笑了。

「我敢說那也超出了我的能力範圍。我們都一樣，我想，有時間的話，總該找一天試看看。一個新聞記者並沒有很多機會來做這類的事，雖然我爲雜誌寫了許多短篇故事，但是我從來都沒有閒暇寫書。自由了三個月之後，我該開始動筆了，然而，我必須先找到所需的主題，因爲那是書本的靈魂。」

忽然間，安想到一個主題，讓她雀躍起來，但是她沒有說出來，因爲他們已經抵達摩爾家。

當他們進入庭院的時候，蕾絲莉正從側門踏進走廊，隱約從黑暗中看見她所期待的客人。溫暖的黃色燈光正好從開啓的門縫照到她身上，她穿著一套樸素便宜的淡黃色棉紗裙，以及一條平日瑣繫的深紅色腰帶；蕾絲莉的穿著絕對不會缺少她所特有的深紅色，她告訴安說，如果她身上沒有顯出一點紅色的話，她絕對不會感到滿意，卽使只是一朶紅花也可以。對安而言，紅色似乎象徵著蕾絲莉那強烈與被壓抑的個性，除了激昂的顯現以外，它拒絕所有其他表情。

蕾絲莉的衣服在脖子上的剪裁有些分離，而且是短袖的。她的雙手就像象牙色大理石般。她那精美的身體曲線，在燈光襯托下顯現於柔和的黑暗中，秀髮也像火焰一般閃耀，在她的另一邊是依舊閃著點點繁星的紫色港口天空。

安聽到她的同伴倒抽一口氣。卽使在幽暗中，她也可以看到他那充滿驚奇與讚美的表情。

「那個美人是誰啊？」歐文．福特問道。

「那就是摩爾太太啊。」安說。「她眞的非常漂亮吧？」

「我……我從來沒有看過像她那麼漂亮的人。」他相當茫然地回答。「我完全沒有準備……我沒有想到……我的天啊，沒想到我的女房東竟然是個女神！怎麼會這樣呢？如果她穿上紫色的海洋長袍，在頭髮上繫上紫色的帶子，那麼她就是名副其實的海洋女王了，而她竟然是個接受寄宿者的女房東！」

「可是，卽使是女神也要過活啊。」安回他。「而且蕾絲莉不是女神，她只是一個非常漂亮的女人，跟我們一樣是人類。布萊恩特小姐有告訴你任何關於摩爾先生的事情嗎？」

「有的，他好像是智能不足，或是諸如此類的問題，對吧？但是她沒有跟我說過關於摩爾太太的事情，我當時猜她是那種平凡且拚命賺錢的鄉下家庭主婦，接受寄宿者的入住來老老實實的賺錢。」

「好吧，那就是蕾絲莉做的事情。」安爽快地說。「而且對她而言，那也並非全部都是愉快的事情。我希望你不會介意迪克，如果你介意的話，請不要讓蕾絲莉看到，因爲那會對她造成很大的傷害。他只是一個大寶寶，而且有時候非常使人煩惱。」

「哦，我不會介意的。不管如何，我猜自己不會常常待在房子裡，除了吃飯以外。但這眞是一件憾事！她的生活一定過得很辛苦。」

「確實是的，但是她不喜歡被同情。」

蕾絲莉已經回到屋子裡，並且在前門與他們相遇。她以冷淡的禮貌招呼著歐文·福特，並且以客套的語調告訴他，房間與晚餐都已經爲他準備好了。迪克露齒笑著，搖晃不穩地拿起手提箱上樓去，而歐文·福特就像是在這個柳樹林之中的老房子同居者一樣，在這晚被安頓了下來。

第24章 吉姆船長的生活手記

「我有一個想法，那就像是一個小小棕色的繭，很可能展開成爲一隻滿足的、華麗的飛蛾。」安回家後對著吉伯說。他比她所預期的還要早回家，並且正在享受蘇珊的草莓派，而蘇珊則是一個人在後面徘徊，像是一個相當嚴厲但是行善的護衛精靈，而且看起來是非常高興的看著吉伯認眞的吃著派。

「你有什麼想法呢？」他問。

「我現在應該還不要告訴你，直到我能夠讓那件事情發生爲止。」

「福特是哪一類型的男人啊？」

「啊，非常好，而且長相相當好看。」

「親愛的醫生，他的耳朵好漂亮喔。」蘇珊歡喜的插嘴說。

「我想，他大概是三十歲或三十五歲吧，而且他打算要寫一本小說。他的聲音聽起來很舒服，還有他的笑容也很可愛，同時他知道如何打扮。但是不知怎麼的，他的生活看起來似乎不是完全過得很輕鬆的。」

歐文．福特隔天晚上過來拜訪，並且幫蕾絲莉帶了張紙條給安；他們在花園裡度過了日落的時光，然後在月光照耀下，坐著吉伯建造用來夏天旅遊用的小船上，在港灣上划船。他們立刻就喜歡了歐文，並且覺得他好像是已經認識很久的朋友，可以辨識出他是約瑟夫的房子裡的成員。

「親愛的醫生夫人，他的人就跟他的耳朵一樣的好。」蘇珊在他離開後說。他告訴蘇珊說他從來沒有嘗過像她做的草莓水果酥餅那樣好吃的東西，而蘇珊多情的心永遠是屬於他的。

「他很會說話。」她在清理晚餐剩菜時思考的說著。「眞的好奇怪喔，他竟然還沒結婚，像他那樣的男人一定有很多人追求的。啊，也許他跟我一樣，還沒遇到適合的人。」

當她在清洗晚餐後的碗盤時，蘇珊眞的相當羅曼蒂克地冥想著。

過了兩夜之後，安帶歐文到四風燈塔，將他介紹給吉姆船長。沿著海岸的苜蓿田，在西風的吹拂下都變成白色的了，而吉姆船長正在看著美好的落日，他剛剛才從港口那邊回來。

「我必須去那裡找亨利．保拉克，並且告訴他日子已經不多了。其他人都不敢告訴他。他們猜測他會害怕承受這個消息，因爲他一直非常堅決的要活下去，並且不停的計畫秋天的事情。他的太太認爲應該要告訴他，而我就是去告訴他說他沒辦法好轉的最佳人選。亨利和我是老朋友了，我們一起在灰色海鷗號上航行好些年。好吧，於是我就去找他並且坐在亨利的床鋪旁邊，我告訴他，我非常直截了當並且簡單的說，因爲如果要告訴某人一件事情的話，最好就是一次說清楚。我說：『兄弟啊，我猜此時你應該已經安排好航海順序了吧。』

「事實上當時我的內心是有些顫抖的，因爲要將死訊告訴一個不知道自己將死的人是一件極悲慘的事。但是，結果你聽，亨利以他那乾瘦臉孔、那雙明亮熟悉的黑色雙眼抬頭看著我說：『吉姆．包伊德，如果你要給我消息的話，就跟我說一些我不知道的事情吧。一個禮拜前就知道我快死的消息了。』我由於太過於驚愕而說不出話來，但是亨利輕聲笑著表示：『看見你來到這裡，帶著那張像墓碑一樣嚴肅的面孔，並且坐在那裡雙手環抱你的肚子，要告訴我一個那樣沮喪發霉的舊聞！吉姆．包伊德，你那個樣子實在太可笑了。』

「『誰告訴你的？』我有點愚蠢的問。『沒有人告訴我。』他說。『上星期二的晚上，我清醒的躺在那裡，而且我就是知道。我之前曾經懷疑過，但是之後我就知道了。我是爲了太太才不停止計畫的，而且我想要將那座穀倉建起來，因爲伊班永遠無法正確的完成它。但是不管如何，吉姆，既然你已經緩和你的心情了，笑一個吧，並且告訴我一些有趣的事情。』好吧，所有的經過就是這樣了。他們一直非常害怕告訴他，但是他一直都知道。自然爲我們的安排眞是非常奇怪，不是嗎？時間到的時後讓我們知道應該清楚的事情。布萊斯太太，難道我不曾跟你說過有關亨利的鼻子被釣魚鉤勾住的故事嗎？」

「你沒說過耶。」

「好吧，他跟我今天還笑著談論著這件事呢，這將近是發生在三十年前的事情了。有一天他和我以及其他人出去釣魚，那眞的是美好的一天，在海灣裡從來沒有看過那麼一大群的青魚，如此的興奮之下，亨利變得相當的瘋狂，並且設法將一根魚鉤完全的刺穿他一邊的鼻子。好吧，他眞的這樣做了；魚鉤的倒鉤在鼻子的一端，而一大塊的鉛在另一端，因此沒辦法拔出來。我們想要立刻將他帶上岸來，但是亨利卻很勇敢地不願意上去；他說除了破傷風之外，如果他留著這麼多魚群不去釣而離開的話，他就眞的該死；後來他就繼續釣魚，手上握拳拉著，並且不時疼痛的呻吟著。最後魚群終於通過了海灣，而我們也大豐收。

「我拿到了一支銼刀，並且開始試著把那個鉤子銼平。我試著盡量放鬆，但是你應該聽聽亨利的叫聲，不不不！你也不應該聽到。幸好那附近沒有女士。亨利不是一個會罵髒話的男人，但是那個時候，沿著海岸都可以聽到他詛咒的話語，而且他將所記得的髒話全部對著我叫罵出來。最後他聲稱自己無法承受那種痛楚，而且說我沒有同情心。最後我們將他拉到車上，並且由我載他到夏洛特鎭找醫生；整整三十五哩的路程，因爲在那個時代沒有比較靠近的醫生了，而一路上那根該死的魚鉤仍然都是掛在他的鼻子上。到了克萊布醫生那裡，他也是跟我使用同樣的方式，拿了一根銼刀把那根魚鉤銼平，唯一的差別就是他不想要從容的去執行！」

吉姆船長此行去拜訪他的老朋友喚起了許多的回憶，而他現在正完全沉浸在往事的回憶之中。

「亨利今天問我是否記得老神父齊里魁爲亞歷山大．馬克亞里斯特的船祝福那時候的事情，那又是一個奇特的故事，而且跟眞理一樣的眞實，我自己就在那艘船裡面。在一個日出的早晨，我和他坐著亞歷山大．馬克亞里斯特的那艘船出海，船上還有另外一個法國男孩，當然啦，他是一個天主教徒。你知道老神父齊里魁變成了新教徒，所以天主教徒對他沒什麼用。這個，我們在酷熱的太陽下一直坐在停在海灣的船上直到下午，但是都沒有釣到魚。

「當我們上岸的時候，老神父齊里魁必須要離開了，所以他客氣的說：『馬克亞里斯特先生，我感到非常的抱歉，因爲這個下午沒辦法跟你們外出，但是我將我的祝福留給你，這個下午你將抓到一千條魚。』好吧，我們沒有抓到一千條魚，但是確實抓到了九百九十九條魚，那是那個夏天，在整個北海岸地區中捕到最多魚的一艘小船。很奇怪對不對？亞歷山大．馬克亞里斯特對著安德羅斯．彼得說：『這個嘛，你現在對於齊里魁神父有什麼看法？』『啊！』安德羅斯咆哮著說：『我認爲那個老傢伙少給了一個祝福。』天啊，亨利那天眞是笑翻了！」

「吉姆船長，你知道福特先生是誰嗎？」看到吉姆船長的回憶此時已經停止，所以安問著。「我要你猜猜看。」

吉姆船長搖著頭。

「布萊斯太太，我從來就不善於猜測，而且我以前是否看過那雙眼睛啊？因爲我有看到它們。」

「想想看許多年前的一個九月早晨。」安輕聲地說著。「想想看船隻進港時，一艘長期被等待並且讓人感到絕望的船；想到皇家威廉號進港的那一天，以及你第一眼看到的老師的新娘。」

吉姆船長跳了起來。

「它們是佩西絲．席爾溫的雙眼。」他幾乎是大叫著說。「你不會就是她的兒子吧……你一定是她的……」

「孫子。是的，我是艾莉絲．席爾溫的兒子。」

吉姆船長猛然撲向歐文．福特，並且再一次與他握手。

「艾莉絲．席爾溫的兒子！上帝啊，哇，歡迎你來！好幾次我都在想老師的子孫住在哪裡。我知道他們沒有定居在島上。艾莉絲……艾莉絲……她是第一個在小屋裡出生的小寶寶，不曾有個像她的小寶寶帶來這麼多的歡笑！我曾經抱著逗弄她上百次。從我的膝蓋她開始學會第一次走路。我還可以看到她母親的臉看著她，而那已經將近是六十年前的事情了。她仍然活著嗎？」

「不在了，她在我還是個小男孩的時候就去世了。」

「啊，我還活著聽到這個消息似乎是不恰當的。」吉姆船長嘆氣道。「但是我真的好高興可以見到你，那讓我短暫的回到了那段年輕歲月，你還無法體會那種快樂的。這位布萊斯太太就有這種訣竅，她常常讓我有那種快樂的感覺。」

當吉姆船長發現歐文．福特是他所謂的一個「眞正作家」時，更是感到興奮，他崇拜的注視著他。吉姆船長知道安也會寫作，但是他從沒認眞的看待這個事實。吉姆船長認爲女人是可愛的人，她們應該具有投票權以及她們想要的東西，讚美她們的心腸，但是他不相信她們可以寫作。

「只要看看《瘋狂之愛》那個故事就好了。」他繼續說道，「那是一個女人寫的故事，而且你們看，只要在十個章節就能夠說完的故事，她卻寫了一〇三個章節。一個女作家永遠不知道何時該結束她的故事，而那就是問題的所在。一個著作的好壞，從它何時結束就可以看出來了。」

「福特先生想要聽聽一些關於你的故事，吉姆船長。」安說。「告訴他那個有關一個發瘋並且幻想自己是荷蘭飛人的船長的故事吧。」

這是吉姆船長最好的一個故事，混合了恐怖與幽默，而且雖然安已經聽了好幾次，然而當她再次聽到這個故事時，她還是跟福特先生一樣，因爲故事內容而盡情的歡笑以及害怕得發抖。吉姆船長因爲有聽衆專心聽著他說故事，所以接著說了其他的故事。他訴說著自己的船隻如何被一艘輪船追撞、他如何被馬來西亞的海盜強押上甲板、船隻如何著火、如何幫助一個政治犯逃離南非共和國、如何在秋天的時候在麥哲倫發生船難，並且整個冬天都擱淺在那兒、一隻老虎如何在船上掙脫、他的船員如何反叛並且將他放逐在荒蕪的小島等等，以及其他許多與吉姆船長有關的悲慘、幽默或怪誕的故事。

在故事中談到的海洋的神秘、遠方陸地的魅力、冒險的誘惑以及衆人的笑聲等等，他的聽衆們彷彿身歷其境。歐文·福特用手托著他的頭聽著，而大副在他的膝蓋上嗚嗚的叫著，他那雙明亮的眼睛集中在吉姆船長那張滿布著皺紋和動人的臉上。

「吉姆船長，你可以讓福特先生看看你的生活手記嗎？」在吉姆船長宣布因爲時間的關係必須停止說故事時，安問著。

「哎呀，他不會想要被那個東西煩擾的。」吉姆船長斷言著，但是暗地裡卻很渴望拿出來。

「包伊德船長，你的生活手記是我最想看的一本書。」歐文說。「如果它有你說的故事一半精彩的話，就非常值得一看了。」

吉姆船長假裝不情願的從他的舊箱子挖掘出那本生活手記，並且傳遞給歐文。

「我猜你不會介意花費長時間理解我手寫的內容吧，我並未受過許多學校教育。」他淡漠地說。「我寫的那些東西只是爲了娛樂我的姪孫喬伊，他總是期待我說故事給他聽。他昨天才來過這裡，並且在我從船上將一隻二十磅重的鱈魚抬出來時，他責備似的對我說：『吉姆伯父，鱈魚不是一種啞巴牲口嗎？』你看吧，我曾經告訴他必須眞的仁慈的對待啞巴牲口，而且不能夠以任何的方式傷害牠們；因此我告訴他說鱈魚的確是啞巴，但卻不是一種動物來化解那個窘境，但是喬伊似乎不太滿意我的答覆，而我對於自己也是不滿意的。你在對他們這些小生物說話時必須非常的小心，因爲他們可以看穿你。」

在談話的同時，吉姆船長在歐文看著生活手記時，從他的眼角看著歐文．福特，並且很高興的發現他的客人正聚精會神看著手記，他微笑地泡著一壺茶。歐文．福特就像守財奴痛苦的離開他的金子一樣，不情願地放下生活手記過去喝茶，然後又渴望回去閱讀手記。

「啊，如果你想要的話，你可以將那個東西帶回去看。」吉姆船長說著，就好像那個「東西」不是他最珍視的所有物一樣。「我必須到下面去，並且稍微把我的船拉到滑軌上。有一陣風吹進來了。你們有注意到今晚的天空嗎？

「『大片卷積雲以及馬尾雲，

「讓所有的船隻不去遠航。』」

歐文．福特高興的帶著吉姆船長所提供的生活手記回家。在他們回家的路上，安跟他說了消失的瑪格麗特的故事。

「那個老船長是一個很棒的老人。」他說。「他過的是什麼樣的生活啊？哎，他一星期所經歷的冒險比我們大多數人一生當中經歷的還要多。你眞的認爲他說的故事都是眞的嗎？」

「我當然相信他說的是眞的，我確信吉姆船長不會說謊的，而且在這附近所有的人都說他所說的事情都是發生過的，有好多個過去與他同船的老水手都可以證實他所說的故事。他是愛德華島最後一位老船長，那些老船長幾乎都已不在了。」

第25章 書本的撰寫

歐文・福特在隔天早晨興奮的來到小屋。

「布萊斯太太，吉姆船長的生活手記是一本精彩的書，眞是太精彩了。如果我可以拿著這本書，並且利用其中的題材來寫書的話，我有把握能在一年之內將它寫成一本小說。你認爲吉姆船長會讓我這樣做嗎？」

「讓你做！我確定他會非常高興的讓你去做的。」安叫著說。「我承認昨晚帶你去那裡時，心裡就是想著這件事情。吉姆船長一直都希望可以找到適當的人爲他撰寫他的生活手記。」

「布萊斯太太，你今天晚上可以跟我一起到燈塔那裡去嗎？我要問他有關生活手記的事情，但是我希望你告訴他你已將消失的瑪格麗特跟我說過，並且問他是否讓我使用這個故事作爲愛情小說的開頭，並且加入生活手記裡的故事，讓它成爲完整和諧的一部分。」

當歐文・福特將他的計畫告訴吉姆船長之後，他感到不會有過的興奮。他珍愛的夢想最後終於能夠實現，而他的「生活手記」也可以公諸於世了。而對於消失的瑪格麗特的故事編排成爲小說的一部分，他也感到高興。

「這樣子她的名字就不會被遺忘了。」他渴望地說著。「那就是爲什麼我希望能夠把她的故事加入的原因。」

「我們將會合作。」歐文欣喜地叫著說。「由你提供小說的精神，而我來完成文字的撰述。啊，吉姆船長，我們兩人將會寫出一本出名的書籍，我們現在就開始進行吧。」

「而且，沒想到我的書將會由老師的孫子來撰寫！」吉姆船長驚叫著。「夥伴，你爺爺是我最親愛的朋友，我認爲沒有人可以跟他一樣。我現在知道爲什麼自己必須等待這麼久了，因爲只有適合的人出現時才能夠將它寫成一本書。你屬於這裡，在你身上可以感受到屬於這個古老北海岸的精神，你是唯一能夠寫這本書的人。」

他們將燈塔客廳另一側的小房間作爲歐文的工作室。在他寫作的時候，吉姆船長在旁邊提供他許多關於海上航行以及海灣的知識，因爲那些是歐文相當陌生的。

他隔天早上就開始撰寫那本書了，並且將自己的精神與靈魂投入那本書。至於吉姆船長，在那個夏天則是個快樂的男人，他將歐文進行工作的那個小房間視爲一個神聖的場所。歐文與吉姆船長商討每件事，但是卻不讓他看其手稿。

「你必須等到出版之後才可以看。」他說。「如此你才會看到它最完整的內容。」

他探索著生活手記的珍貴內容，並且自由的運用它們。他憂鬱地沉思著消失的瑪格麗特，一直到他能夠淸晰的感受到她的時候，才將她生動的撰寫在書本中。撰寫的同時，書本完全佔有了他，而他也狂熱渴望地書寫著。他讓安與蕾絲莉閱讀他的手稿並且評論其內容，而被後來的評論家評論爲田園詩般的書的最後一個章節，就是依據蕾絲莉的建議而塑造的。

「當我看到歐文．福特的時候，我就知道他是最適合寫這本書的人了。」安對吉伯說。「他的臉上同時帶著幽默與熱情，而那種面容可以表達藝術，正是撰寫那樣的一本書所必要的。就像林德夫人說的，他是命中注定要來完成那本書的。」

歐文．福特通常在早上寫作，而下午的時間通常與布萊斯夫婦在快樂的短程旅遊中度過，蕾絲莉也常跟他們一起去，而吉姆船長就時常幫她照顧迪克，如此她才能自由行動。他們在港灣划船，並且往上划進流入海中的三條美麗河流；他們在沙洲上烘烤蛤蜊，以及岩石上烘烤貽貝；他們在沙丘上採草莓；他們與吉姆船長出海捕鱈魚；他們在陸上原野射獵鴴鳥，並且在小海灣射獵野鴨，至少是男人射獵的。

通常，晚上的時候，他們會在金色的月光下漫步在高高低低的海岸，或是坐在小屋的客廳裡，吹著涼爽的海風，點著浮木爐火，談論著快樂、熱切以及聰明的年輕人會討論的所有事情。

自從對安坦白懺悔的那天開始，蕾絲莉就完全變了一個人，再也看不到過去的冷酷與冷淡，也沒有過去痛苦的陰影。她那隱藏起來的少女情懷，似乎已經回到她的身上，同時還伴隨著女人的成熟；在那一個微光環繞、令人陶醉的夏天裡，她就像一朵展開熱情與芳香的花朵；沒有比她更快樂的笑聲、更敏捷的智慧了。

當她無法與他們在一起的時候，全部的人都覺得在情感交流上缺少了某種微妙的趣味。她的美麗被甦醒的內在靈魂所照亮，就像是紅潤的燈光照亮穿越了光潔雪白的完美花瓶。

有時，安的雙眼似乎因爲她的光彩而疼痛，而對歐文．福特而言，他書中的「瑪格麗特」雖然跟很久前消失的那個眞實女孩，「沉睡在消失的亞特蘭大」，有著一樣的柔順棕髮以及精靈般的面容，但是她的個性卻是跟蕾絲莉．摩爾一樣，因爲那就是他在四方港這些平靜的日子裡所看到的。

這個夏天所有一切永遠不會被遺忘，這樣的一個夏天，留下了豐富美好的回憶，那是一個幸運的夏天，結合了令人愉快的天氣、令人高興的朋友以及快樂的舉動，那幾乎可說是世界上最完美的事情了。

在九月的日子裡，吹著有些刺骨的風，而且深藍的海灣海水也稍微變暗，意味著秋天的腳步已經近了。「這些日子眞是太快樂了，可是卻無法持續下去。」安自言自語的嘆著氣說。

那天晚上歐文．福特告訴他們說他已經完成那本書，而他的假期也要結束了。

「這本書還會讓我忙上好一陣子呢，例如修訂、刪除等等。」他說：「但是主要的部分已經完成，今天早上我寫下了最後一個句子。如果我可以爲這本書找到一家出版社的話，很可能在下一個夏天或是秋天就可以發行了。」

歐文不怎麼懷疑自己是否可以找到出版社來發行這本書。他知道自己寫了一本偉大的書，一本將會贏得極大成功的書，一本有生命的書。他知道它將會讓他名利雙收，但是當他寫下了最後一行的內容時，他坐著將頭埋在手稿上很長的一段時間，但是他所想的，卻不是自己所完成的這本令人滿意的著作。

第26章 歐文·福特的告白

「我感到很抱歉，因爲吉伯不在家。」安說。「他必須到格蘭治療亞倫·里昂，因爲他遭遇到了一個嚴重的意外。他可能很晚才會到家，但是他告訴我說明天早上他會早點起來，並且在你離開之前過去看你。眞是太令人生氣了，蘇珊和我本來計畫爲你在這裡的最後一晚舉辦一個美好的小型歡送會呢。」

安正坐在花園小溪旁由吉伯粗製的那張椅子上，歐文·福特則是站在她面前，靠在黃樺木的青銅色樹幹上。他的臉色非常的蒼白，顯示昨晚並沒有睡好。安往上瞥視著他，懷疑這個夏天是否眞的讓他恢復了健康，他是否爲了寫那本書而太過努力的工作呢？她想起來他這個禮拜的狀況似乎都不好。

「我眞的很高興醫師不在這裡。」歐文緩慢地說。「我想要與你單獨的見面，布萊斯太太。我有一些事情必須找個人說出來，否則我可能會發瘋的。這個禮拜以來，我一直試著要去面對現實，但是我做不到。我知道自己可以信任你，而你也能夠了解；有著跟你一樣眼神的女人總是能夠了解的，你是那種人們直覺上願意對你訴說事情的人。布萊斯太太，我愛蕾絲莉，我愛她！可是只有這一個字來形容又是那麼地薄弱而不可信！」

爲了壓抑語調中的熱情，他的聲音突然中止，他將頭轉開並且將自己的臉埋在手臂中，整個身體都在顫抖著。安一臉蒼白驚駭地坐著看他，她完全沒有想到是這種事情！而且，想到她爲什麼從來都沒有想過這件事情呢？現在看來，這是一件自然而且無法避免的事情。她納悶著自己爲什麼如此愚昧。但是……但是……這樣的事情從來沒有在四風發生過。在世界上其他地方，人的熱情可能會蔑視人的傳統與法律，但在這裡卻不行。

十年來蕾絲莉都在接受並且歡送寄膳者，而且從來沒發生過這樣的事情。但是也許那些人跟歐文．福特不同，而且這個夏天的蕾絲莉是活潑與充滿生氣的，已經不是從前那個冷淡與乖戾的女孩了。哎呀，應該有人想到會發生這種事情才對的，爲什麼柯妮莉亞小姐沒有想到呢？柯妮莉亞小姐在有關男人的事情上總是極有先見之明的啊。安對她產生了一種不理智的憤怒，然後稍微恢復了一點理智。不管是誰應該受到責難，傷害已經造成了，而蕾絲莉……蕾絲莉又會怎麼想呢？安最關心的還是蕾絲莉。

「福特先生，蕾絲莉知道這件事情嗎？」她平靜地問著。

「不知道……她不知道……除非她已經猜到。你千萬不要認爲我會如此粗俗與惡劣的告訴她，布萊斯太太。沒有辦法，我就是愛上她了，事情就只有這樣子而已，而我已經無法承受這種痛苦了。」

「她願意嗎？」安問著，但是當她一問這個問題時，她就後悔提出了這個問題。歐文．福特急切聲明的回答著：「不……不，當然不會，但是如果她是自由之身的話，我會讓她願意的，我知道我可以的。」

她確實願意，而且他知道她願意，安想著。她同情但是斷然地大聲說：「但她不是自由之身啊，福特先生。而你唯一能做的事情就是安靜的離開，並且讓她過自己的生活。」

「我知道，我知道。」歐文抱怨著說。他坐在長滿草的邊坡上，並且悶悶不樂地凝視著黃褐色溪水。「我知道，除了照慣例地說『再見，摩爾太太，謝謝你在這個夏天對我如此的照顧』之外，沒有其他事情可做了，就像我會對初來到時所期望的那個好脾氣、活躍以及眼光銳利的家庭主婦所說的一樣，然後我會支付我的寄膳費用並且離開，就像其他任何誠實的寄宿者一樣！喔，那樣子很簡單嗎？沒有懷疑、沒有糾纏，一條直達世界盡頭的道路！如果是這樣的話，我會走的，布萊斯太太，你不需要擔心我不會離開，但是走在火熱的刀刃上可能更容易。」

他聲音中的痛苦讓安退縮，而且在那種情況下，安也沒有什麼話好說了。責罵是不可能的，建議也是不需要的，而同情則會被他極度的苦惱所嘲笑，她只能為他感到同情與遺憾。她的心因為蕾絲莉而疼痛著！難道那個可憐的女孩所受的苦還不夠嗎？還要讓她來承受這個嗎？

「如果她很快樂的話，離開她就不會如此困難了。」歐文激昂的繼續說著：「但是想到她過著這種活死人般的生活，並且了解到我是在這樣子的情況下離開她，那是最令人遺憾的。我願意用我的生命來讓她快樂，但是我卻沒辦法做任何事情來幫助她，沒有辦法！她永遠都要被那個可憐的人牽絆住，沒有任何的未來，只能在一年年空虛、無目的以及沉悶無趣的生活中變老，想到這就讓我發狂。但是我必須繼續過我的生活，永遠看不到她，但是卻一直都知道她正在忍受的痛苦，那眞是可怕啊！」

「那眞的是很辛苦的。」安悲哀的說著。「我們——她在這裡的朋友——都知道她的生活眞的很辛苦。」

「但是她與生命是如此的相合啊。」歐文反抗的說著。「她的美麗是她的天賦中最不重要的，但是她是我曾經認識的女人當中最漂亮的一個。還有她的笑容！整個夏天我都在想辦法引起那個笑容，僅僅爲了聽到她的笑聲時的那種愉快。以及她的眼睛，就像那邊的海灣一樣的深藍，我從來沒有看過如此深藍的眼睛，還有高貴！布萊斯太太，你曾經看過她放下頭髮的樣子嗎？」

「沒有。」

「我看過！有一次，那天我到港口去跟吉姆船長釣魚，但是因爲風浪太大所以沒辦法成行，因此我就回家去。她原本預期那個下午只有自己一個人，所以藉著那個機會洗頭髮，並且站在陽光照射下的陽台上將頭髮曬乾。她那頭長髮就像是活躍的金色噴泉般垂落到她的腳上。當她看到我的時候，匆匆的跑到屋子裡面，而風就在那個時候吹動她的長髮並且繞著她旋轉，就像在雲中的黛安娜。不知怎麼的，就在那一刻我發現自己是愛她的，而我也意識到，在我第一次見到她的時候就已經愛上她了，那一個站在黑暗中被光亮襯托出來的她。但是她卻必須住在這裡，撫慰迪克，僅僅爲了生存而苦惱與儲蓄，而我就因爲這個事實，只能徒然地浪費我的生命渴望著她，並且被排除在外，就連以朋友的身分提供她小小的幫助也是不能的。

「昨晚我一直在岸上散步，直到快要黎明，而且一再想著要如何解決這整件事情。然而儘管事情變成這樣，我也不後悔來到四風。在我看來，沒有任何事情會比不認識蕾絲莉還要糟糕。愛她但是必須離開她的痛苦強烈且灼心，但是沒有愛上她則是更難想像。我猜這一切聽來都很瘋狂的，當我們使用不適當的文字來形容時，這些極度的情感聽起來總是可笑的。它們不應該用言語表達，只能夠去感覺與忍受。我不應該說這些的，但是多少有點幫助，至少，它讓我有力量可以在明天早上體面地離開，不會當衆出醜。布萊斯太太，你偶爾會寫信給我，並且告訴我關於她的消息吧？」

「我會的。」安說。「啊，我好難過你就要走了，我們會非常想你的，我們都是很好的朋友！如果不是爲了這件事情，你可以在以後的夏天回來看我們。也許，不久之後，當你已經忘記，也許……」

「我永遠都不會忘記……而且我再也不會回到四風了。」歐文簡短地說著。

花園籠罩著沉默與黃昏，遠處的海洋輕輕的、單調的拍打在沙灘上。白楊樹上的晚風聽起來像是有些悲傷、神祕與古老的詩歌——舊時記憶中的某些破碎的夢想。他們前面生長著一株細長的白楊，對著西方天空的則是美好的黃玫瑰、翠綠色的玫瑰以及白玫瑰，露出了深色的、顫抖、精靈般美好的葉子與細枝。

「那看起來不是很漂亮嗎？」歐文說著，帶著將某些對話拋諸背後的男人的氣息指著。

「太漂亮了，因而讓我感到傷痛。」安柔和地說。「像那樣美好的事物總會讓我感到傷痛，我記得在小的時候將它稱爲『奇怪的傷痛』。爲什麼這種疼痛似乎無法與完美分離呢？那是一種結局的痛苦嗎？當我們了解不會有超越它的東西時，只有倒退嗎？」

「也許。」歐文夢幻般地說：「那是對我們無限的監禁呼出其同類的無限，就像表現在這個可見的完美。」

「你似乎感冒了，最好在睡覺時擦一些油脂在你的鼻子上。」柯妮莉亞小姐說著，她正穿過冷杉間的小門進來，並且聽到歐文最後的談論。柯妮莉亞小姐喜歡歐文，但當她拜訪任何打高空的男人時，那是她的原則問題，所以她必須予以責罵一番。

柯妮莉亞小姐扮演著曾經在悲劇生活角落附近出現的喜劇。安的神經相當緊繃，於是她歇斯底里地笑著，甚至連歐文也笑了。當然，感傷與激情在柯妮莉亞小姐出現後就消失了，但是對安而言，從來沒有感受過像剛剛才發生的那樣無助、黑暗以及痛苦，而且那一夜她一直無法入睡。

第27章 在沙洲上

隔天一早，歐文·福特就離開四風了。當天晚上安過去看蕾絲莉，但卻找不到人，房子是鎖上的，而且窗戶也是一片黑暗，看起來就像是一間沒有靈魂的房子。蕾絲莉隔天也沒有過來，這讓安視爲是一種不好的信號。

吉伯剛好有機會在晚上前往小海灣釣魚，所以安跟他駕著馬車到燈塔，打算待在吉姆船長那裡一會兒。但是那座在秋夜裡在霧中劃出一道光線的巨大燈塔卻是由亞歷克·包伊德在照顧，而吉姆船長並不在那兒。

「那麼你要做什麼呢？」吉伯問著。「要跟我一起來嗎？」

「我不想到小海灣那裡去，但是我可以跟你坐船到海峽那裡，我可以在沙岸上漫步直到你回來。岩岸那裡太滑了，而且今晚看起來很陰森。」

安獨自一人走在沙洲上，沉浸在夜晚的神秘魅力之中。對九月而言，這樣的天氣算是溫暖的，而且午後就是多霧的了；但是滿月在某種程度上減低了霧氣，並且將港口、海灣以及周圍的海岸轉換成一個陌生、奇異與不眞實的銀白朦朧世界，讓每樣東西看起來就像是隱隱約約。約西亞·克勞復船長的黑色縱帆船沿著海峽航行，裝滿了要運送到藍鼻子港的馬鈴薯；那是一艘幽靈船，準備前往一個未知的陸地，一個永遠渺茫無法抵達的陸地。天空上看不到的海鷗的叫聲，就是死去水手們的鬼魂在喊叫。在沙洲那邊被風捲起的小小泡沫，是從大海的洞穴中所偷上來的小精靈的東西。那個巨大圓背的沙丘，是某些古老北方傳說中的沉睡巨人。在港口另一邊閃爍的白光，是某個仙境海岸的虛幻烽火台。當安在霧中散步的同時，高興的幻想著。獨自一人在這個令人陶醉的海岸上漫步，是愉快、浪漫以及神秘的。

只有她一個人嗎？在她前面隱約可以看到某些東西，可以看到外形，而且在突然間穿過了波浪擺動的沙灘，向她移動過來。

「蕾絲莉！」安驚奇的大叫著。「你今天晚上在這裡做什麼啊？」

「如果你這樣問的話，那麼我也要問，你今晚在這裡做什麼呢？」蕾絲莉說著，試著要笑出來，但是她笑不出來。她看起來非常蒼白疲倦，但是在她鮮紅色的帽子下，那頭漂亮的長髮捲曲在她的臉上，而她的雙眼就像閃閃發光的金色戒指。

「我在這裡等吉伯，他到小海灣釣魚。我原本打算待在燈塔的，但是吉姆船長不在那兒。」

「好吧，我之所以來到這裡是因爲想要散步。」蕾絲莉不安地說著。「我沒辦法在岩岸那裡散步，潮水太高了，岩石會讓我無法動彈，所以我只好來到這裡，否則我會瘋掉的，我猜。我自己划著吉姆船長的平底船到海峽去。我已經在這裡待了一個小時了。來吧，我們一起散步吧，我沒辦法這樣子站著不動。啊，安！」

「蕾絲莉，親愛的，什麼事困擾著你呢？」安問著，雖然她已經清楚是什麼問題了。

「我不能告訴你，不要問我。我不介意讓你知道，我希望你知道，但是我不能夠告訴你，我不能告訴任何人。我好愚蠢啊，安，而且，啊，當一個傻瓜竟是如此大的傷痛，世界上沒有比這更痛苦的事情了。」

她痛苦地笑著。安抱住了她。

「蕾絲莉，是不是你發現自己也喜歡福特先生呢？」

蕾絲莉激昂地轉過身來。

「你怎麼會知道呢？」她大叫著。「安，你怎麼會知道？啊，難道我的臉上有寫出來嗎？有那麼明顯嗎？」

「不是，不是的。我……我不可以告訴你我爲什麼會知道。不知怎麼的，我就是知道。蕾絲莉，不要用那種眼神看我！」

「你會看不起我嗎？」蕾絲莉以一種強烈低沉的聲調詢問。「你認爲我缺德、不守婦道嗎？或者你認爲我只是非常愚蠢的一個人？」

「這些都不是我所想的。親愛的，讓我們坦白吧，就像我們在討論很大的生命危機那樣子談論吧。你已經讓自己深陷在那個思緒，並且讓自己逐漸陷入憂鬱的看法。你知道自己在事情出錯的時候，會有一點那種傾向的，而且你答應過我，你會讓自己去抵抗那種負面想法的。」

「但是……啊，那是非常……非常可恥的。」蕾絲莉低聲說著。「主動的……愛上他……而且我不是可以去愛任何人的自由之身。」

「那沒什麼好可恥的。但是我很遺憾你發現自己喜歡歐文，因爲，事情這樣的發展，只會讓你更加的不快樂。」

「我不知道會喜歡上他。」蕾絲莉說，繼續走著而且激昂地說著。「如果是這樣的話，我就可以預防這種事情的發生了。我從來沒想過會發生這樣的事情，直到那一天。那是一個禮拜之前，當他告訴我說書本已經完成並且很快就要離開時，然後……然後我就知道了。我覺得好像被某人重重的打擊了一下。我沒有說任何東西，我無法說話，但是我不知道自己看起來是什麼樣子，我好擔心我的表情會洩露出我內心的想法。啊，如果我知道他看出來我的心意或者是懷疑的話，我會羞愧死的。」

安痛苦地沉默回想著她與歐文的對話。蕾絲莉繼續狂熱地說著，好似她可以從談話中得到紓解似的。

「這整個夏天我都很快樂，安，這是我生命中最快樂的一段時光，我認爲那是因爲你和我之間都沒有任何的誤會，而且是我們的友誼再次讓生活變得漂亮與充實。我現在知道爲何每樣東西都是如此的不同，但是現在全部都結束了，而且他已經走了。安，我要如何活下去呢？今天早上當他走之後，我轉身進到屋子裡，而孤獨就像一個拳頭打在我的臉上一樣。」

「不久之後就不會如此難受了，親愛的。」安說著，她總是爲親密的朋友感到痛苦，以至於無法自在的說出流暢的慰問話語。此外，她記得自己曾經因爲善意的話語而感到悲傷與害怕。

「啊，但是在我看來，這種痛苦會越來越深。」蕾絲莉痛苦的說著。「沒有任何事是值得我期待的了，日子會一天一天的過去，但是他不會回來了，他永遠不會回來了。啊，當我想到自己再也看不他的時候，我就覺得好像有一隻非常殘忍的手在我內心深處的感情中扭轉著。很久以前，我曾經夢想過愛——而且我認爲那一定是很美好的，但是現在竟是如此的痛苦。當他昨天早上離開時，他竟然是那麼冷淡與漠不關心，他以世界上最冷淡的語調說：『再見，摩爾太太。』就好像我們連朋友都不是，好像我對他完全沒有意義似的。我知道自己不期待……不期待他喜歡我，但他至少可以稍微親切一點吧。」

哦，我希望吉伯能夠快點過來。安想著。她現在痛苦的掙扎著，因爲她既同情蕾絲莉，但是又要避免背叛歐文對她的信任。她知道爲什麼他的再見是如此的冷酷，她不知以他倆友情卻無法熱誠的說再見，但是她不能告訴蕾絲莉。

「我沒有辦法，安，我沒有辦法。」可憐的蕾絲莉說。

「我知道。」

「你會責備我嗎？」

「我一點都不會責備你。」

「而且你不會……你不會告訴吉伯吧？」

「蕾絲莉！你認為我會做這種事情嗎？」

「哦，我不知道……你跟吉伯是如此親密，我看不出來有什麼事情是你不會對他說的。」

「每樣跟我有關的事情，我都會跟他說，但是我朋友的秘密，我是絕對不會對他說的。」

「不能讓他知道，但是我很高興你知道這件事。如果有任何讓我感到為難的事，而不敢告訴你的話，我會覺得有罪惡感的。我希望柯妮莉亞小姐不會發現這件事，有時候我覺得她那雙可怕又仁慈的棕色眼睛可以看穿我的內心。啊，我希望這場霧永遠都不會消散，我希望自己可以永遠待在裡面，躲藏起來不要與任何人見面。我不知道我要如何繼續生活下去。這個夏天真的是太充實了，沒有一刻讓我感到孤獨。

「在歐文來之前，我、你、吉伯都在一起，然後要離開你們的時候，總是會讓我感到一陣子害怕。你們一起離開，而我必須孤獨的走開。但是在歐文來了以後，他總是在我身邊陪我走回家，就像你跟吉伯一樣，我們兩個也會說說笑笑，而我再也不會感到寂寞與羨慕了。但是現在呢？啊！我一直是個笨蛋。我們不要再談論有關我的愚蠢了，我不會再拿這個問題來煩你了。」

「吉伯來了，而且你要跟我們一起回家。」安說著，她不想讓蕾絲莉獨自一人在這樣的夜晚以及這樣的心情在沙丘上漫遊。「我們的船上還有好多空間，坐三個人是沒有問題的，而我們會把那艘平底船綁在後面。」

「啊，我猜，我必須調整回到獨自一人的心態了。」可憐的蕾絲莉再次的苦笑著說：「原諒我，安，那樣說很討人厭。我應該要感謝，而且我眞要感謝，感謝我有兩個好朋友，願意把我當做第三個好朋友。不要介意那些討厭的言論，我只是遭受極大的痛苦，而且每樣東西都像是會傷害我似的。」

「蕾絲莉今晚似乎是非常的安靜，對不對？」吉伯在與安到家的時候說著。「她獨自一人在沙丘那邊做什麼啊？」

「哦，她很疲倦，而且你知道的，她喜歡在迪克胡鬧過後到岸邊散步的。」

「眞是可惜啊，她應該在很久之前就嫁給像是福特那樣的人。」吉伯沉思的說著。「他們會是天生的一對，不是嗎？」

「拜託，吉伯，不要變成一個媒人好嗎？男人做這種職業很糟糕耶。」安相當憤怒的喊著，因爲她擔心如果吉伯繼續這個話題的話，她可能會說出實情。

「祝福我們，安女孩，我不是在作媒。」吉伯抗議道，並且對於她的語氣感到相當驚訝。「我只是在想一個可能性罷了。」

「好吧，不要再說了，眞是浪費時間。」安說著，然後她突然進一步的說：「啊，吉伯，我希望每個人都可以像我們這般的快樂。」

第28章 瑣碎的事情

「我一直都在閱讀訃聞。」柯妮莉亞小姐說著，放下了每日企業報並且開始她的針線活。在陰鬱的十一月天空下，港口變得憂悶與陰沉，潮濕、枯死的樹葉黏附在窗台上，但是小屋因爲火光而充滿快樂，加上安所種植的蕨類植物與天竹葵，感覺上就像春天一樣。

「這裡永遠是夏天，安。」蕾絲莉有一天這樣子說，而且所有來到夢幻小屋的人都有相同的感覺。

「企業報這幾天似乎都是在報導某人去世的消息。」柯妮莉亞小姐說著。「總是有幾個欄位是有關訃聞的，而且每一個我都有閱讀。那是我的一種消遣，尤其是那些有附上原創詩歌的。這裡有一個例子給你看：

「『她已經與她的上帝在一起了，

「再也不用流浪了。

「她以前總是快樂的遊戲與歌唱，

「家庭之歌，可愛的家庭。』

「誰說這個島上沒有愛好詩歌的人呢？安，親愛的，你有沒有注意到許多好人死去的消息呢？

那眞是令人同情。這裡就有十篇訃聞，而且每一篇都是道德崇高以及典範的人的死訊，甚至連男人也是。這一篇是老彼得．史丁森的，他『留下了很多的朋友圈子哀悼他的早逝』。天啊，安，親愛的，那個男人已經八十歲了，而每一個認識他的人，在這三十年來都希望他快點死掉。

「當你心情不好的時候，看看訃聞吧，安，親愛的，特別是你認識的那些人的訃聞。如果你有幽默感的話，那些訃聞會讓你開心起來的，相信我。我只希望自己可以爲某些人寫訃聞。『訃聞』不就是一個可怕討厭的字嗎？我說的是彼得正好有一張討厭的臉。我從來沒有看過他，但是當我想到訃聞這個字，我立刻就知道了。我只知道另一個討厭的字，那就是寡婦。天啊，安，親愛的，也許我是一個老處女，但這也是一個好處，因爲我永遠也不會變成任何男人的『寡婦』。」

「那是一個討厭的字。」安笑著說。「艾凡里的墓園充滿了老舊的墓碑，上面寫著『獻給某某人的記憶，後面署名著某某人的寡婦』。那些內容總是讓我想到一些過時與陳舊的事情。爲什麼許多與死亡有關的字眼，看起來都是如此討厭的呢？我眞的希望將屍體稱爲『遺體』的慣例可以廢掉。當我聽到殯葬業者在葬禮上說『所有想要瞻仰遺體的人請往這邊走』時，我眞的會發抖。那總是讓我有一種可怕的印象，就好像要去看食人族的宴會一樣。」

「嗯，我只希望。」柯妮莉亞小姐平靜地說：「在我死的時候，沒有人會稱我爲『我們死去的姐妹』，我五年前開始對於這種姐妹與兄弟的稱呼感到厭惡，當時有一個巡迴福音傳播者在格蘭舉辦一場布道會。我骨子裡認爲他這個人似乎有些問題，而他眞的是有問題的。注意聽好，他假裝自己是一個長老派教徒，他在說長老派教徒這個名詞時都有一個腔調，而他卻是個不折不扣的衛理公會派教徒。他把每個人都稱呼爲兄弟與姐妹，他有男人所擁有的很大的人際圈子。有天晚上他熱情的握著我的手，並且哀求地說著：『親愛的布萊恩特姐妹，你是一個基督徒嗎？』我只是稍微看了他一下，然後冷靜的說：『我唯一的弟弟費斯克先生十五年前就死了，自從那時候我就不會再接受任何兄弟了。至於基督徒，我確實是基督徒，而且我希望與相信，當你還穿著裙子在地板上爬行時我就已經是基督徒了。』那些話就讓他鴉雀無聲了，相信我。

「安，親愛的，請注意，我並不是討厭所有的福音傳播者。我們有一些眞的很好、認眞的人，他們做了很多好事並且讓以前的罪人不安，但是那個費斯克不屬於好人。有一天晚上我自己笑得好快樂。費斯克要求所有基督徒都站起來，但是我沒有，相信我！我從來不理會那一類的事情。但是大部分的人都站起來了，然後他要求所有想要成爲基督徒的人也站起來。然而沒有其他人站起來了，所以費斯克開始用他最高昂的聲音唱著讚歌。

「而就在我正前方的那一個可憐的小孩子艾基．貝克，他正坐在米爾森的教堂坐席。他是一個十歲的乖寶寶，但是米爾森幾乎讓他不停的工作。那個可憐的小東西總是非常的疲倦，因此每當他到教堂或是任何可以靜坐下來幾分鐘的地方時，他都可以馬上睡著。他在整個布道會期間都在睡覺，但是我很欣慰那個可憐的小孩可以得到休息，相信我。好吧，當費斯克的聲音開始向上昂揚，而且其他人也加入時，可憐的艾基驚醒過來。他以爲那只是一個平常的歌聲，所以每個人都應該起立，因此他非常快速站起來，知道自己如果不站起來的話，一定會被瑪利亞．米爾森修理的。費斯克在看到他的時候，就停止唱歌並且大聲叫著：『又有一個靈魂被拯救了，哈利路亞！』而那個半醒半打著呵欠的可憐、害怕的艾基，根本沒想到他的靈魂。可憐的孩子，他根本沒其他時間思考任何事情，他所能感覺到的就是他那疲累、過度疲累的小身體。

「蕾絲莉有一次去參加福音傳播會，而那個費斯克男人馬上跟著她，啊，他特別爲那些漂亮女孩的靈魂感到擔心，相信我！而且他讓她非常不高興，所以從那次之後，她就沒有再去參加了。然後在那件事之後，他每天晚上都在衆人面前祈禱，祈禱上帝可以軟化她冷酷的心。最後我跑去找我們的牧師勒維特，並且告訴他說如果不讓費斯克停止那些話，明晚當他提到那個『美麗但是不悔過的年輕女人』時，我會站起來並把詩歌本丟向他。我眞的會這樣做的，相信我。

「勒維特先生確實叫他停止這種言論，但是費斯克繼續傳播著他的福音，直到查理．道格拉斯把他在格蘭的職務解除。查理太太整個冬天都在加州，她在秋天眞的是很憂鬱的——宗教上的憂鬱——落在他們家。她的父親因爲過度擔心犯下不可饒恕的罪而死在精神病院，所以當蘿絲．道格拉斯變得如此憂鬱時，查理就將她送到她住在洛杉磯的姊姊那裡去。到了那裡後，她就完全恢復了並且回到家裡來，那時正好是費斯克的布道會最活躍的時候。當她到了格蘭並且從火車上走下來的時候，眞的是很高興又爽朗，而讓她憂鬱著臉所看到的第一樣東西，就是在貨運倉庫山牆末端的一個有兩尺高、用白色大字寫的問題：『你到哪裡去？天堂或是地獄？』

「那是費斯克的主意，而那些字是他叫亨利．哈蒙德寫的。蘿絲看到那些字之後，先是尖叫，然後就暈倒了；當他們將她帶回家之後，她的狀況變得比以前還要糟糕。查理．道格拉斯跑去找勒維特先生，並且告訴他如果費克斯繼續留著，道格拉斯家的每個人都會離開教堂。勒維特先生必須讓步，因爲他一半的薪水是由道格拉斯支付的，所以費斯克就離開了，而我們再次依照聖經的教導來尋求前往天堂之路。在他離開之後，勒維特先生才發現他是衛理公會派教徒冒充的，而令他感到非常不舒服，相信我。勒維特先生在某些方面是不合標準的，但他是一個虔誠忠實的長老派教徒。」

「對了，我昨天收到福特先生寄來的信。」安說。「他請我代他向你問候。」

「我不需要他的問候。」柯妮利亞小姐唐突草率地說著。

「爲什麼呢？」安驚訝的說著。「我以爲你喜歡他呢。」

「嗯，在某方面來說是的，但是我永遠無法原諒他對蕾絲莉做的事。那個可憐的孩子因爲他而非常的傷心，好像她所受的麻煩還不夠似的，而他自己卻在多倫多誇誇其談，我肯定他現在還是跟以前一樣享受。就跟男人一樣。」

「啊，柯妮莉亞小姐，你怎麼看出來的？」

「天啊，安，親愛的，我有長眼睛啊，不是嗎？而且從蕾絲莉還是個小寶寶時我就認識她了。在這整個秋天中，她的眼神透露出一種新的悲傷，而且我知道一定跟那個男作家有關。我永遠無法原諒自己將他帶到四風來，但是我並沒有想到他會是如此的，我以爲他就跟其他蕾絲莉接待過的寄宿男人一樣——自負的笨蛋，每一個人都是，而她對他們都不感興趣。有一次，其中一個想要對她調情，但是被她逼走，非常的狼狽，我確定自從那次之後，他永遠都無法忘記那個狼狽的經驗。所以，打從那次事件之後，我就不擔心蕾絲莉會有任何危險了。」

「千萬不要讓蕾絲莉知道你的秘密。」安匆忙地說著。「我想那樣子會傷害到她。」

「相信我，親愛的安，我可不是三歲小孩。啊，全部是男人惹的禍！首先他們其中一人開始破壞蕾絲莉的生活，而現在又來了另一個麻煩，讓她的生活更加的悲慘。安，這世界是一個可怕的地方，相信我。」

「『世界上有一些東西是不稱心的，但是不久之後就會被解開。』」安夢幻般的引用著。

「如果是這樣的話，那會是在一個沒有任何男人的世界。」柯妮莉亞小姐憂鬱的說著。

「這次男人又做了什麼事呢？」吉伯進來的時候問著。

「胡鬧！胡鬧！除了胡鬧，他們還做過什麼事情嗎？」

「蘋果是被夏娃吃掉的耶，柯妮莉亞小姐。」

「那是因爲雄性的生物引誘她的啊。」柯妮莉亞小姐得意洋洋的回嘴。

蕾絲莉結束她第一次極度的痛苦後，就像我們大部分人一樣，發現生活畢竟是要繼續下去的，不管是遭遇到哪種痛苦。甚至能夠再次享受在夢幻小屋中的快樂。每當安希望她忘掉歐文．福特時，但是在提到他的名字時，從蕾絲莉眼中秘密的渴望，她就知道那是不可能的。令人同情的渴望，安總是設法在蕾絲莉與他們在一起的時候，告訴吉姆船長與吉伯一些來自歐文信中的消息。她在這種時刻的臉紅與蒼白完全表現她的情感，但是自從沙丘那一夜之後，她就沒有再與安談論或是提起過他了。

有一天她的老狗死掉了，那讓她非常的傷心。

「這麼久以來，牠一直是我的朋友。」她悲哀的對著安說。「牠是迪克以前養的小狗，大概是我們結婚前一年左右養的。當他乘坐四姊妹號出航時，將牠留在我身邊。卡洛非常喜歡我，而且在牠的陪伴下，讓我度過了母親死後糟糕的第一年，那時我是完全孤獨的。當我聽到迪克要回來的消息時，我還很擔心卡洛就不會像這樣子是屬於我的。但是牠似乎不在乎迪克，雖然牠曾經非常喜歡過他。牠會咬他或是對他咆哮，就像對待陌生人一樣。

「我好高興，能夠擁有一個愛，一個完全屬於我的東西。那隻老狗給我很多的慰藉，安，可是秋天到來的時候，牠就變得非常虛弱了，我非常擔心牠無法活很久，但是我希望冬天時能夠將牠照顧好。牠今天早上看起來相當不錯，牠躺在爐火前面的小地毯上，然後突然之間，牠站了起來並且爬向我；牠將頭放在我的膝蓋上，並且用牠那雙溫柔的大眼深情的望著我，然後牠全身顫抖就死去了。我會非常想念牠的。」

「蕾絲莉，讓我給你另外一隻小狗好嗎？」安說。「我要送吉伯一隻非常可愛的戈登雪達犬當作聖誕禮物，我也送你一隻。」

蕾絲莉搖搖頭。

「謝謝你，安，不過不是現在。我還沒有準備好接受另外一隻小狗，我似乎還無法愛其他的小狗。也許時候到了，我會讓你送我一隻的，我眞的需要一隻狗來保護我。但是卡洛就像人一樣，是一個親愛的老朋友，太匆忙地塡補牠的位子是不合乎禮儀的。」

安在聖誕節前一個禮拜回到艾凡里，並且一直待到假期結束。吉伯過來與她會合，他們在綠色屋頂之家歡慶新年，包括貝瑞家與布萊斯家還有萊特家的人全部聚集在一起，將林德夫人與瑪麗拉花了好多的精神與時間準備的那頓晚餐吃光。

當他們回到四風時，他們的小屋幾乎被雪堆滿了，因爲冬天的第三個暴風雪非常猛烈，擾亂了整個港口，而且山上也堆滿了雪，大雪幾乎蓋住每樣東西。但是吉姆船長已經鏟掉通道與路徑的雪，而柯妮莉亞小姐則是過來點燃爐火。

「親愛的安，見到你回來眞好！你有看過這麼大的雪嗎？你在這裡根本看不到蕾絲莉的房子，除非上樓去。蕾絲莉一定很高興看到你。她幾乎快被活埋在那裡了，幸好迪克會鏟雪，而且還覺得很好玩呢。蘇珊託我告訴你她明天會過來幫忙。船長，你現在要去哪裡啊？」

「我想我會慢慢穿過雪堆走到格蘭，並且去和老馬丁·史壯坐一會兒吧。他剩下的日子不多了，而且他是孤單一人的。他沒有多少朋友，他一生都太過忙碌所以沒時間交朋友，但他眞的賺了很多錢。」

「嗯，他認爲既然自己無法同時服務上帝與財神，所以就選擇財神。」柯妮莉亞小姐明確地說著。「所以如果他現在發現財神也不是個好夥伴的話，他可不能有所抱怨。」

吉姆船長走到院子，似乎想起了一件事情，所以又轉身回頭。

「布萊斯太太，我收到一封福特先生寄來的信，他說生活手記已經被出版社接受了，而且將在明年秋天發行。當我聽到這個消息時，感到相當振奮，我總算可以看到它出版了。」

「那個男人對於他的生活手記的話題眞的是很瘋狂。」柯妮莉亞小姐同情地說著。「至於我的部分嘛，我想世界上已經有太多的書籍了，不需要再多我一本。」

第29章 吉伯與安的爭執

吉伯將笨重的醫療書籍放了下來，他一直在研讀那本書，直到三月的夜色越來越黑，他才停止不讀。往後，他躺在椅子上，並且沉思的看著窗外。那是早春或許也是一年最陰沉的時候，即使是日落也不能恢復他所見的死寂、濕透的景色與骯髒發臭的港口冰塊。沒有任何生命的跡象，除了一隻大烏鴉孤獨的振動著翅膀穿越了沉悶的田野。吉伯發呆的思索著那隻烏鴉的事情。牠是一隻有家庭的烏鴉嗎？牠有一隻黑色但是漂亮的烏鴉老婆，在格蘭那邊的樹林裡等牠回去嗎？或者牠是一隻浮誇的年輕公烏鴉，熱切的想要求愛嗎？或者牠是一隻憤世嫉俗的單身烏鴉，認爲牠獨自一個的時候才能夠飛得最快呢？不管牠是什麼，牠很快就消失在與牠顏色一致的黑暗中，而吉伯轉過身來看著較歡樂的室內景象。

閃爍的火光照耀著每個地方，閃爍在狗狗與馬狗狗的白色與綠色的表皮，閃爍著在小地毯上，具有一頭光滑與棕色毛髮的漂亮雪達犬上，閃爍在牆壁上的圖框，閃耀在從窗戶花園採下來的黃水仙花瓶上，閃爍在安的身上；她坐在她的小桌子旁，她的針線活放在她旁邊，而她的雙手扣住她的膝蓋並且在火中勾出圖片的輪廓——一座在西班牙的城堡，其高聳的塔樓穿入月光照亮的雲朵，而在日落處的沙灘，船隻從美好希望的避風港直接航向四風港，裝滿了珍貴的寶貝。安再次擁有了夢想，儘管有日日夜夜伴隨著的恐懼，使她的夢想變得陰鬱與黑暗。

吉伯習慣稱自己爲「一個結了婚的老男人」，但是他仍然用著不相信的愛人眼神看著安。他仍然無法完全相信她眞的是屬於自己了。那可能只是一個夢，這個神奇的夢幻小屋的一部分。在她面前，他的靈魂仍然是墊著腳尖走路的，因爲害怕會讓這個魅力破碎，讓美夢消失。

「安。」他緩慢地叫著：「把你的耳朵借我一下吧，我想要跟你說一些事情。」

安穿過閃爍的火光看著他。

「什麼事啊？」她快樂的問著。「你看起來好嚴肅喔，吉伯。我今天眞的沒有做任何壞事喔，你可以問蘇珊。」

「我不是要談論你或是我們的事，我要說的是迪克．摩爾。」

「迪克．摩爾？」安重複唸著，並且敏捷地坐直了起來。「爲什麼？你爲什麼要說迪克．摩爾的事情？」

「最近我常常想到他。你還記得去年夏天我爲他治療脖子上那些瘡的事嗎？」

「是的，我記得。」

「我藉著那次的機會徹底的檢查了他頭上的疤痕。從醫學的觀點而言，我總覺得迪克是一個非常有趣的病例。最近我都在研究環鋸手術的歷史，以及實施過環鋸手術的病例。安，我推論如果能夠將迪克．摩爾帶到一間好醫院，並且在他頭蓋骨的幾個地方施行環鋸手術的話，他的記憶與機能可能都會恢復。」

「吉伯！」安的聲音裡充滿了抗議。「你不是當眞的吧？」

「我確實是認眞的，而且我已經決定，我有責任要將這個意見告訴蕾絲莉。」

「吉伯．布萊斯，你不應該做這種事情。」安激烈的大叫著。「啊，吉伯，你不會跟她說的，你不會跟她說的。你不可以這麼殘忍，答應我你不會。」

「爲什麼呢？安女孩，我沒想到你對這件事情的反應竟會是這樣。請你理性一點好嗎？」

「我沒理性，我無法理性，我就是不理性！你不是沒理性的人，吉伯，你是否曾經想過，如果迪克．摩爾恢復到他的正常狀態，對蕾絲莉是什麼意義嗎？停下來思考看看吧！她現在很不快樂了，但是對她而言，作爲迪克的護士以及看護的生活，比起當迪克的老婆還要自在一千倍。我知道蕾絲莉的感受，我知道！那是很難以想像的。請你不要干涉這件事，適可而止吧。」

「安，我已經徹底想過那個層面的問題了，但我認爲身爲醫生，一定要將病人的精神以及身體列爲首要考量，不管可能發生什麼結果。若有任何希望的話，我相信那是他努力恢復健康與精神的義務。」

「但從某方面來說，迪克並不是你的病人。」安大叫著。「如果蕾絲莉詢問你是否有辦法爲他治療，你才有義務去告訴她關於你眞正的想法，但是你沒有權力去干涉。」

「我不認爲那叫作干涉。大衛伯父十二年前曾跟蕾絲莉說無法治療迪克，所以她當然沒辦法相信。」

「如果那不是事實的話，爲什麼大衛伯父要這樣告訴她呢？」安得意洋洋地大聲叫著。「難道他跟你所了解的不一樣嗎？」

「我認爲他知道的沒我多，雖然這樣說可能是很自誇與冒昧。而且你跟我一樣清楚，他對於所謂的『這些切割與雕刻的新看法』是相當有偏見的，他甚至反對盲腸炎手術。」

「他是對的。」安驚叫著，態度全然的不同。「我自認爲你們這些現代的醫生眞的是太喜歡拿人類的血肉之軀做實驗了。」

「如果我當初害怕進行有把握的實驗的話，蘿達．阿隆貝今天就不會是一個活生生的女人了。」吉伯爭論著。「我承擔了風險，並且挽救她的生命。」

「我已經厭倦聽到有關蘿達．阿隆貝的事情了！」安大聲叫著。這個說法對吉伯是最不公平的，因爲自從他成功拯救了她的生命並且告訴安後，他就不曾提過蘿達．阿隆貝的名字了。吉伯感到相當的傷痛。

「安，我沒有想到你對這件事情的反應會是如此。」他有點僵硬的說著，並且起身往辦公室的門走去。這是他們第一次的爭吵。

但是安飛奔到他後面並且將他拉回來。

「好吧，吉伯，你不要『生氣』，在這裡坐下，而且我要跟你鄭重的道歉。我不應該那樣說的，但是……啊，如果你知道……」

安及時制止自己再說下去。她幾乎快要把蕾絲莉的秘密說出來了。

「如果你眞想知道女人對此事的看法。」她以不充足的理由當作結論。

「我眞想知道你的想法。我從各種觀點來看待這個事情，而我最後的結論就是：我有責任告知蕾絲莉說我相信迪克有可能恢復正常，那樣我的責任就結束了，至於接下來要怎麼做，就要由她自己決定了。」

「我覺得你將責任加諸在她的身上一點也不對，她已經承受過多的責任了。她也很窮啊，她要如何負擔手術費用呢？」

「那是她要自己去決定的。」吉伯頑固的堅持著。

「你說你認爲迪克可以被治療恢復到正常的情況，但是你確定嗎？」

「當然不確定，對於這種事情沒有人可以確定的。也許大腦本身原本就受到損害，那種損害的影響是永遠沒辦法消除的。但是如果，就像我相信的，他所損失的記憶以及機能只是因爲骨頭下壓造成的腦部壓力的話，那麼他就可以被治癒。」

「但是，那只是一種可能性啊！」安堅持著。「好吧，假設你告訴了蕾絲莉，而且她決定要進行手術，會花費很多的錢，她將需要去借錢或是賣掉她小小的農場。但假設手術失敗了，而且迪克還是跟現在一樣，如果她賣掉了農場的話，那麼她將如何償還借來的錢，或者和那個無助的大傢伙要如何過活呢？」

「哎呀，我了解，你說的這些我都了解，但是我有義務告訴她啊，我不能背棄那個信念。」

「啊，我知道，布萊斯家族的頑固。」安抱怨著。「但是不要獨自承受這個責任，去找大衛醫生商量。」

「我已經找他商談過了。」吉伯不情願的說著。

「那麼他的意見如何呢？」

「簡單的說，如你所想，就適可而止吧。除了他對於新型手術有些偏見，我擔心他對這件事的看法是相同的，他說爲了蕾絲莉，不要這樣做。」

「所以你看。」安得意洋洋的叫著。「吉伯，我確實認爲你應該接受一個將近八十歲的男人的判斷，他自己也拯救了好多的生命，所以他的意見當然比僅僅只是個男孩的意見更重要。」

「謝謝你喔。」

「不要笑，這是非常嚴肅的事情。」

「那正是我的觀點，這是一件嚴肅的事情。在這裡有一個男人，而且他無力照顧自己的負擔，他有可能恢復正常心智與有用的……」

「是啊，他以前是如此有用。」安以令人難堪的語氣插嘴說道。

「應該給他這個機會來恢復並且彌補過去。他的太太不知道這些事情，但是我知道啊，所以我有義務告訴她有這種可能性。結論就是如此了，那就是我的決定。」

「還不要說『決定』，吉伯。再找其他人商量吧！詢問一下吉姆船長，聽聽他的意見如何。」

「我同意，但是我不能對你承諾說我一定會接受他的意見，安。這種事情必須由男人自己做決定。如果我對這件事情保持沉默的話，我的良心會過不去。」

「啊，你的良心！」安悲嘆道。「我猜大衛伯父也是有良心的，不是嗎？」

「沒錯，但是他的良心不是我在看守的。好啦！安，如果這件事情跟蕾絲莉無關，如果這是一個純理論的病例，你就會同意我的看法的，你知道你會的。」

「我才不會。」安試著要說服自己的鄭重說著。「啊，吉伯，你可以整晚一直提出你的理由，但是你無法說服我的。你去問看看柯妮莉亞小姐的看法啊。」

「安，當你提到柯妮莉亞小姐來增強你的論點時，就表示你已經陷入絕境了。無論如何，她一定會說：『就是男人的樣子。』然後非常的生氣。這件事情跟柯妮莉亞小姐沒有關係，不需要她來解決，必須由蕾絲莉自行決定。」

「你非常清楚她會怎麼決定的。」安幾乎是哭著說的。「她也是負責任的人。我不知道你怎麼能夠承擔這種責任，我沒有辦法。」

「『因爲去做對的事情就是對的，智者不會藐視結果。』」吉伯引述著。

「啊，你認爲這兩句詩句就可以當作令人信服的論點嗎？」安嘲笑著。「那太像是男人的作風了。」

然後她不顧自己的形象狂笑，她的笑聲聽起來就像柯妮莉亞小姐的回聲。

「好吧，如果你不將丁尼生視爲有權威的，也許你會相信比他更偉大的談話。」吉伯嚴肅的說著。「『你必須知道眞相，眞相會讓你自由。』我相信這句話，安，全心全意的。這是聖經裡面最偉大與崇高的詩句，也是所有文學裡面最偉大的，也是最眞實的，如果眞實性有比較程度的話。身爲男人最重要的責任就是要說實話，就像他所見到和確信的。」

「在此事件上，眞相不會讓可憐的蕾絲莉自由的。」安嘆氣道。「眞相很可能讓她得到更痛苦的束縛。啊，吉伯，我無法認同你是對的。」

第30章 蕾絲莉的決定

接下來的兩個禮拜，格蘭與漁村突然爆發了致命性的流行性感冒，讓吉伯忙碌得無法實踐去拜訪吉姆船長的承諾。安希望他已經放棄有關迪克．摩爾的事情，她不再談論那件事情，但卻不停地想著。

我不知道是否應該告訴他有關蕾絲莉喜歡歐文的事情。她想著。絕對不能讓她懷疑吉伯知道這件事情，如此才不會傷到她的自尊，而且這樣才可能說服他讓迪克．摩爾保持現狀。我應該說出來嗎？我應該告訴吉伯嗎？不可以，我畢竟是不能說的。承諾是神聖的，而且我也沒有權力洩露蕾絲莉的秘密。但是，我從來沒有如此擔心過一件事情，這件事情已經破壞了春天，破壞了所有東西。

有一天晚上，吉伯突然建議說要去看吉姆船長。聽到這個建議後，安整個心情都下沉了，並且答應前往，所以他們就起身去找吉姆船長了。持續兩個禮拜的晴天，爲吉伯的烏鴉所飛過的那片淒涼景色帶來了奇蹟。山丘與田野呈現出一片溫暖乾燥的土棕色，已經準備好迎接發芽與盛開的花朵；港口也再度恢復了熱絡的景象，長長的港口馬路就像是一條閃爍的紅絲帶；在沙丘那邊一群出海釣魚的男孩，正在燃燒上一個夏天的茂密乾燥的沙丘乾草。快樂的火焰燒過了沙丘，將它們鮮紅的火光猛烈投射在遠處的黝暗海灣，照亮了海峽與漁村。

那是一幅美麗的景色，這種美景在其他時候是會讓安流露快樂的眼神，但是這次的散步並不是她喜歡的。吉伯也不快樂，可惜他們這次缺少了慣有的良好同伴情誼以及約瑟夫社群共有的觀點。安對於整個計畫的反對表現在她那高傲上揚的頭以及做作的客氣談論，吉伯下沉的嘴角表現出布萊斯家的頑固，但是他的眼神是充滿不安的。他想要做他該做的事情，若因此與安產生不合可要付出很大代價。總之，當他們抵達燈塔的時候，兩個人都很高興，並且悔恨一路上應該要很高興才是。

吉姆船長收起正在做的漁網，並且高興的歡迎他們來訪。在春天夜晚的燈塔搜尋燈光下，他比安之前看到的還要蒼老。他的頭髮變得更加灰白，強壯的手有點發抖，但是他碧藍的雙眼仍然是銳利沉著的，那堅定的精神也還是雄壯無懼的。

當吉伯說明了他來這裡要說的話題時，吉姆船長沉默吃驚的聽著。安知道這位老人是多敬重蕾絲莉，相當確定他與她站在同一邊，雖然她知道即使是這樣也不能影響吉伯的決定。因此當吉姆船長緩慢與悲哀卻不猶豫地說出他認爲應該告訴蕾絲莉的時候，安覺得很驚訝，因爲那完全出乎她的意料之外。

「啊，吉姆船長，我沒想到你竟然會這樣說。」她用責備的語氣大聲說出。「我還以爲你不願意讓她受到更多困擾。」

吉姆船長搖著頭。

「我當然不想要讓她承受更多的困擾。我可以了解你的感受，布萊斯太太，就跟我自己的感受是一樣的，但是我們不能讓感覺來控制我們的生活，不行，不可以這樣，如果是這樣的話，我們常常會遭遇船難的。我們的生活中只有一個安全的羅盤，而且我們必須依照它來設定我們的方向，就是要去做對的事。我同意醫生的看法，如果有機會讓迪克恢復的話，就必須將這個機會告知蕾絲莉。依照我的意見，這件事情沒有兩方可供選擇。」

「好吧！」安以絕望放棄的語氣說著：「等著讓柯妮莉亞小姐來督促你們兩個男人吧。」

「當然啦，柯妮莉亞一定會嚴厲斥責我們的。」吉姆船長贊成道。「布萊斯太太，你們女人都是可愛的人，你只是稍微缺乏邏輯。你受過很高的教育，但柯妮莉亞並沒有，但是在這件事情上你們兩個的看法是相同的。我不知道你的反應會如此激烈。我認為邏輯是一種嚴厲與無情的東西。那麼，我要來泡一杯茶，然後我們邊喝茶邊談論快樂的事，好讓我們的心情冷靜一下。」

最後，吉姆船長的茶和言語總算讓安冷靜下來了，本來她打算回家的路上故意要讓吉伯感到非常痛苦的，但是現在已經不會這樣想了。在他們回家的路上，她根本不談那個激烈的問題，而是溫和地聊著其他的事，吉伯也了解安已經原諒他了。

「在這個春天，吉姆船長看起來很虛弱而且有些駝背，冬天讓他變老了。」安傷心的說。「我好害怕他很快就要去尋找失落的瑪格麗特。我不敢去想這件事情。」

「當吉姆船長『航向海洋』時，四風就不再是以前的四風了。」吉伯同意道。

隔天晚上他走到小溪旁的房子，安憂鬱地四處徘徊直到他回來。

「嗯，蕾絲莉怎麼說？」當他進到屋內時，她立即問道。

「沒說什麼，我想她一定感到相當茫然的。」

「那麼她會讓迪克去動手術嗎？」

「她還要再想看看，不過很快就可做決定了。」

吉伯疲倦的將自己投入了爐火旁的安樂椅，他看起來好疲倦。要他將這個訊息告訴蕾絲莉並不是一件容易的事情，而且當他告訴她時，她眼神所流露的恐懼也令人難受。現在，事情已經做了，他也因爲懷疑自己的智慧而感到困擾。

安後悔地看著他，然後悄悄走到他旁邊的小地毯，並且將她那頭光滑紅髮靠在她的手臂上。

「吉伯，這件事情我的表現是相當令人厭惡的，我以後不會這樣了。請你直接叫我紅毛丫頭，並且原諒我好嗎？」

聽到安這樣說，吉伯了解不管結果怎樣，她都不會表現出「我早告訴你」的態度，但是他並沒有完全得到安慰。理論上來說，義務是一種東西；但具體上來說，義務又是不同的東西，尤其面對的是一個受傷女人的眼神。

接下來的三天，因爲某種直覺讓安沒有去找蕾絲莉。第三天晚上，蕾絲莉來到小屋，並且告訴吉伯已做好決定：她願意帶迪克到蒙特婁接受手術。

她的臉色看起來非常蒼白，並且想把自己隱藏在過去的冷漠之中，但是她的眼神已經不像那天看著吉伯那般恐怖，他們是冷酷與明亮的，而且以她作生意的果斷態度，繼續與他討論著細節。她必須事先進行很多的計畫以及考慮很多的事情，而當蕾絲莉得到足夠的資訊之後，她就回家了。安想要送她一程。

「最好不要。」蕾絲莉簡短的說著。「今天的雨已經弄濕了地面。晚安。」

「我失去了我的朋友嗎？」安嘆氣道。「如果手術是成功的，而且迪克．摩爾恢復到從前的樣子，那麼蕾絲莉就會退縮到她靈魂的堡壘去，而我們將永遠都找不到她了。」

「也許她會離開他。」吉伯說著。

「蕾絲莉絕對不會做這種事的，吉伯，她是非常負責任的人。有一次她跟我說她的祖母韋斯特總是留下深刻的印象，那就是當她承擔任何責任的時候，絕對不可以逃避，不管結果會如何，那是她極爲重要的原則。我猜那是非常過時的了。」

「不要感到痛苦，安女孩。你不認爲那是過時的，你知道自己對於承擔責任的神聖觀念跟她是一模一樣的，而且你是對的。逃避責任是我們現代生活中的詛咒，那就是造成世界不安與不滿的秘密。」

「那是傳教士說的。」安嘲笑著說，但是在嘲笑背後，她認爲他是對的；而她爲了蕾絲莉，感到非常心煩意亂。

過了一個禮拜，柯妮莉亞小姐就像大雪崩落在小屋一樣，生氣的來到了小屋。吉伯不在家，所以安只好被迫獨自一人承受這種衝擊。

柯妮莉亞小姐還等不及將帽子拿下來就開始罵了。

「安，你是要跟我說我在外面聽說的都是眞的嗎？就是布萊斯醫生告訴蕾絲莉說迪克可以治好，而且她就要帶他到蒙特婁接受手術嗎？」

「是的，事情眞是如此，柯妮莉亞小姐。」安勇敢的說著。

「好吧，那是件野蠻殘忍的事情。」柯妮莉亞小姐非常激動的說著。「我確實認爲布萊斯醫生是個樂於助人的人。我不認爲他對這件事情會感到內疚。」

「布萊斯醫生認爲他有義務告訴蕾絲莉說有一個將迪克治癒的機會。」安精神振作的說著：「而且……」她進一步說著，忠心的要爲吉伯辯護：「我同意他的意見。」

「哦，不會的，親愛的，你不會同意他的。」柯妮莉亞小姐說著。「任何有慈悲心的人都不可能會同意的。」

「吉姆船長也同意。」

「不要對我提到那個老笨蛋。」柯妮莉亞小姐叫著。「而且我不在乎有誰贊同他的意見。想想看，請想想看，這件事會爲那位可憐的女孩帶來什麼樣的衝擊啊！」

「我們已經想過了，但是吉伯認爲醫生必須將病人的身心福利當作最重要的考量。」

「那就是男人的樣子。但是，安，我深信你會有所作爲的。」柯妮莉亞小姐說著，她的語氣是哀傷勝過憤怒的，然後她繼續向安提出之前安責難吉伯所用的相同論點；但是安勇敢地使用吉伯爲自己辯護的方式爲她的丈夫辯護。經過了很長的爭吵，柯妮莉亞小姐總算停止了責難。

「那是一件邪惡的恥辱。」她幾乎是哭著宣告。「那件事就是這樣，一件邪惡的恥辱。可憐，可憐的蕾絲莉！」

「難道你不認爲也要稍微考慮一下迪克嗎？」安辯護的說。

「迪克！迪克．摩爾！他已經很快樂了。相較於之前，他現在的行爲表現還不錯，而且是社會上的一員。怎麼說呢？他過去是個酒鬼，而且也許是更糟糕的。難道你們要再次將他解放出來好讓別人痛苦嗎？」

「他有可能會改正啊。」可憐的安說著，因爲她既要面對外在的敵人，還要面對自己內心的掙扎。

「天曉得他能不能改正！」柯妮莉亞小姐反駁。「迪克．摩爾因爲喝醉酒打架才造成傷害，那是他活該，那就是上天對他的懲罰。我不相信醫生有什麼立場來竄改上帝對他的懲罰。」

「沒有人知道迪克是如何受傷的，柯妮莉亞小姐，也許他根本就不是因爲喝醉酒吵架而被打傷的，他也許是遭到攻擊與搶劫。」

「豬也許可以吹口哨，但是牠們的嘴巴是做不到的。」柯妮莉亞小姐說著。「好吧，你告訴我的要點就是這件事情已經決定了，而且多說無益。如果事情就是這樣，我也不要再說什麼了，我不打算浪費時間在爭論上了。當事情已決定好，我就必須讓步，但是首先我必須先確定事情真的是這樣。現在，我要將我的精力用在安慰與支持蕾絲莉了，畢竟……」柯妮莉亞小姐帶著充滿希望的語氣說著：「迪克不會有任何的進展。」

第31章 眞實解放自由

蕾絲莉一旦決定要去做一件事情後，就會以特有的決心與毅力進行。首先，必須先將房子打掃乾淨，不管日後的問題是好還是不好。在柯妮莉亞小姐的迅速幫忙下，小溪旁的灰色房子整理得十分乾淨。柯妮莉亞小姐跟安談過話後，稍後也對吉伯與吉姆船長說，並且要他們保證不會對蕾絲莉說她接受迪克要接受手術的事實。蕾絲莉從來不想要討論這件事情，在這個美麗的春天中，她都是非常冷淡與安靜的。她很少去找安，就算有的話也是很有禮貌與友善的，但是那種禮貌卻使她與小屋裡的人有一道冰冷的障礙，過去的笑話與笑聲和友好都無法打動她。

安拒絕受傷害的感覺，她知道蕾絲莉現在充滿了擔心與害怕，那種擔心讓她無法快樂和高興。當極大的激情佔有靈魂時，其他的感覺都會被逼到旁邊去了。蕾絲莉的一生中從來沒有如此恐懼過，但她卻堅定的走在她選擇的路途上，就像古時候的殉難者走在他們選擇的道路上，卽使知道路途終點的危險將會帶來極大的痛苦。

財務的問題不像安所擔心的，很快就處理好了。蕾絲莉向吉姆船長借了手術所需要的錢，並且在她的堅持之下拿那塊小田地來作抵押。

「所以那個可憐的女孩不用擔心金錢的事了。」柯妮莉亞小姐對著安說：「而且我也不用擔心了。這樣子，如果迪克能夠恢復工作能力的話，他就能賺到足夠的錢來支付利息；如果他沒辦法的話，我知道吉姆船長會設法讓蕾絲莉不用去支付利息。他對我說了很多事，他說：『我的年紀越來越大了，柯妮莉亞，而且我又沒有女人或是自己的小孩。蕾絲莉不會接受活人給她的禮物，但是也許可以接受死去的人給她的禮物。』所以事情的發展到目前爲止都不錯，我希望其他事情也都能圓滿的解決。

「至於迪克那個可憐的人，最近這幾天是極壞的。惡魔控制了他，相信我！由於他的惡作劇，蕾絲莉和我都沒辦法繼續我們的工作。有一天他繞著院子追趕著她養的全部鴨子，直到大部分都死掉，而且不願意幫我們做任何事。你知道的，有時候他相當敏捷，將水桶與木頭拿進來。但是這個禮拜，如果我們叫他去水井提水，他就會試圖爬進去裡面。我曾經想過：『如果你在那邊將他擊落，讓他頭部先落地的話，所有事情就可以完美的解決了。』」

「啊，柯妮莉亞小姐！」

「好了，親愛的安，你不需要這樣子叫我，任何人都會有相同想法的。如果蒙特婁的醫生們可以將迪克．摩爾變成一個理性的人，他們就是奇才了。」

蕾絲莉在五月初將迪克帶到蒙特婁，吉伯與她同行，以便幫助她並且提供必要的安排。他帶著蒙特婁外科醫生的報告回來，他與他們討論並且也同意吉伯的看法，那就是迪克有很大的機會可以恢復正常。

「眞是令人安慰啊。」柯妮莉亞小姐諷刺的評論著。

而安只是嘆氣。蕾絲莉與他們分隔好遠，但是她答應會寫信回來。在吉伯回來後的十天，蕾絲莉寄信回來了。蕾絲莉在信中寫到手術進行得很成功，同時迪克的復原狀況很好。

「她所謂的『成功』是什麼意思啊？」安問著。「她是指迪克的記憶眞的都恢復了嗎？」

「應該不是，因爲她沒有談到關於記憶的事情。」吉伯說。「她所說的『成功』是從外科醫生的觀點來看的，代表手術過程與復原狀況都是正常的，但是最後迪克的機能是否可以全部或是部分復原，還沒辦法這麼快就知道。他的記憶不會立刻就恢復的。如果眞的恢復記憶的話，那麼恢復的過程也是一步步來的。她的信中只談到這樣嗎？」

「是的，她的信在這裡，信件的內容很簡短。可憐的女孩，她的壓力一定非常大。吉伯．布萊斯，我好想跟你說好多事情喔，只是你聽了可能會不舒服。」

「是柯妮莉亞對你說的嗎？」吉伯悲傷的笑著說。「每次我遇到她，她都會讓我難堪。她讓我清楚知道，她認爲我只比謀殺犯好一點點，而且她認爲大衛醫生讓我承繼他的事業很可惜，她甚至告訴我衛理公會教徒的醫生比我更受歡迎。沒有比柯妮莉亞小姐的譴責有更大的力量。」

「如果柯妮莉亞．布萊恩特生病的話，她才不會派人去叫大衛醫生或是衛理公會教徒的醫生來幫她看病。」蘇珊嗤之以鼻的說。「親愛的醫生，如果她生病的話，她會在你好不容易睡著後的半夜將你叫起床來幫她看病，她就是會那樣子做，而且她很可能會說你的帳單收費不合理。但是你不要介意，親愛的醫生，她就是這樣子，世界上就是充滿了形形色色的人。」

蕾絲莉有好一段時間都沒有進一步的消息傳過來。五月卽將過去，四風港的陸地綠油油的一片，並且盛開著紫色的花朵。在五月末的一天，吉伯回到家時在馬廄院子中遇到了蘇珊。

「我擔心醫生太太因爲某些事情而感到煩惱，親愛的醫生。」她神秘地說著。「她今天下午收到了一封信，而且自從她看完那封信後，就自言自語的在花園附近徘徊著。你知道走這麼多路對她不好，親愛的醫生。她並沒有要告訴我信中內容的念頭，而且我也不是個愛窺探的人，親愛的醫生，我從來都沒有窺探過別人，但事情是很清楚，有些事情讓她感到煩惱，而且會讓她煩惱的一定不是好事情。」

聽完蘇珊的話之後，吉伯相當焦慮的趕到了花園。難道是綠色屋頂之家發生了什麼事情嗎？但是坐在小溪旁那塊粗製椅子上的安看起來沒有憂慮的樣子啊，雖然她確實看起來是非常激動的。她的雙眼還是一樣的灰白，而她的臉頰上激起了紅色的斑點。

「發生什麼事了？安。」

安奇怪的微微笑著。

「當我跟你說的時候，你一定很難相信，吉伯，我到現在還是無法相信。就像蘇珊在過去說的：『我覺得自己像是一隻在陽光下甦醒過來的蒼蠅般暈眩。』這眞是太不可思議了。我已經讀了這封信好多次，而且每一次都是相同感覺，我無法相信自己的眼睛。哦，吉伯，你的決定是正確的，太正確了。我現在終於可以完全清楚了解了，我眞的爲自己感到很羞愧，你眞的願意原諒我嗎？」

「安，你如果再不說淸楚的話，我就要把你搖醒囉，雷蒙大學會以你爲恥。到底發生什麼事呢？」

「你不會相信的，你眞的不會相信的。」

「我要進屋子打電話給大衛伯父。」吉伯說著，並且假裝要走到屋子裡去。

「坐下來嘛，吉伯，我會試著告訴你是什麼事情。我接到了一封信，而且……啊……吉伯，這眞的是太令人吃驚的……太令人無法置信的感到吃驚了。我們從來都沒想過……我們之中的任何人也都沒有夢想過……」

「我猜。」吉伯說著，並且帶著一種放棄的樣子坐下來，「遇到這種病例唯一能做的事情，就是讓病人明確地說出問題來。你收到的信是誰寄來的？」

「蕾絲莉……而且，啊，吉伯……」

「蕾絲莉！喲！她說些什麼呢？是有關迪克的消息嗎？」

安將信件拿了起來並且交給吉伯，那眞是冷靜與戲劇性的一刻。

「根本沒有迪克這個人！我們認爲是迪克．摩爾的那個人，那個讓四風每個人十二年來都相信他就是迪克．摩爾的那個人，其實是他的堂弟，住在新斯科細亞省的喬治．摩爾，他跟他眞的是非常相像的。迪克・摩爾十三年前就因爲黃熱病死在古巴了。」

第32章 柯妮莉亞小姐討論事情

「安，親愛的，你是要跟我說迪克．摩爾事實上不是迪克．摩爾，而是其他人嗎？這就是你今天打電話給我所要說的事情嗎？」

「是的，柯妮莉亞小姐，這是個很令人吃驚的消息不是嗎？」

「那……那就跟……就跟男人一樣。」柯妮莉亞小姐無助的說著。她用顫抖的手指拿下了帽子，這是柯妮莉亞小姐一生中最不矢口否認的表現出自己有多吃驚的一刻。

「安，我似乎無法理解這個消息。」她說。「我聽到你說的，而且我相信你，但是我就是無法接受。迪克．摩爾已經死了，已經死了這麼多年。蕾絲莉已經自由了嗎？」

「是的，事實的眞相已經讓她自由了。吉伯說那個詩句是聖經中最偉大的，眞是一點也沒錯。」

「將所有的事情都跟我說吧，安，親愛的。自從我接到你的電話之後，我就一直處於頭腦混亂的狀態，相信我，柯妮莉亞．布萊恩特從來都沒有如此困惑過。」

「並沒有很多事情可以對你說。蕾絲莉的信件很簡短，她沒有講到細節。喬治．摩爾這個男人已經恢復記憶並且知道自己是誰。他說迪克在古巴得到黃熱病，所以四姊妹號不能繼續載他航行。喬治留下來照顧他，但是沒多久他就死掉了。喬治原本打算要直接回家，並且親自告訴蕾絲莉這個消息，因此他就沒有寫信給她了。」

「那麼爲什麼他沒有回來呢？」

「我猜一定是因爲意外讓他無法回來的。吉伯說喬治．摩爾很可能記不得他所遭遇的意外，或是爲什麼發生意外，而且可能永遠都無法記起來。那也許是在迪克死後沒多久就發生了。也許下次蕾絲莉寫信回來時，我們可以知道更多的細節。」

「她有談到她的打算嗎？她什麼時候回來？」

「她說她會陪著喬治．摩爾直到他可以出院。她有寫信給他在新斯科細亞省的親人。看起來喬治唯一的近親似乎是一個長她好幾歲，而且已經嫁人的姊姊。當喬治隨著四姊妹號出航的時候，她還活著，但是我們當然不知道自從那時以來發生了什麼事情。你有看過喬治．摩爾嗎？柯妮莉亞小姐。」

「有的，我現在都想起來了。十八年前他來這裡拜訪他的伯伯阿伯納，那時候他跟迪克大約是十七歲吧。他們是親上加親的堂兄弟，他們兩人的父親是親兄弟，而他們的母親是雙胞胎姊妹，所以他們兩個看起來眞的很相像。當然啦！」柯妮莉亞小姐輕蔑地進一步說著：「不是像你在小說裡面看到的，兩個人非常的相像，可以扮演另一個人的角色，甚至連他們最親近與親愛的人都無法分辨。他們不是這樣的，在那時候如果他們兩個同時出現在你的眼前讓你看著，你可以很容易分辨出來哪個是喬治，以及哪個是迪克。但是兩個人如果分開或是遠一點距離的話，就沒有那麼容易了。他們對人們做了很多惡作劇，並且認爲很好玩，眞是兩個流氓。

「喬治·摩爾稍微高一點並且比迪克胖很多，但是他們兩個人都不是你會說的那種胖，他們都屬於瘦的那一型。迪克的膚色比摩爾深，而且他的頭髮顏色比較淡，但是他們的特徵幾乎是一樣的，而且兩個人都有一雙奇怪的眼睛，一邊是藍色的，一邊是淡褐色的，但是他們兩人在其他方面就沒有那麼相同了。喬治眞的是一個很好的人，雖然他是一個愛惡作劇的無賴，而且有些人說他愛喝酒，但是大家喜愛他勝於迪克。他大概在這裡待了一個月吧。

「蕾絲莉從來都沒看過他，那時候她大概只有八、九歲，而且我記得那整個冬天她都與她祖母韋斯特待在港口那邊。吉姆船長那時候也不在——就是他在麥哲倫發生船難的那個冬天。我不認爲他或是蕾絲莉曾經聽說過迪克在新斯科細亞省有一個跟他長得很像的堂弟。當吉姆船長將迪克或是喬治帶回來，我應該說帶回家的時候，沒有人想到會是他。當然啦，我們都認爲迪克變了很多，他變得這麼笨重與肥胖，但我們把他解釋成那是因爲他遭遇到的那些事情所造成的，而且毫無疑問的，這就是原因，正如我所說的，喬治一開始也沒那麼胖的。而且我們也猜不到其他原因，因爲那個男人的官能已經完全消失了。

「至於我們，全部被矇騙了，我不會覺得奇怪，但那眞是一件難以相信的事情。而且蕾絲莉犧牲了她生命中最美好的時間來照顧一個跟她毫無關係的男人！啊，詛咒這些男人！不管他們做什麼，都是錯事，而且無論他們是誰，他們都不該是那個人。他們眞的激怒我了。」

「吉伯與吉姆船長都是男人，而且就是因爲他們，才能發現最後的事實和眞相。」安說。

「好吧，我承認你說得對。」柯妮莉亞小姐不情願的讓步。「我很抱歉我對醫生如此嚴厲的斥責，這是我生命中第一次對於我對男人所說的話感到羞愧。然而，我不知道是否應該這樣對他說，他只能視爲理所當然的接受。好吧，安，親愛的，幸好上帝沒有滿足我們所有的祈禱。我一直都努力祈禱手術沒辦法將迪克治好。當然我沒有如此明白的表達，但是那就是我的內心所眞正祈禱的，而且我相信上帝知道。」

「嗯，他已經合乎了你的禱告的精神，你眞的希望蕾絲莉不要再受到任何折磨。我擔心或許我的內心深處也曾經希望手術不要成功，而且這種想法眞的是讓我感到羞愧。」

「蕾絲莉看起來是如何接受這件事呢？」

「她寫得很茫然。我想就跟我們一樣，她也很難接受這個事實吧。她說：『對我而言，全部的事情就像是一場奇怪的夢，安。』那就是她唯一提到有關她的事情。」

「可憐的孩子！我想那就像是一個犯人的鎖鏈被解除時的感覺是一樣的吧，有一段時間會覺得奇怪與迷失。安，親愛的，我的心裡一直想著一件事情，歐文·福特怎麼樣呢？我們兩個人都知道蕾絲莉喜歡他，他是否跟你說過他喜歡她呢？」

「他……有……說過一次。」安覺承認著。

「好吧，我沒有任何理由認爲他應該說，但是我就是覺得他必須說。好吧，安，親愛的，上帝知道我不是一個媒人，而且我不屑做這類的事情，但是如果我是你的話，我就會寫給那個叫福特男人講我剛剛說的，以不經意的方式告訴他發生了什麼事。如果我是你的話，我就會這樣做。」

「我寫信給他的時候當然會跟他提到。」安有點恍惚的說著。不知怎麼的，她就是無法與柯妮莉亞小姐討論這件事情。而且她必須承認，當她聽到蕾絲莉已經自由的消息時，她的內心隱隱約約產生了相同的想法，但是她不會在閒談中褻瀆這個想法。

「當然啦！這件事情不需要急著做，親愛的。但是迪克．摩爾已死了十三年，而且蕾絲莉花費太多時間在他身上了。我們只要任事情自由發展就好。至於這個已消失但又回到生活的喬治．摩爾，每個人都認爲他已經死了，而且他也累壞了，就像男人一樣。我眞的爲他感到可惜。他似乎不適合任何地方。」

「他仍然是一個年輕人，如果他完全的康復，而且看來已完全康復了，那麼他可以再次爲自己找到立足之地。他一定感到很奇怪，可憐的傢伙。我想自從他發生意外的這幾年，對他而言都是不存在的了。」

第33章 蕾絲莉返回

兩個禮拜後，蕾絲莉．摩爾獨自一人回到那間她度過了好幾年痛苦歲月的老房子。在六月的薄暮下，她往安的家走去，並且像幽靈一般的突然出現在充滿花香的花園裡。

「蕾絲莉！」安驚訝的大叫著。「你是從哪裡跳出來的啊？我們都不知道你回來了，你爲什麼都沒有寫信跟我們說呢？這樣子我們就可以去接你了。」

「不知道爲什麼，我就是沒辦法寫信，安。想要用筆與墨水來表達任何事情似乎是非常無益的，而且我想要靜靜的回來，不要被發現。」

安抱住蕾絲莉並且親吻她，蕾絲莉也熱情地回應了安。她的臉色看起來是蒼白且疲倦的，而且當她身處一大片銀白微光中，坐在彷彿閃爍金色星星般的黃水仙花床旁邊的草地上時，輕輕的嘆了一口氣。

「你是自己一個人回來的嗎？蕾絲莉。」

「是的，喬治．摩爾的姊姊到蒙特婁接他回去了。可憐的傢伙，他很難過必須要離開我，雖然他剛剛恢復記憶時，對他而言我只是個陌生人。當他剛恢復記憶的那幾天痛苦日子裡，他都緊握著我，因爲他還無法接受迪克已經死去這麼久。對他而言，這一切都很辛苦。我已經盡我所能的來幫助他了。他的姊姊來了之後，他就自在多了，因爲對他而言，他等於是在不久前才看到她而已。幸運的是，她並沒有變很多，所以那對他也有所幫助。」

「這一切眞的都是太奇妙了，蕾絲莉，我想我們都還沒有眞正的領悟這件事情。」

「我沒有辦法。當我一個小時之前進到那間屋子時，我感覺到那一定是一場夢——迪克一定在裡面，帶著他那孩子般的微笑，就跟長久以來是一樣的。安，我似乎還在昏迷，我沒有感到高興或是難過，或是任何東西。我覺得生活中似乎突然的被撕裂某些東西，並且留下了一個可怕的空洞。我覺得自己不能成爲自己，好像我已變成某人，那讓我有一種可怕的孤獨、茫然與無助的感覺。能夠再次看到你眞好，你就像是可讓我漂泊的靈魂安定下來的錨。啊，安，這一切都讓我感到害怕，那些閒言閒語、好奇以及懷疑。當我想到那些事情時，眞希望可以不用回來。

「我下火車的時候，大衛醫生正好在車站那裡，是他載我回來的。可憐的老人，他的心情不是很好，因爲好幾年前他跟我說沒有其他辦法可以治療迪克。『我眞的這樣認爲，蕾絲莉。』他今天對我說：『我應該告訴你這只是參考意見而已，你應該去尋找專家。如果我當時有說過這樣的話，你就不必白瘦這麼多年痛苦了，而且可憐的喬治・摩爾也浪費了許多歲月。我非常自責，蕾絲莉。』我告訴他不要這樣子，因爲他做了對的事情。他對我也很仁慈，我不忍心看他受到這件事情的折磨。」

「迪克……我的意思是喬治，他的記憶都完全恢復了嗎？」

「差不多了。當然有很多的細節是他想不起來的，但是他每天都有進步，想起了越來越多的事情。在迪克埋葬後的一個晚上，他到外面去散步。他身上帶著迪克留下來的錢以及手錶，他本來打算要將那些東西連同我寄給迪克的信帶回來給我的。他承認他到了一個水手們常去的地方，而且也記得有喝酒，之後的其他事情就記不得了。安，我永遠不會忘記他記起來自己名字的那一刻，我看他用一個聰明但是迷惑的表情看著我。我說：『你認識我嗎？迪克。』他回答說：『我之前沒見過你，你是誰？還有我不叫迪克，我是喬治．摩爾。還有，迪克昨天因爲黃熱病死掉了！現在我在哪裡？我發生了什麼事啊？』然後我……我就昏倒了。安，自從那時候起，我就覺得自己是在作夢。」

「你很快就可以適應新的狀態了，蕾絲莉。而且你還年輕，生活還在等著你，你還有很多美好的歲月。」

「也許過了一段時間後，我就能以新的心境來面對生活了，安。只是現在我覺得太疲倦，而且不想思考未來的事情。我……我……安，我很寂寞，我想念迪克，這種感覺是不是非常奇怪？你知道嗎？我眞的很喜歡可憐的迪克，應該說是喬治，那種感覺就像是我很喜歡一個無助的小孩般，他所有事情都必須依賴我。我本來永遠都不會承認的，因爲我眞的感到非常羞愧，因爲，你知道，在他離開之前，我是非常痛恨並且怨恨迪克的。當我聽到吉姆船長將要帶他回來的時候，我覺得我對他的感覺還是一樣的，但我卻沒有這樣做，雖然我還是跟以前我所記得的一樣的討厭他。

「自從他回家那天起，我對他只有同情，一種傷害卻使我痛苦的同情。那時候我猜想他只是因爲意外而變得如此無助，現在我卻相信，那是因爲完全不同的個性所造成的。卡洛知道他不是迪克，安，我現在了解卡洛知道他不是迪克。我那時只覺得很奇怪，卡洛怎麼會不認識迪克呢？小狗通常是非常忠心的，但牠知道這個人不是牠的主人，我們其他人卻不知道。你知道我從來都沒看過喬治・摩爾。我現在想到迪克曾提過他有一個住在新科斯細亞省的堂弟，而且兩人長得就像雙胞胎；但是我已經不記得這件事，而且無論如何，我也不認爲那有任何關連。你看，我從來沒懷疑過迪克的身分，他身上的任何改變，在我看來只是意外造成的結果。

「啊！安，四月的那個夜晚，當吉伯告訴我他認爲迪克有被治癒的機會時，我永遠無法忘記那時候的感覺。對我而言，就像被關在一個痛苦可怕的籠子裡，當籠子的門被打開了，然後我可以走出來了。而那個夜晚，我覺得有一隻無情的手將我拉回到籠子裡，掉入比以前更恐怖的折磨中。我沒有責怪吉伯，我覺得他是對的，而且他眞的不錯，他那時候說過，如果鑑於花費以及手術的不確定性而我不敢冒險的話，他一點也不會怪我。我知道自己應該要做怎樣的決定，但是我沒有辦法去面對。那一整晚，我就像是一個瘋女人般不停的在屋子裡走著，試圖強迫我自己去面對。但是我做不到，安，我認爲我做不到，到了淸晨時，我就咬緊牙根並且下定決心不要冒險，我要讓事情維持原狀。我知道那樣子是非常缺德的，如果我那時眞的不去做的話，那麼結果眞的就是對我的缺德所做的公平懲罰，我們就不可能發現事實的眞相了。那一整天我都維持著不去做的決心。那天下午我必須到格蘭買一些東西。那天迪克很安靜而且昏昏欲睡的，所以我將他獨自留在家裡。我去格蘭所花的時間比預期中的還要久一點，所以他想我，他覺得寂寞。當我回到家的時候，他就像小孩子一樣跑來迎接我，臉上還帶著非常高興的笑容。不知怎麼的，安，在那一刻我就放棄了我的決定；出現在他那張可憐空虛臉蛋上的笑容讓我無法承受，我覺得自己好像是拒絕了一個孩子成長與發展的機會。我知道自己必須將屬於他的機會給他，不管結果會是如何，所以我就過去告訴吉伯。哦，安，在我離開前的那幾個禮拜，你一定認爲我非常的可恨。我並不是故意要這樣的，但是除了必須做的事情之外，我無法思考任何其他東西，而且在我周圍的所有事情以及所有人，對我而言就像是陰影一樣。」

「我知道，我也了解，蕾絲莉。不過現在都已經結束了，羈絆你的鎖鏈已經斷裂了，已經沒有籠子了。」

「已經沒有籠子了。」蕾絲莉心不在焉的複述著，同時用她那雙纖細曬黑的手拉扯著草穗。「但是，似乎沒有其他東西了。安，你……你記得在沙洲的那個夜晚我跟你說過的傻念頭嗎？我發現人是不會很快變笨的。有時候我會認爲有人一輩子都是愚笨的，但是要成爲那一種笨蛋，就跟一隻被綁住的狗是一樣糟糕的。」

「當你在非常疲倦以及困惑的時候，你將會有非常不同的想法。」安說著，她知道一件蕾絲莉不知道的事情，也不知道她自己消耗了太多的同情。

蕾絲莉將她那頭閃亮的金髮靠在安的膝蓋上。

「不管如何，我有你這個朋友。」她說。「有你這樣的朋友，生活不可能完全空虛的。安，拍拍我的頭，把我當成一個小女孩一樣，給我一點母愛，並且讓我在頑固的舌頭還可以不受到束縛的講話時，讓我告訴你自從那晚在岩岸與你相遇之後，你的友誼對我是多麼的重要啊。」

第34章

夢想之船進港了

在一個刮風且金色光芒照耀的早晨，輕輕的波浪在海灣裡面滾滾向前，一隻疲憊的鸛鳥從滿夜星辰的陸地飛向四風港口的沙洲上。在牠的翅膀下，蜷縮著一個想睡覺但是眼神閃閃發光的小生物。那隻鸛鳥是疲憊的，而且牠渴望地環顧著四周。牠知道就快要抵達目的地了，但是還沒辦法看到。在紅色砂岩峭壁上的那座巨大的白色燈塔就是一個很好的地方，但是任何一隻精明的鸛鳥都不會將一個新生與柔軟光滑的小寶寶留在那裡的。在那個盛開著花朵的溪谷旁，一間被柳樹林圍繞的灰色老房子看起來是具有希望的地方，但也不完全是它的目的。在較遠處顯眼的綠色住處，毫無疑問的就是目的地了。然後那隻鸛鳥就活躍了起來，牠已經看到了一間白色的小屋貼靠在一片巨大並且颯颯作響的冷杉林，而且它的廚房煙囪正裊裊升起了藍色的煙霧，那間房子看起來就像是特別用來迎接小寶寶的。那隻鸛鳥滿意的歎了口氣，並且輕柔地飛落在屋脊桿上。

半小時之後，吉伯從樓上跑下來大廳，並且輕扣著客房的房門。一聲疲倦的聲音回應他，同時瑪麗拉那張蒼白害怕的臉立即從門後慢慢的出現。

「瑪麗拉，安叫我來告訴你說有一個年輕的小紳士已經抵達這裡，他沒有帶很多行李，而且顯然要留下來。」

「你行行好吧！」瑪麗拉茫然地說著。「吉伯，你不會是要告訴我一切都已經結束了吧。爲什麼沒有人叫我呢？」

「安跟我們說如果不需要的話就不要打擾你。我們沒有叫任何人，一直到大約兩個小時之前。這次沒有『通道危險』。」

「所以……所以……吉伯……小寶寶這次可以活下來嗎？」

「他當然可以啊。他有十磅重，而且聽我說，他的肺不是沒問題嗎？護士說他的頭髮也是紅色的。安非常生氣她這樣說，但我可是笑得要死。」

那是夢幻小屋美好的一天。

「最美麗的夢想已經成眞了。」安說著，臉色蒼白卻狂喜。「哦，瑪麗拉，我眞不敢相信，經過去年夏天那恐怖的一天後，自從那時候開始，我就很悲痛，但是現在悲痛已經消失了。」

「這個小寶寶將會取代喬伊絲的位置。」瑪麗拉說著。

「哦，不、不、不，瑪麗拉，他不能，沒有任何事可以取代她的位置。他有屬於自己的地位，我親愛的男寶寶，然而小喬伊絲也有她自己的地位，而且永遠都會是屬於她的。如果她還活著的話，她已經一歲了，她就會用她的小腳蹣跚四處的行走，並且口齒不清的說話。我可以好清楚的看到她喔，瑪麗拉。啊，我現在知道吉姆船長說的是對的，他說上帝的安排是好的，在往後我看到我的寶寶時不會是陌生的。過去的一年我已經理解到了，我每個禮拜都注視著她的成長，我永遠都會的。我會知道她年復一年的成長，而且當我再次與她相遇時，我就可以認出她來了，對我而言她不會是一個陌生人。啊，瑪麗拉，你看他這些可愛的腳趾頭！他們長得這麼完美不是很奇怪嗎？」

「如果他們不是長得這麼完美才是奇怪呢。」瑪麗拉爽快的說。既然一切都已經平安的結束，瑪麗拉又回復到她的本性。

「啊，我知道，但是他們似乎不應該是如此的精緻完美啊，你了解我的意思嗎？但是他們眞的是如此的完美，就連那些小指甲也是一樣。還有他的雙手，你只要看看他的雙手就好，瑪麗拉。」

「他們看起來就是一雙漂亮的手。」瑪麗拉承認。

「你看看他如此緊握著我的手指，我相信他已經認識我了。當護士將他抱走的時候，他一直哭。哦，瑪麗拉，你認爲……你不會認爲……你認爲……他的頭髮將來會變成紅色的嗎？」

「他沒有什麼頭髮，還看不出顏色來。」瑪麗拉說。「如果我是你的話，我就不會擔心這個問題，等到可以看出來的時候再說吧。」

「瑪麗拉，他有頭髮啊，看看他滿頭的細髮。無論如何，護士說他的眼睛以後會變成淡褐色的，而他的額頭跟吉伯是一模一樣的。」

「而且他也有一對最可愛的小耳朵，親愛的醫生夫人。」蘇珊說著。「我做的第一件事情就是看他的耳朵。頭髮是會騙人的，鼻子與眼睛也會改變，而且你不知道他們會有什麼變化，但是耳朵永遠都是一樣的，而且你永遠都可以感覺到他們的存在。光是看看他們的形狀就好了，正好貼在他那可愛的頭後面。你永遠不會爲他的耳朵感到羞愧的，親愛的醫生夫人。」

安的恢復速度非常快而且很快樂。人們就像在很久以前在伯利恆馬槽跪著崇敬東方智者的皇家寶寶一樣前來崇敬小寶寶，蕾絲莉慢慢地發現自己處在另一種新生活之中，就像是一個頭戴金色皇冠的美麗夫人停留在其中。柯妮莉亞小姐就像任何以色列母親一樣熟練的餵奶。吉姆船長將那個小生命抱在他黝黑的大手上，並且溫柔的凝視著他，就像看著自己從未出生的小孩一樣。

「你們要將他取什麼名字？」柯妮莉亞小姐問著。

「安已經決定好他的名字了。」吉伯答道。

「詹姆士．馬修，依照兩個我曾經認識過最好的紳士來命名，甚至沒有顧及到你的存在。」安調皮的看一下吉伯說著。

吉伯微笑著。

「我對馬修一直都不是很熟悉，他眞是太害羞了，所以我們這些男孩都沒辦法跟他熟悉，但是我相當同意你說的，吉姆船長是上帝所塑造的一個相當少有而且非常好的人。他很高興我們以他的名字來爲我們的小孩子命名。似乎沒有其他人以他的名字命名過。」

「嗯，詹姆士．馬修是一個很適合而且永遠不會褪色的名字。」柯妮莉亞小姐說。「我很高興你們沒有爲他取一個難爲情的浪漫名字。住在格蘭的威廉．德魯太太將她的小寶寶取名爲貝蒂．

莎士比亞，就是這種名字，不是嗎？而且我也很高興你們在選擇名字的時候，沒有遭遇太多的困難。

「有些人花了好長的時間在選名字。當史丹力．弗雷格的第一個男孩出生時，所有的人都在爭論著應該要幫他取什麼名字，結果那個可憐的小孩整整過了兩年沒有名字的生活。接著他又有了一個弟弟，所以就將他們稱爲『大寶寶』和『小寶寶』，最後他們將大寶寶取名爲彼得，而小寶寶叫作伊薩克，分別依照他們的祖父與外祖父來命名，並且同時爲他們兩個受洗。而兩個人互相比較誰哭得比較大聲呢。你知道在格蘭後面的蘇格蘭高地家庭的馬克納伯嗎？他們有十二個小孩，而且最大與最小的都叫作尼爾，在同一個家庭裡面的大尼爾與小尼爾。啊，我猜他們已經將名字用完了吧。」

「我曾經在某個地方讀過類似的文章。」安笑著說：「第一個小孩是一首詩，但是到了第十個小孩就是非常平凡的散文了。也許馬克納伯太太認爲第十個小孩只是一個重新再講一遍的老故事吧。」

「嗯，大家庭是有一定道理的。」柯妮利亞小姐嘆著氣說。「我到八歲以前一直都是家中唯一的小孩，但是我確實渴望能夠有一個兄弟與姊妹。我媽媽告訴我去祈禱，而且我眞的有祈禱，相信我。好吧，有一天娜莉嬸嬸過來對我說：『柯妮莉亞，在樓上你媽媽的房間裡有一個小弟弟要給你，你可以上樓看看他。』我那時非常激動，高興地飛奔到樓上去。弗雷格老太太將小寶寶抱起來給我看。天啊，安，親愛的，我一生當中從來沒有感覺到那麼失望過。你知道嗎？安，其實我祈禱的是要一個比我大兩歲的哥哥啊。」

「你花了多久的時間才克服你的失望呢？」安笑著問。

「這個嘛，有好長的一段時間我非常怨恨上帝，而且有好幾個禮拜我連看都不願意看那個小寶寶。沒有人知道爲什麼我會這樣子，因爲我從來沒有告訴任何人。然後他開始變得非常可愛，並且對我伸出他的小手，而我也開始喜歡他了。但是我並非眞的跟他和好，直到有一天一個學校好友來看他，並且說她認爲就他的年紀而言，他眞的是長得非常的小。

「我聽到她那樣說眞的非常生氣，就直接斥責她，並且告訴她說她不懂得欣賞一個可愛的小孩，而且我們家的小寶寶是世界上最可愛的。自從那次以後，我就很崇敬他了。我媽媽在他未滿三歲之前去世了，而我就得身兼母職。可憐的小孩，他從來都沒有強壯過，而且在二十出頭歲就死了。安，親愛的，如果他還活著的話，我會把世界上的任何東西都給他的。」

柯妮莉亞小姐嘆著氣。吉伯下樓來，而蕾絲莉在屋頂窗對著小詹姆士低聲哼著，讓他躺在搖籃裡面睡覺後離開。當她遠離聽力可及範圍後，柯妮莉亞小姐立刻往前屈身，就像是陰謀者般的輕聲低語著：「安，親愛的，我昨天接到一封歐文·福特寄來的信。他現在在溫哥華，但是他想知道我稍後是否可以讓他寄膳一個月，你知道那代表著什麼意思吧。嗯，我希望我們這樣做是對的。」

「如果他想來的話，我們沒有辦法阻止他來到四風港啊。」安很快的說著。她不喜歡柯妮莉亞小姐的低語。

「不要讓蕾絲莉知道他要來的消息，等到他來了再說吧。」她說。「如果她知道的話，我確信她一定會馬上離開的。無論如何，她本來就打算在秋天走的，這是她在之前告訴我的。她要去蒙特婁當看護，並且看看她的生活能夠有什麼改變。」

「哦，好吧，安，親愛的。」柯妮莉亞小姐嚴肅的點著頭，「事情就是這樣子了，你和我已經完成我們應該做的，剩下來的就必須交給上帝。」

第35章 四風的政治

愛德華王子島跟全部的加拿大一樣，正處於大選前的競選活動陣痛期。吉伯是一個忠誠的保守黨，發現自己陷入了選舉的漩渦中，非常需要在各種鄉村集會進行演講。柯妮莉亞小姐不同意他參與政治中並且如此告訴安：「大衛醫生從來不曾這樣子。布萊斯醫生將會發現自己犯了一個錯誤，相信我，政治不是正派的人所應該干涉的。」

「那麼政府不就要由那些惡棍來管理了嗎？」安問著。

「是的，只要是保守黨的惡棍就沒有關係。」柯妮莉亞小姐以戰爭的榮譽退場說著。「男人與政客都是一丘之貉，只不過自由黨比保守黨更壞。但不管是自由黨或是保守黨，我給布萊斯醫生的忠告是好好駕馭政治。首先你知道的，他自己將會參選，並且到渥太華半年，還會讓他的工作每況愈下。」

「啊，好吧，我們不要自尋煩惱了。」安說。「利率太高了。讓我們來看小詹姆士吧，他的名字應該以G開頭。他眞的長得好漂亮對不對？光是看他的手肘的小凹陷就好了。我們會把他養育成一個很好的保守黨員，我是指你和我，柯妮莉亞小姐。」

「將他養育成一個好男人。」柯妮莉亞小姐說：「好男人是很稀有珍貴的，但是，提醒你，我希望他成爲一位自由黨的支持者。至於這場選舉嘛，你和我應該要感謝我們不是住在港口那邊。這些日子以來那裡的氣氛很憂鬱，伊利爾特家族、克勞復家族以及馬克亞里斯特家族的所有人都處於敵對的行爲，等待擊倒對方。但是港口這一邊就是和平與安靜的，因爲這裡的男人不多。吉姆船長是一個自由黨員，但是在我看來他一定感到羞恥，因爲他從來不談政治。毫無疑問的，保守黨將會獲得大勝重新贏回執政權。」

柯妮莉亞小姐這次是錯的。在選舉過後的隔天，吉姆船長來到小屋講述選舉的消息。政黨政治就像致命的病菌一樣，就連一個平和的老人也抵擋不住，吉姆船長的雙頰因爲政治的激情而發紅，而且他的雙眼又閃耀出舊日的所有熱情。

「布萊斯太太，自由黨獲得了全面性的勝利。在保守黨不當執政了十八年之後，這個遭受蹂躪的國家最後總算有機會重生了。」

「我從未聽過你發表過這麼激烈的政黨言論呢，吉姆船長，我以爲你沒有如此大的政治怨恨。」安笑著說，她對於這個消息並沒有很興奮。小詹姆士在那個早晨說了：「哇！嘎！」相較於那個神奇的事件，君權與權力、朝代的興衰以及推翻自由黨或是保守黨又算得了什麼呢？

「已經累積了好長的一段時間了。」吉姆船長不以爲然笑說。「我一直認爲自己只是一個溫和的自由黨員，但是聽到了我們獲勝的消息時，我才發現自己原來天生就是個自由黨員。」

「你知道醫生和我是屬於保守黨的。」

「啊，是的，那是你們唯一的缺點，布萊斯太太。柯妮莉亞也是保守黨員。我在從格蘭來的路上已經過去告訴她自由黨大勝的消息了。」

「你不知道這樣子做是拿自己的生命開玩笑嗎？」

「我當然知道啊，但是我無法抵抗這種誘惑。」

「她的反應如何？」

「有點冷靜，布萊斯太太，有點冷靜。她說：『好吧，上帝將蒙羞的季節送到了一個國家，也送到了個人的身上。你們這些自由黨員已經受凍與飢餓好幾年了，趕快去取暖與吃飽吧，因爲你們不會待太久的。』『好吧，那麼，柯妮莉亞……』我說：『也許上帝認爲加拿大需要蒙羞很長的一段時間吧。』啊，蘇珊，你知道自由黨獲勝的消息嗎？」

蘇珊正從廚房進來，帶著那似乎一直圍繞著她的美味佳餚的香味。

「是喔，眞的嗎？」她完全不關心的說著。「好吧，對我而言沒什麼差別，不管是不是自由黨執政，我的麵包發酵還是一樣的少。而且，親愛的醫生太太，如果任何政黨可以在這個禮拜結束前讓天下雨的話，並且讓我們的廚房花園不會完全毀滅的話，蘇珊就會支持那個政黨。同時，你可以出來一下，並且對於晚餐的肉提供你的建議嗎？我正在擔心是否太硬了，所以我們應該跟更換政府一樣的更換我們的肉販。」

一個禮拜後的一天晚上，安走到燈塔想要看看是否能夠從吉姆船長那裡拿到新鮮的魚，而這也是她第一次離開小詹姆士。那對她而言眞的是一場悲劇，她擔心萬一他哭的話怎麼辦？萬一蘇珊不知道如何安撫他時怎麼辦？

但是蘇珊沉著穩重的跟她說：「我照顧他的經驗跟你一樣多的，親愛的醫生夫人，不是嗎？」

「是的，就照顧他而言是跟我一樣的，但照顧其他的寶寶就不同了。怎麼說呢？因爲我還是小孩子的時候，我就照顧過三對雙胞胎了。當他們哭的時候，我就幫他們擦薄荷油或是清涼的蓖麻油。現在相當好奇我過去是如何敏捷地照顧那些小寶寶以及他們的痛苦的。」

「哦，好吧，如果小詹姆士哭的話，我將會很快的放一個熱水袋在他的小肚子上。」蘇珊說著。

「水不可以太熱，你知道嗎？」安焦慮的說著。啊，眞的要留下小詹姆士給蘇珊照顧嗎？

「不用擔心，醫生太太，蘇珊不是那種會燙傷小男生的女人。祝福他，他並沒有哭啊。」

安總算飛奔離去並且終究能夠享受散步到燈塔的快樂，穿過長長的日落陰影。吉姆船長並沒有在燈塔的客廳裡，但是有另外一個英俊的中年男子在那裡，他的下巴看起來是堅毅的，而且鬍子刮得很乾淨，安並不認識這個人。不過，當她坐下來的時候，他的自信像是在對老朋友講話一樣開始跟她說話。他的談話內容以及說話的方式並沒有任何錯誤，但是安憤慨的感受到一個完全陌生的人，無理地把要她聽他說話視爲理所當然。她的答覆很冷淡，而且沒有什麼禮貌，但是那個人並沒有因此氣餒，並且繼續談了幾分鐘的話，然後就請求准予離開了。安可以發誓說他的眼睛是閃亮的，而且讓她很生氣。那個人是誰啊？他有一種模糊的熟悉，但是她確定自己從來沒看過他。

「吉姆船長，剛剛走出去的那個人是誰啊？」她在吉姆船長進來的時候問著。

「馬歇爾．伊利爾特。」吉姆船長回答。

「馬歇爾．伊利爾特！」安大叫著。「哎呀，吉姆船長，他不是……是的，那是他的聲音……啊，吉姆船長，我不知道是他……而且我對他相當無禮，他爲什麼不告訴我？他應該知道我認不出他來啊。」

「他不會有任何抱怨的，他會當作笑話一般來享受的。不用擔心你冷落了他，他會認爲那很有趣。沒錯，馬歇爾終於刮掉了他的鬍子，而且頭髮也剪短了。他的政黨已經獲勝，你知道的。在選舉後的那天晚上他就到格蘭的卡特．弗雷格的店裡，還有其他一群人在那裡等待選舉結果。大約在十二點的時候有電話打進來——自由黨獲勝了。然後馬歇爾沒說什麼就站了起來又走了出去，他沒有歡呼也沒有喊叫，他讓其他人去歡呼與喊叫，我猜他們幾乎將卡特的店的屋頂都掀開了。當然啦，所有的保守黨員都聚集在雷蒙．羅素的店裡。那裡沒什麼歡呼，馬歇爾直接走向街上並且走到奧古斯都．帕馬的理髮店側門。奧古斯都正在床上睡覺，但是馬歇爾一直敲門直到他起床並且下來開門，看看那些喧嚷聲是怎麼一回事。」

「『進來你的店，並且將你一生中最拿手的功夫表現出來吧，古斯。』馬歇爾說。『自由黨獲勝了，而且你將會在日出前爲一個虔誠的自由黨員理髮。』」

「古斯暴跳如雷，部分是因爲被拖下床而生氣，但那更因爲他是個保守黨員。他發誓過了午夜十二點之後絕對不幫人理髮的。」

「『你最好是遵照我的指示去做，乖寶寶。』馬歇爾說：『否則我就會將你轉過來放在我的膝蓋上，並且替你母親打你的屁股。』」

「他眞的會這樣子做的，而且古斯也知道他會的，因爲馬歇爾就像一頭公牛一樣的強壯，而古斯只是一個矮小的男人，所以他只好讓步並且將馬歇爾引進店裡開始理髮。『現在。』他說：『我要開始幫你理髮，但是你如果在我理髮的過程中談到任何自由黨獲勝的事情，我就會用這一支剃刀割斷你的喉嚨。』你絕對想不到那個溫和的矮小的古斯會如此殘忍，政黨政治對男人的影響眞是太大了。馬歇爾保持安靜的理掉了頭髮，並且刮掉了鬍子然後回家。

「當他的老管家聽到他在樓上的聲音時，她從她的臥室裡面往外窺視看看是他還是雇用的男孩。當她看見一個陌生的男人手持著蠟燭走下客廳時，她恐怖的尖叫著並且昏死過去。他們必須先請醫生過來才能夠將她送醫，而且花了好幾天的時間，她才敢看著馬歇爾而不會全身發抖。」

吉姆船長沒有魚可以給安，那個夏天他很少乘他的船出去捕魚，而且他的長距離散步探險也已經結束了。他有很長的時間都是坐在向海的窗戶往外看著海灣，將他那迅速變白的頭傾靠在他的手上。他今晚安靜的坐在那裡好幾分鐘想著過去的事情，因此安沒有打擾他。不一會兒，他指向西方的彩虹說著：

「那個彩虹很漂亮對不對？布萊斯太太，但是我希望你有看到今早的日出。那眞是精采的景象啊，眞是精采。我看過那個海灣所有類型的日出。我曾經到過世界各地，布萊斯太太，但是，我不曾看過比那個海灣在夏天的日出還要美好的景色。一個人無法選擇他死亡的時間，布萊斯太太，只能夠在偉大的上帝下令時離開。但若我可以選擇，我要選擇淸晨從海洋那邊過來時離開。我常常看著它，並且想著如果能穿越白色光輝抵達未知的遠方，死在一片（沒有標明的海洋上）地球航海圖上會是怎樣的一件事情啊。布萊斯太太，我認爲自己會在那裡找到消失的瑪格麗特的。」

自從吉姆船長跟安說了有關瑪格麗特的那個老故事後，他就時常對安說著有關瑪格麗特的事情。他對她的愛在每一句話裡面顫抖著，一個永遠都不會消失或是遺忘的愛。

「不管怎麼樣，當時候到了，我希望能夠很快速與自在的離開。我不認爲自己是個懦夫，布萊斯太太，我不止一次看過死亡的可怕，但是都沒有退縮。可是想到拖延著無法死去時，確實讓我有一種奇怪害怕的感覺。」

「不要談論你要離開我們的事情，親愛的，親愛的吉姆船長。」安帶著窒息的聲音懇求著，撫拍著船長曬黑的老手，他的手曾經非常的強壯，但是現在已經越來越虛弱了。「如果沒有你，我們該怎麼辦呢？」

吉姆船長笑得非常燦爛。

「哦，就算沒有我你們也會過得很好的，你們會過得很好的，但是總之你們不會忘記這個老人的，布萊斯太太，不會的，我認爲你們永遠都不會忘記他的。屬於約瑟夫一類的人都會永遠記得彼此的，但是那會是一種不會使人傷心的記憶，關於我的記憶是不會傷害我的朋友們的，我希望並且相信那對他們而言永遠是快樂的記憶。過不了多久，消失的瑪格麗特就會召喚我了，最後一次的召喚。我已經準備好回覆她的召喚了。我之所以會說出來，是因爲我想請你幫個小忙，就是我這一隻可憐的『大副』。」

吉姆船長伸出他的手撥弄著躺在沙發上的那顆巨大、溫暖、天鵝絨般柔軟光滑的金球。大副就像彈簧般的將自己展開，並且發出一聲美好、低沉宏亮與舒服的叫聲，半嗚嗚、半喵喵的向著空氣伸展牠的爪子，然後又將自己捲成球狀。「當我踏上長途航程時，牠會想念我的。我不忍心留下這隻可憐的小生物挨餓，就像牠以前被遺棄時一樣。如果我發生了什麼事情，你願意提供大副一口飯吃以及以一個角落居住嗎?布萊斯太太。」

「我當然願意。」

「那麼我就不擔心任何事情了。你的小詹姆士會得到一些我所獲得的奇怪東西，我會記得這件事的，但是現在我不想看到你漂亮的眼睛流著眼淚，布萊斯太太。我也許還會堅持相當長的一段時間呢！去年冬天，有一天我聽到你閱讀一首詩，那是丁尼生的作品。如果你可以爲我朗誦的話，我有那麼點兒想再聽一遍。」

當海風吹拂著他們的時候，安柔和與淸楚的重複著丁尼生最後詩篇的美麗詩文——「渡沙渚」。老船長用他有力的手溫和的抓住時間。

「是的，是的，布萊斯太太。」當她完成朗誦後，他說：「就是這一首，就是這一首詩。你跟我說他不是水手，所以我不知道他如何能夠將一個老水手的感覺放在那首詩裡面，如果他不是水手，他是怎麼辦到的？他不想要任何『再見的悲傷』，而我也不要，布萊斯太太，因爲我以及在沙灘另一邊消失的瑪格麗特都會很好的。」

第36章 蒼白之美

「安，有來自於綠色屋頂小屋的消息嗎？」

「沒什麼特別的。」安回答著，並且將瑪麗拉寄來的信件摺疊起來。「傑克．唐奈在那裡用木瓦蓋屋頂。他現在已經是一個熟練的木匠了，所以在有關生活方式的選擇上，他有自己的方式。你還記得他的母親希望他成為一個學院教授吧，我永遠無法忘記那一天她到學校來責罵我沒有叫他聖．克萊爾。」

「現在有人這樣子稱呼他嗎？」

「顯然沒有，他似乎是完全依照自己的方式生活，甚至連他的媽媽也屈服了。我總是認為有傑克那種下巴和嘴型的男孩，最後一定會走出他自己的路的。黛安娜寫信跟我說朵拉交了男朋友。想想看，那個小孩實在是……」

「朵拉已經十七歲了。」吉伯說。「查理．斯隆恩和我在十七歲的時候就已經為你瘋狂了，安。」

「真的嗎？吉伯，我們一定也上了年紀了。」安半可憐的笑著說：「現在的孩子只要六歲就可以交男朋友了，不像我們認為要長大才能夠交。朵拉的男朋友是雷夫．安德羅斯，他是珍的弟弟。我還記得他小時候是一個小小的、圓圓的、胖胖的以及長著白頭髮的傢伙，他總是在班級的後面，但是我知道他現在是一個相當英俊的年輕人了。」

「朵拉可能在年輕的時候就結婚，她跟喬洛特四世是同一類的，永遠不會錯失掉她的第一個機會，因爲害怕沒有辦法得到其他的機會。」

「嗯，如果她嫁給雷夫的話，我希望他能夠稍微比他的哥哥比利更嶄露頭角。」安若有所思的說著。

「例如。」吉伯笑著說：「讓我們期待他能夠爲自己負責提出求婚。安，如果比利是自己向你求婚而不是讓珍來替他求婚的話，你會嫁給他嗎？」

「我也許會。」安想起她的第一個求婚就開始尖銳的笑著。「那整件事情的衝擊可能讓我著迷而陷入某種草率與愚蠢的行動，讓我們感謝他拜託別人來幫他求婚。」

「我昨天收到一封喬治．摩爾寄來的信。」蕾絲莉從她讀信的角落說著。

「哦，他現在如何呢？」安感興趣的問著，但是卻帶著一種不眞實的感覺，好像在詢問有關某個她不認識的人。

「他很好，但是他很難適應所有他的老家以及朋友的改變。他在春天的時候又再次出海了。他說他的血液裡流著海洋，而且他渴望出海，但是他對我說了一些事情讓我爲他感到高興，可憐的傢伙。在他搭上四姊妹號之前，他跟家鄉的一個女孩訂了婚。在蒙特婁的時候，他沒有跟我說過任何關於她的事，因爲他說他猜她已經忘記了他，並且在很久以前就嫁給別人了，你們看，他還記得他的婚約以及愛情的存在。對他而言那是相當痛苦的，但是當他回家的時候，他發現她一直都沒有嫁人而且還愛著他。今年秋天他們就要結婚了。我要邀請他帶她來這裡玩，他說他想回來，並且看看這個他住了這麼多年卻不知道的地方。」

「眞是一個好美的浪漫小故事。」安說著，她對浪漫的喜愛是永恆不朽的。「而且想想。」她自我責備的嘆氣著，並且進一步說著：「如果以我的方式來處理的話，喬治．摩爾永遠都無法從埋葬他身分的墓穴中走出來的。我當初是如何反對吉伯的建議啊！嗯，我受到懲罰了，我以後再也不能跟吉伯的意見不同！如果我嘗試要有不同意見的話，他將會利用喬治．摩爾的例子來鎭住我的意見。」

「說的好像那樣子眞的能夠鎭住一個女人似的！」吉伯嘲笑著說。「至少不要成爲我的應聲蟲，安。有一點小小的不同意見可以增添生活樂趣，我不希望我的太太跟港口那邊的約翰．馬克亞里斯特的太太一樣。不管他說什麼，她就立刻以那種單調、無生氣的弱小聲音說著：『我親愛的約翰，你說的非常正確。』」

安與蕾絲莉都被吉伯的話逗笑了。安淸脆悅耳的笑聲以及蕾絲莉柔和響亮的笑聲，兩者結合起來就像是一個美好和弦的音樂令人滿足。

蘇珊緊跟著笑聲進來，並且發出一聲響亮的嘆息。

「怎麼了？蘇珊，發生什麼事了？」吉伯問著。

「小詹姆士沒有問題吧，對不對？蘇珊！」安突然警覺的叫著。

「沒事，沒事，親愛的醫生夫人冷靜下來，但是發生了一些事情。天啊，這個禮拜眞是不順利。你們都太清楚了，我讓麵包腐壞了，我將醫生最好的襯衫的中間燒焦了，而且我還打破你的大盤子，而現在更嚴重的是，我的姊姊瑪蒂妲摔斷了腿，並且希望我過去陪她住一陣子。」

「哦，我眞的是很遺憾，我很遺憾你的姊姊遭遇到這樣的意外。」安驚叫著。

「啊，人生就是有這些哀痛，親愛的醫生夫人。那聽起來好像是聖經裡面所寫的，但是他們跟我說那是一個叫作布恩的人所寫的，而且毫無疑問的，人生在世必遇患難，如同火星飛騰。至於瑪蒂妲，我不知道要怎麼說她。我們家的人從來都沒有斷過腿的，但是不管她做了什麼，她仍然是我的姊姊，而且我認爲自己有責任過去照顧她，如果你可以讓我挪出幾個禮拜時間的話，親愛的醫生太太。」

「當然啦，蘇珊，當然沒有問題，你不在的時候，我可以找別人來幫忙我。」

「如果你有困難的話，我就不會離開，親愛的醫生太太，儘管瑪蒂妲的腿已經斷掉。我不會讓你感到憂慮，並且造成小詹姆士的不舒服的，不管她斷了幾隻腿。」

「啊，你必須立刻到你姊姊那裡，蘇珊。我可以從小海灣那邊找個女孩來幫忙。」

「安，蘇珊不在的這段時間你可以讓我過來這邊陪你嗎？」蕾絲莉驚叫著。「可以嗎？我眞的願意，而且那會是你對我的施捨。我在那一間大而空蕩蕩的房子裡眞的非常寂寞。沒有什麼事情可做，而且到了晚上更是寂寞，儘管門已經鎖上了，我還是感到害怕與緊張。兩天前有一個流浪漢在附近。」

安高興地同意了，而蕾絲莉在隔天就搬過來成爲夢幻小屋的一員。柯妮莉亞小姐也很熱烈的同意了這個決定。

「那看起來是天意。」她自信的對安說。「我很遺憾瑪蒂妲．克勞的腿斷了，但是既然她的腿必須斷掉，也斷得正是時候。當歐文．福特來到四風的時候，蕾絲莉將會在這裡，如此住在格蘭的那些壞心眼的老女人就沒有機會亂叫了，因爲如果她獨自住在那裡，而歐文．福特又去那裡看她的話，一定會惹來閒話的。因爲蕾絲莉沒有穿上喪服，她們已經說了很多的閒言閒語。我對她們其中一個人說：『如果你們的意思是她要爲喬治．摩爾穿喪服的話，但是在我看來那更像是他的復活而不是喪葬；如果你們指的是迪克的話，我承認我不知道有哪種喪服禮儀是爲了十三年前已經死亡而且已經解脫的人而穿的。』

當老路易莎．包德溫對我說，她認爲蕾絲莉從沒懷疑那不是自己的先生是一件很奇怪的事時，我說：『你也沒有懷疑過那不是迪克．摩爾啊，而且你還一直都是他的鄰居呢，而且照天性來講你的懷疑應該比蕾絲莉高十倍才是。』但是你就是無法停止人們的口舌。安，親愛的，不過我眞的很欣慰歐文將會是在你家向蕾絲莉求愛的。」

歐文・福特在八月的一個晚上來到小屋，當時蕾絲莉與安正沉浸在對小寶寶的愛之中。他停在客廳開啓的門那兒，渴望的看著那幅美麗的景象，她們兩個人並沒有看到他。蕾絲莉將小寶寶抱在她的膝蓋上並且坐在地板上，入迷的輕拍著他那雙往上揮動的胖胖小手。

「哦，你這個可愛、漂亮與心愛的小寶寶。」她在抓著一隻小手親吻的時候低聲的說。

「他是最親愛的小東西，不是嗎？」安靠在椅子扶手上，以幼兒說話不清楚般的方式敬慕地輕哼著。「你們這些親愛的小孩不是整個大世界裡最靈巧的嗎？不是嗎？你這可愛的小男孩。」

安在小詹姆士出生前的幾個月就已經努力熟讀了好幾本書，並且特別信任一本書：《奧勒卡老師的兒童看護與訓練》。奧勒卡老師懇求父母親們不要對他們的孩子們說「幼兒語」，應該從嬰兒們出生的那一刻開始，就一直用正統的語言對他們說話，如此他們才能夠從最早的說話方式中學到純粹的英文談話。

例如，奧勒卡老師問道：「當一個草率的母親每天持續的讓她們無助的小孩習慣於不合理的語言表現來影響他們敏感的大腦灰質，並且扭曲寶貴的說話能力時，如何可以合理的期望她們的小孩可以學習到正確的說話方式呢？一個持續被稱爲『tweet itty wee singie』的小孩，怎麼能夠獲得任何正確的自我存在、發展前途以及命運的概念呢？」

安對於這個看法有極大的印象，並且告訴吉伯要堅決的遵守這個規則，不管在任何情況下，絕對不要對她的孩子說「幼兒語」。吉伯同意她的看法，而且他們對這件事情訂立了很正式的約定，但是這個約定在小詹姆士躺在她雙臂的那一刻開始，就被安厚著臉皮的違反了。「啊，這個親愛的小東西！」她那時候是這樣叫著的，而且自從那時候開始，她就不斷的在違反這個約定。當吉伯取笑她的時候，她就嘲笑奧勒卡老師。

「他一定沒有過自己的孩子，吉伯，我確信他一定沒有，否則他不會寫出那樣的廢話。你就是會很自然的對小寶寶說幼兒語，那是自然發生的，而且是對的。用對待大男孩與大女孩說話的方式來對那些光滑柔軟的小生命很沒有人性，小寶寶們需要愛與擁抱，以及所有他們能夠得到的甜美的幼兒語，而小詹姆士會得到這些，祝福這個親愛的小寶寶。」

「但你是我所聽過最糟糕的，安。」吉伯抗議道。身爲一個父親而不是母親的他，並沒有完全相信奧勒卡老師的理論是錯誤的。「我從來沒有聽過任何人像你這樣子對哪個孩子說話的。」

「很可能你從來沒聽過。走開啦，你走開啦，我在十一歲的時候不是就養育著哈蒙特的那三對雙胞胎嗎？你跟奧勒卡老師只是冷血的理論派而已。吉伯，你看看他，他正在對我笑，他知道我們在說什麼呢！（用小寶寶不清楚的說話方式說著）而且親愛的小寶寶同意媽媽所說的每一個字，對不對？你這個親愛的寶貝。」

吉伯抱著他們。「啊，你們這些媽媽！」他說。「你們這些媽媽！上帝知道爲什麼要創造你們。」

所以他們對著小詹姆士說話、愛他並且擁抱他；蕾絲莉也跟安使用同樣可笑的方式愛著他。

當她們完成工作而吉伯也離開時，她們倆不顧禮數的狂歡親熱以及沉迷於傾慕之中，突然間，歐文．福特讓她們嚇了一跳。

蕾絲莉是第一個注意到他的。即使在微光之下，安也注意到她那美麗的臉龐突然掃過一陣蒼白，遮掩了紅潤的嘴唇與臉頰。

歐文渴望的向前走來，有一刻甚至沒有注意到安也在。

「蕾絲莉！」他說著並且伸出他的手，這是他第一次以這個名字稱呼她。但是蕾絲莉對他卻很冷淡，而且整晚在安與吉伯還有歐文一起談笑時，她都非常的安靜。在他結束拜訪前，她就先道歉離開上樓去了。蕾絲莉離開之後，歐文快樂的精神就衰退了，並且很快的在垂頭喪氣的氣氛之下離開。

吉伯看著安。

「安，你在忙什麼？有一些我不了解的東西正在發生。今天晚上在這裡的整個氣氛都充滿了電，蕾絲莉好像是坐著在思考悲劇；歐文．福特表面上是在談笑風生，但是眼神卻是注意著蕾絲莉，而你整晚似乎都充滿了壓抑的興奮。坦白吧，你對你被矇騙的丈夫隱瞞了什麼秘密呢？」

「不要像個傻瓜一樣，吉伯。」這就是安的回答。「至於蕾絲莉嘛，她的反應很不合理，而我現在就要上去這樣子對她說。」

安發現蕾絲莉在她房間的屋頂窗旁，那個小地方充滿了海洋節奏的聲響。蕾絲莉雙手緊握著坐在朦朧不清的月光下，呈現出一種美麗、受到責難的風采。

「安。」她用一種責備的語氣低聲的說著：「你知道歐文．福特來到四風這件事情嗎？」

「我知道。」安厚著臉皮說。

「啊，你應該告訴我的，安！」蕾絲莉激動地叫著。「如果我知道他要來，我就會離開了，我就不會留在這裡與他見面。你應該告訴我的，安，你這樣子對我不公平啊，這是不公平的！」

蕾絲莉的雙唇顫抖著，而她整個身體也因爲激動而緊繃著。但是安無精打采的笑著，她彎下身並且親吻著蕾絲莉往上看並且充滿責備的臉龐。

「蕾絲莉，你眞是一個可愛的傻瓜。歐文．福特燃燒著渴望從亞特蘭大趕到太平洋並不是爲了看我啊，我也不相信他如此的狂熱是爲了來看柯妮莉亞小姐。脫下你悲痛的氣氛吧，我親愛的朋友，將它們摺疊起來放在薰衣草裡面，你再也不需要它們了。有些人可以看穿有洞的磨石，卽使你沒有辦法。

「我不是一個預言家，但是我應該冒險來預言的。你的生活悲痛已經結束了，在這之後，你將會擁有一個快樂女人應有的充滿歡笑與希望的生活，而且我猜也會有悲傷。金星的影子預言眞的爲你實現了，蕾絲莉。你看到金星影子那一年所許下的願望，已經將你生命中最好的禮物帶來給你，那就是你對歐文．福特的愛。現在，上床睡覺吧，並且祝你有個好夢。」

蕾絲莉依照安的指示上床，但她是否眞的可以安睡就是個問題了。我認爲她不敢清醒的幻想著，生活對可憐的蕾絲莉而言真的是太辛苦了；她必須行走的道路是如此筆直，讓她無法對自己告白說希望在未來等著。但是她看著燈塔的旋轉燈光照耀短暫的夏夜，而她的雙眼再一次變得溫柔、明亮與年輕。當福特．歐文在隔天邀請她到海邊散步時，她也沒有拒絕他。

第37章
柯妮莉亞小姐做出驚人宣布

柯妮莉亞小姐在一個令人昏昏欲睡的下午來到小屋，炎熱八月的海灣呈現著模糊的淡藍色，在安花園門口的橘黃色百合花擧著寬大的花瓣來盛滿八月的金色陽光。並非柯妮莉亞小姐關心的藍色海洋或是渴望陽光的百合，她以少見的閒散坐在她最喜歡的搖椅上。

柯妮莉亞小姐既沒有做針線活也沒有紡紗，甚至也沒有說出任何貶低男人的話語。總之，柯妮莉亞小姐那天的對話是非常無趣的，而且，她不打算去釣魚，留在家裡聽她說話的吉伯覺得自己受到委屈。柯妮莉亞小姐爲什麼來訪呢？她看起來既不沮喪也不擔憂。相反的，在她身上透露著一種得意洋洋的緊張氣氛。

「蕾絲莉在哪兒啊？」她問著，但是她的語氣好像也是無關緊要的。

「歐文和她到她的農場後面的樹林裡面摘覆盆子。」安回答著。「他們晚餐時才會回來。」

「他們似乎沒有時間的觀念呢。」吉伯說著。「我不了解那件事情的眞相。我確信你們女人會暗中操作，但是安這個不忠的妻子不願意告訴我。你願意告訴我嗎？柯妮莉亞小姐。」

「不可以，我不應該告訴你，但是……」柯妮莉亞小姐決定冒險一試，並且全盤說出的樣子說著：「我要告訴你其他的事，我今天的目的就是要來說這件事的。我要結婚了。」

安與吉伯兩人都安靜無聲。如果柯妮莉亞小姐宣布的是像要跑去海峽淹死自己之類的事情的話，也許還可以相信，但這件事情讓人很難置信，所以他們等待著。他們認爲柯妮莉亞小姐一定是犯了錯誤。

「好吧，你們兩個看起來都有點困惑。」柯妮莉亞小姐雙眼發光的說著。既然眞相揭露的尷尬時刻已經結束，柯妮莉亞小姐又恢復了她的女人本性。「你們認爲我太年輕，沒有足夠的經驗來接受婚姻嗎？」

「你知道的，那很令人難以置信的。」吉伯說著，並且試著恢復他的機智。「我聽你說過好幾次，說你連世界上最好的男人都不會嫁。」

「我不是要嫁給世界上最好的男人。」柯妮莉亞小姐反駁。「馬歇爾・伊利爾特離最好的男人還差得遠呢。」

「你要嫁給馬歇爾・伊利爾特嗎？」安驚叫著，在第二個震驚之下恢復了她的說話力氣。

「是的。這二十年來，只要我願意採取行動的話，我隨時都可以得到他。但是你們認爲我會漫步走進在像那樣的乾草堆旁邊的教堂嗎？」

「我們眞的非常高興，並且給你我們最好的祝福。」安非常冷漠與不適當的說著，因爲她還沒有準備好接受這種時刻。她從沒想過自己會提供訂婚賀詞給柯妮莉亞小姐。

「謝謝你，我知道你會給我祝福的。」柯妮莉亞小姐說著。「你是我朋友之中第一個知道這個消息的。」

「但是，對於你的離開我們一定會感到遺憾的，親愛的柯妮莉亞小姐。」安說著，開始感到有點憂愁與感傷。

「哎呀，你們不會失去我的。」柯妮莉亞小姐不帶感傷的說著。「你們不會認為我是要到港口與那些馬克亞里斯特、伊利爾特以及克勞復家族的人住在一起吧？『上帝將我們從伊利爾特家族的自大、馬克亞里斯特家族的驕傲以及克勞復家族的虛榮中解救出來。』

「馬歇爾會過來住我家。我已經很厭煩雇用人了。今年夏天我雇用的那個吉姆．哈斯丁是最糟糕的一個，他會迫使任何人去結婚的。你怎麼想呢？他昨天打翻了攪乳器，還將一大片攪拌的奶油濺在院子裡，而且他一點都不在乎，只會傻傻的笑著說奶油對大地很好。那不就是男人的樣子嗎？我告訴他我不習慣使用奶油來為我的後院施肥。」

「喔，我也祝你幸福，柯妮莉亞小姐。」吉伯嚴肅的說，「但是……」儘管安的眼神懇求著，他還是無法忍住要逗弄柯妮莉亞小姐的誘惑，所以進一步的說：「我擔心你獨立自主的日子已經結束了。如同你所知道的，馬歇爾．伊利爾特是一個非常果斷的男人。」

「我喜歡可以堅持事情的男人。」柯妮莉亞小姐回說。「很久之前追求我的阿莫斯．葛蘭特就沒辦法，你們絕對沒看過像他一樣的風標。有一次他跳到池塘裡面要淹死自己，然後又改變心意游回陸地上。那不就是男人的樣子嗎？換作那個人是馬歇爾的話，他就會堅持跳下去池塘，並且願意被淹死。」

「而且他還有一點脾氣，這是別人跟我說的。」吉伯持續逗弄著說。

「如果他沒有脾氣的話，他就不是伊利爾特家的人了，我眞是欣慰他有脾氣。讓他生氣的話一定很好玩，而且當一個男人為他的生氣感到懊悔時，通常可以要求他做一些事情的。但是對於一個一直保持溫和與激怒的男人，是沒有辦法要求他做任何事情的。」

「你知道他是一個自由黨員吧，柯妮莉亞小姐。」

「是的，他是自由黨員。」柯妮莉亞小姐相當傷心地承認著。「而且當然是沒有希望讓他支持保守黨。但是至少他是一個長老派教徒，所以我想我應該要感到滿意了。」

「如果他是衛理公會派教徒，你會嫁給他嗎？柯妮莉亞小姐。」

「不會，我不會嫁給他。政治是屬於衆人的，但是宗教信仰是屬於兩人的。」

「而且最後你有可能會變成『寡婦』，柯妮莉亞小姐。」

「我不會，馬歇爾會比我活得久。伊利爾特家族很長壽，但布萊恩特家族則不是。」

「你們什麼時候要結婚呢？」安問著。

「大約要一個月的時間吧，我的結婚禮服將會是深藍色的絲綢。還有我想問你，安，親愛的，你認為我穿著深藍色的禮服戴著面紗適合嗎？我一直想著，如果我會結婚的話，我一定要戴著面紗。馬歇爾說如果我想戴就戴啊。那不就是男人的樣子嗎？」

「如果你想戴的話，爲什麼不可以呢？」安問著。

「喔，沒有人想要與衆不同啊。」柯妮莉亞小姐說著，好像她並不是明顯地與世上的人有何不同的她說：「就像我說的，我確實想要面紗，但是面紗應該只適合搭配白色的禮服吧。請將你眞正的想法告訴我，安，親愛的，我會依照你的建議來做。」

「我想面紗通常只有搭配白色的禮服，才會比較適宜。」安承認著：「但那只是一種習俗，而且我喜歡伊利爾特先生，柯妮莉亞小姐。如果你想戴面紗的話，我不覺得沒有好理由說明你爲什麼不能戴。」

但是穿著白色棉布室內衣服來訪的柯妮莉亞小姐搖著頭。

「如果那是不合乎禮俗的，我就不戴了。」她說著，語氣中帶著夢想消失的痛惜嘆息。

「既然你已經決定要結婚了，柯妮莉亞小姐。」吉伯嚴肅的說：「我應該將管理丈夫的最佳規則提供給你，那是我祖母在我母親嫁給我父親的時候教她的。」

「喔，我認爲我可以駕馭馬歇爾．伊利爾特。」柯妮莉亞小姐平靜地說著。「不過讓我們聽聽你的規則吧。」

「首先就是要『抓住他』。」

「他已經被抓住了，繼續說。」

「再來就是，讓他的胃很滿意。」

「有足夠的派供他吃了。再來呢？」

「第三與第四點就是——全神貫注在他身上。」

「我相信你說的。」柯妮莉亞小姐強有力的說著。

第38章 紅玫瑰

八月的小屋花園吸引了許多的蜜蜂，並且被盛開的玫瑰所染紅。小屋的人們生活在其中，在小溪綠油油角落的那一邊進行野外晚餐，並且在晚上的大隻飛蛾飛越橫過柔軟光滑的黑暗時坐在那裡度過黃昏。有一天晚上歐文．福特來訪時，只有蕾絲莉獨自在家裡。安與吉伯出去了，而預計要在那晚回來的蘇珊也還沒到家。

北方的天空呈現著一片琥珀色，而冷杉樹林的頂端是一片淡綠色的。空氣是涼爽的，因爲已經快到九月了，而蕾絲莉在她的白色衣服上戴著一條深紅色的領巾。他們兩個人沉默的一起漫步在開滿花的小徑。歐文很快就要離開了，他的假期就快結束了。蕾絲莉發現她的心狂野的跳動著，她知道這個心愛的花園非言語所能形容的景象的。

「有些夜晚，這個花園會飄來一些奇特的香味，就像是幻象般的香水。」歐文說著。「我一直都沒有辦法辨別出是哪種花香？那是一種難以理解且很難忘懷的奇妙芳香。我喜歡將它幻想成席爾溫祖母的靈魂短暫的來拜訪這個她所鍾愛的老地方。這個古老的小屋附近一定有許多友善的幽靈。」

「我只在這裡住了一個月。」蕾絲莉說：「但是我愛著它，就好像我從來沒有愛過我住了一輩子的那間房子一樣。」

「這間房子是由愛所建造與奉獻的。」歐文說。「這樣的房子一定會對住在裡面的人發揮影響力。還有這座花園，它的歷史已經超過六十年了，它盛開的花朵上寫著一千個願望與歡笑。這些花之中，有一些花眞的是老師的新娘所種植的，而她已經去世三十年了，然而它們依然在每個夏天盛開。看看那些紅玫瑰，蕾絲莉，它們眞是卓然出衆啊！」

「我喜愛紅玫瑰。」蕾絲莉說著。「安最喜歡粉紅色的玫瑰，而吉伯喜歡白色的，但是我想要深紅色的。它們可以滿足我心裡的某些渴望，那是其他花朵做不到的。」

「這些玫瑰很遲才開的，它們在其他花謝了之後才盛開，而且它們夏天俘掠所有的溫暖與精神。」歐文說著，並且撥弄著一些鮮豔半開的花苞。「玫瑰花是愛的象徵，人們已經如此讚揚它好幾個世紀了。粉紅色的玫瑰是希望與盼望著愛，白玫瑰是逝去的愛以及拋棄，但是紅玫瑰……啊，蕾絲莉，紅玫瑰代表什麼呢？」

「勝利的愛。」蕾絲莉低聲說著。

「是的，勝利的愛與完美，蕾絲莉，你知道，你也了解。我從第一次看到你就愛上你了，而且我不需要問你，我就知道你也愛我。但是我想聽你親口說出，我心愛的人，我心愛的人！」

蕾絲莉輕聲顫抖說著某些話語，他們雙手緊握並且親吻著；那是他們生命中最重要的一刻，而且他們站在那座充滿著多年的愛與喜悅以及悲傷與讚美的老花園，他在她光亮的頭髮上戴上了代表勝利的愛的紅玫瑰。

安與吉伯高興的回來，並且伴隨著吉姆船長。安因爲喜歡那精靈般的爐火，所以點燃了幾根浮木，而他們就圍坐在那裡享受了一個小時的美好友誼。

「當我坐著注視著浮木的火焰時，很容易相信我又再次變年輕了。」吉姆船長說著。

「你可以從火焰中看到未來嗎？吉姆船長。」歐文問著。

吉姆船長深情地看著他們所有的人，然後又再次回來看著蕾絲莉那活潑的臉龐以及鮮明的雙眼。

「我不需要靠火焰就能看到你們的未來。」他說。「我看到你們都很幸福，你們全部的人，因爲蕾絲莉與歐文先生，還有這裡的醫生與布萊斯太太，還有小詹姆士以及尚未出生但是將會出生的孩子們，祝你們全部的人幸福。不過，請注意，我猜你們還是會有麻煩、擔憂以及悲傷。它們必然會降臨，不管是在皇宮或是夢幻小屋都沒辦法阻止它們。但是如果你們一起用愛與信任來面對它們的話，它們是沒辦法佔上風的。你們可以用指南針與指示燈這兩樣東西平安的度過暴風雨。」

這位老先生突然站了起來，並且將一隻手放在蕾絲莉頭上，而另一隻手放在安頭上。

「這兩個善良、甜美的女人們。」他說。「是眞實、忠誠並且可以依靠的。你們的丈夫因爲你們而榮耀，你們的小孩會長大，並且在未來稱你爲有福的。」

這個小小的景象有一點奇妙的莊嚴，安與蕾絲莉就像在接受賜福祈禱般的低著頭。吉伯忽然用手擦拭起他的眼睛，歐文·福特就像看到幻影般的著迷。整個空間都沉靜了下來，夢幻小屋在它的記憶中又增添了另外一個深刻與難忘的時刻。

「我現在必須離開了。」吉姆最後緩慢的說著，拿起了帽子並且逗留著環視著房子。

「大家晚安。」他在走出去的時候說著。

安被他那種不尋常的告別深深地打動，所以她穿過了掛在冷杉之間的小門。

「唉，唉。」他爽快地跟她道別，那是吉姆船長最後一次坐在夢幻小屋的那個老舊爐邊了。

安緩慢的走回去加入其他人。「想到他獨自走向那座寂寞的燈塔，眞是非常的令人同情，而且那裡都沒有人歡迎他回家。」

「吉姆船長是其他人的好同伴，所以我們也應該想像他會是自己的好同伴。」歐文說著。「但他一定時常感到孤獨的。他今晚有一種預言家的風格。好吧，我也必須走了。」

安與吉伯謹慎地離開，但是當歐文離開而安回來的時候，她發現蕾絲莉站在壁爐旁邊。

「啊，蕾絲莉，我知道，而且我也好高興，親愛的。」她抱著她說。

「安，我的幸福讓我感到好害怕。」蕾絲莉低聲說著。「那看起來好不眞實，我害怕談論和幻想。對我而言，那似乎只是夢幻小屋的另一個夢，而且當我離開這裡後就會消失。」

「喔，你不會離開這裡的，直到歐文·福特將你帶走爲止。你要一直跟我在一起，直到那天來臨。你認爲我會讓你再度回到那個孤獨與傷心的地方嗎？」

「謝謝你，親愛的，我本來打算要問你我是否可以留下來呢。我不想回去那個地方，那個充滿冷淡與淒涼的生活。安，你對我是怎樣的一個朋友呢？『一個乖巧、漂亮的女人，是眞實、忠誠並且可以依靠的』，就像吉姆船長所總結的。」

「他說的是『女人們』而不是『女人』。」安笑著說。「也許吉姆船長是透過他那樂觀的眼鏡，用愛看著我們兩個。但是，至少我們可以試著不要辜負他對我們的信賴。」

「你還記得嗎？安。」蕾絲莉緩慢地說著：「我曾經說過，我們在岸邊相遇的那一晚我痛恨自己美麗的外表嗎？那時候確實是的。我一直認爲如果我長得不好看的話，迪克就絕對不會想要我的。我痛恨自己的美麗，因爲那吸引了他，但是現在……啊，我很高興我擁有美麗的外表，那是我所有能夠給歐文的了；他的藝術家精神因爲我的美麗而欣喜，這樣子我才不會覺得自己是兩手空空的跟著他。」

「歐文愛著你的美麗，蕾絲莉，不過誰不愛呢？但是你說或是想著美麗是你唯一能夠給他的東西，這件事實在太愚蠢了。這件事情不需要我說，他會告訴你的。好吧，現在我必須關門了。我本來預計蘇珊今晚會回來，不過並沒有。」

「哎呀，我在這裡，親愛的醫生夫人。」蘇珊意外地從廚房走進來說著：「而且就像拉著欄杆喘氣走路的女人！從格蘭到這裡眞的要走好久喔。」

「我很高興看到你回來，蘇珊，你的姊姊狀況如何呢？」

「她已經能夠坐起來了，不過當然是還無法行走。但是，她現在不需要我的幫助也可以有很好的進展，因為她的女兒放假回來陪她了。而且我很欣慰回來，親愛的醫生夫人，瑪蒂姐的腿確實是摔斷了，但是她的舌頭可沒有。雖然我不該這樣說我的姊姊，但是她真的是很多話。她是一個很愛講話的人，而且也是我們家裡第一個結婚的人。

「關於嫁給詹姆士．克勞這件事情，她真的不是很在乎，但是她無法忍受得罪他。詹姆士雖然不是一個好男人，但是我發現他唯一的缺點就是總是以那種可怕的呻吟來說優美的話，親愛的醫生夫人。他那種說話方式總是讓我失去食慾。而說到結婚，親愛的醫生夫人，柯妮莉亞．布萊恩特真的要嫁給馬歇爾．伊利爾特嗎？」

「是的，相當確定，蘇珊。」

「好吧，親愛的醫生夫人，在我看來那似乎是不公平的。我這個人從來沒有說過一句反對男人的話，但卻不能夠結婚。而柯妮莉亞．布萊恩特從來沒有停止辱罵他們，但是她卻只要伸出她的手並且選一個就有了。這眞是一個奇怪的世界啊，親愛的醫生夫人。」

「還有另外一個世界，你知道的，蘇珊。」

「是的。」蘇珊大大的嘆了一口氣說著：「親愛的醫生夫人，那個世界沒有婚嫁啊。」

第39章 吉姆船長橫渡沙洲

歐文·福特的書終於在九月底的出版了。吉姆船長每天都忠實的到格蘭的郵局等待那本新書，就這樣子整整等待了一個月。但是這一天他並沒有去，而是由蕾絲莉將書帶回家。

「我們今天晚上拿過去給他。」安就像一個女學生一樣的興奮的說著。

在那個令人著迷的晴朗夜晚，沿著紅色的港口道路走向燈塔是非常愉快的。然後太陽從西邊山丘的後面落到了一些裝滿落日的溪谷，而且在同一時間，白色燈塔也發出了明亮的燈光。

「吉姆船長眞是準時，從來沒有遲到過。」蕾絲莉說著。

不論是安或是蕾絲莉，永遠都無法忘記船長從她們手中收到那本書——他的書——時的神情，神采煥發。最近已經變得蒼白的雙頰，突然閃耀著少年般的紅潤；他的雙眼閃耀著年輕的活力，但是當他打開書時，雙手卻是顫抖的。

書本的名字很簡明，就叫作吉姆船長的生活手記，而封面上印著歐文·福特與吉姆·包伊德共同著作。卷頭插畫就是吉姆船長站在燈塔門口眺望著海灣的照片，那是歐文·福特在書本完成後爲他「拍攝的」。吉姆船長知道這張照片，但是他不知道那張照片會出現在書裡面。

「只要用想的就好了。」他說：「老水手就在一本眞正出版的書裡面，這是我生命中最驕傲的一天。女孩們，我就像是一個半身像。今天晚上我不會睡覺了，我要在日出之前將我的書本唸完。」

「那我們馬上離開，讓你可以自由的開始閱讀。」安說著。

吉姆船長以一種相當狂喜的虔誠拿著這本書，現在他明確地把書本闔上並且放在旁邊。

「不，不可以，在你們還沒有跟我這個老人喝杯茶之前，不可以離開。」他聲明著。「我不能讓你們走，對不對啊，大副？這本生活手記會留下來給我吧，我猜。我已經等這本書好幾年了，我可以再稍微等一下，同時享受與我的朋友在一起的時光。」

吉姆船長忙著拿水壺煮開水，並且拿出他的麵包與奶油。儘管他很興奮，但是他已經不能像以前那樣子靈活的動作了。他的動作是緩慢且蹣跚，但是兩個女孩子並沒有提供幫助，因為她們這樣子會傷害到他的感情。

「你們今晚來拜訪我還真是時候。」他說著，並且從他的食櫥拿出一塊蛋糕。「小喬伊的母親今天送來了一大籃滿滿的蛋糕與派。為所有的好廚師禱告，我說。看看這些漂亮的蛋糕，上面都是糖霜與堅果仁。我並不常接受到這樣子的款待。坐下來吧，女孩們，坐下來！讓我們『舉杯歡飲，同聲歌唱友誼天長地久。』」

女孩們愉快的「開始」，那是吉姆船長沖泡過最好的茶，小喬伊的媽媽做的蛋糕也很完美；親切的吉姆船長是一個慷慨大方的主人，甚至沒有讓他的目光放在角落的那本有著華麗綠色與金色封面的生活手記。但是當他最後送走安與蕾絲莉，並且將門關起來的時候，她們知道他一定是馬上就翻開那本書，而且當她們走回家時，想像著那個快樂的老人專心閱讀著那本印著他自己生活的那本書，描寫著眞實本身的魅力與色彩。

「我不知道他有多喜歡故事的結局——那個結局是我建議的。」蕾絲莉說。

她永遠不會知道吉姆船長的回答了。隔天一大早安醒來發現吉伯彎身看著她，他已經穿好衣服了，但表情卻是充滿焦慮的。

「你要出診嗎？」她昏昏欲睡地問著。

「不是的，安，我擔心燈塔那邊可能出了事情。已經日出一小時了，燈塔的燈光卻還亮著。你知道的，吉姆船長對於他能夠準時的在日落以及日出時開、閉塔是感到驕傲的。」

安驚慌的坐了起來，她看到窗外的閃亮白光投射在黎明的藍色天空。

「也許他因爲看著他的生活手記時睡著了。」她焦慮的說著：「或者因爲太過專心所以忘記關燈了。」

吉伯搖著頭。

「那不是吉姆船長的作風。不管怎樣，我要去燈塔看看。」

「等我一下，我跟你去。」安驚叫著。「啊，是的，我必須跟你去……小詹姆士還要睡個一小時，而且我會叫蘇珊來看著他。如果吉姆船長生病了，你可能需要一個女人的幫忙。」

那是一個眩目的早晨，充滿了成熟與精緻的色彩與聲音。港口就像燦爛與現起酒窩的少女一樣，白色的海鷗在沙丘上方翱翔，而在沙洲的那一邊是光亮美好的海洋。海岸旁長長的田野被露水沾濕，而且在清晨的第一道晴朗純淨的曙光照耀下充滿了活力。

舞動的海風在海峽上呼嘯著，以更加美麗的音樂替代了美麗的寧靜。要不是因爲白色燈塔仍然亮起的燈光透露著不幸的消息，安與吉伯應該會很喜歡這早起的散步，但是他們心中帶著恐懼輕輕地走著。

沒有人回應他們的敲門。吉伯把門打開，兩人一起走了進去。

那間老房間非常的安靜，桌上是昨夜那場小宴會所殘留下來的東西。角桌上的燈依然點燃著，一方的陽光投射在睡在沙發上的大副。

吉姆船長躺在沙發上，已經翻到最後一頁的生活手記，被他的雙手緊抱在他的胸膛。他的雙眼緊閉著，而他的表情看起來是最安詳與幸福的，那是他長久以來所一直尋找，並且終於在最後找到的。

「他在睡覺嗎？」安發抖的低聲問著。

吉伯走到沙發並且彎下腰察看了一下子，然後他挺直身體。

「是的，他睡著了，就是這樣。」他安靜的說著。「安，吉姆船長已經橫渡沙洲了。」

他們沒有辦法確切知道他是幾點去世的，但是安一直相信他是依照自己的願望，在清晨穿越海灣來到這裡時去世的。他的靈魂漂浮在那個閃亮的潮汐裡，通過了如珍珠般銀色光澤的日出海洋，到達了消失的瑪格麗特等待他的避風港，越過了暴風雨以及風平浪靜。

第40章

告別夢幻小屋

吉姆船長被埋葬在港口那邊的小墓園，非常靠近那個皮膚白皙的小女孩所長眠的地方。他的親戚們爲他建造了一個非常昂貴但是非常醜的「紀念碑」——如果他活著看到那個紀念碑的話，一定會淘氣地打它一拳。但是眞正屬於他的紀念碑存在那些認識他的人的心中，以及那本將會世代流傳的書。

蕾絲莉哀悼吉姆船長沒能夠活著看到那本書驚人的成功。

「他如果看到那些評論的話，不知道會有多高興呢！那些評論幾乎都是那麼讚許的。而且他的生活手記還是暢銷書籍呢！啊，如果他能夠活著看到這一切就好了，安！」

安雖然很悲傷，但是更加理智。

「他喜歡的是書本本身，蕾絲莉，他不在乎別人的評論，而且他擁有了它。他已經看完整本書了，那最後的一夜一定是他一生中最大的幸福，而且正如他所願的，沒有痛苦卻快速結束他的生命。我很高興因爲有歐文以及你的幫忙，那本書才會如此成功，吉姆船長肯定是滿意的，我知道。」

燈塔仍然在夜晚照明守夜著，另外一個替補管理員被派到燈塔來接替工作，直到全智的政府可以決定誰是適合的人，或是誰有最堅強的門路。大副被帶到小屋生活，並且受到了安、吉伯與蕾絲莉的喜愛，同時得到蘇珊的寬容，她並不是很喜歡貓的。

「爲了吉姆船長，我可以提供牠住宿，親愛的醫生夫人，因爲我喜歡那個老人。我也會張羅牠的飲食，以及捕鼠器所抓到的每隻老鼠，但是不要叫我爲牠做其他事情了，親愛的醫生夫人。貓就是貓，相信我的話，除了貓之外牠們什麼都不是。還有，親愛的醫生夫人，至少不要讓牠接近那個受祝福的小男人。你自己想看看，如果牠去吸取心愛小寶寶的呼吸，那會是多麼恐怖啊。」

「你所說的適當名稱應該叫作大災難吧。」吉伯說。

「哎呀，親愛的醫生，你也許覺得好笑，但這是件很嚴肅的事情。」

「貓不會吸取小寶寶的呼吸。」吉伯說。「那只是一個古老的迷信而已，蘇珊。」

「啊，好吧，那也許是一個迷信，也可能不是，親愛的醫生。就我所知的，那確實是發生過的。我姊夫的姪子的老婆所養的貓就吸取他們小寶寶的呼吸，而那個可憐無辜的小孩在他們發現時就已經死掉了。而且不管是不是迷信，如果我發現那隻黃色的野獸偷偷靠近我們的小寶寶，我就會用火鉗用力的打牠，親愛的醫生夫人。」

馬歇爾．伊利爾特夫婦舒適與和諧的住在那間綠房子裡。蕾絲莉忙著做針線活，因爲她與歐文在聖誕節到來時就要結婚了。安想著如果蕾絲莉離開的話，自己要做些什麼事情。

「事情隨時都在變化，當事情眞的變得很好的時候，馬上又有了變化。」她嘆氣著說。

「老摩根在格蘭那裡的房子要賣了。」吉伯隨意的說著。

「眞的嗎？」安冷淡的問著。

「是的。既然摩根先生已經過世了，摩根夫人想要到溫哥華與她的孩子們住在一起。她會便宜的賣掉，因爲在格蘭這種小村莊裡，像她家那麼大的房子不是很容易賣掉的。」

「嗯，那眞是一棟很漂亮的房子，所以她應該可以找到買主。」安心不在焉地說著，因爲她正在想著小詹姆士的「短」衣服應該要抽絲做花邊，或是以羽狀針法刺繡。他下個禮拜就會被變短了，想到這個安就想要哭出來。

「如果我們把它買下來呢？安。」吉伯平靜地談論著。

安停止了她的針線活並且注視著他。

「你不是認眞的吧？吉伯。」

「我是認眞的，親愛的。」

「要離開這個心愛的地方，我們的夢幻小屋嗎？」安不可置信的說著。「啊，吉伯，那是……那太不可思議了！」

「耐心的聽我說，親愛的。我知道你對這件事的想法，我的想法跟你一樣，但是我們一直都知道我們總有一天要離開的。」

「啊，但是不要這麼快，吉伯，不會是現在。」

「我們可能沒有辦法得到這樣的機會。如果我們不買下摩根的房子，就會被別人買走的，那樣子在格蘭就找不到我們喜歡的房子了，而且也沒有好地點可以去蓋一棟新房子。這間小屋是……好的，它是我們擁有的第一間房子，我承認，但是你了解對一個醫生而言，這裡太偏僻了。雖然我們已經盡力，但還是感到許多不便，而且對我們而言，現在的空間也有點太小了。也許，在幾年之內，當詹姆士想要有一個自己的房間時，那實在太小了。」

「哦，我知道，我知道。」安淚眼說著。「我知道它所有的缺點，但是我好愛它，而且這裡眞的好漂亮。」

「在蕾絲莉離開這裡後，你就會發現在這裡非常寂寞，而且吉姆船長也不在了。摩根的房子也很漂亮，而且我們遲早會愛上它的。你知道自己一直很欣賞那棟房子的，安。」

「哦，是的，但是……但是……這一切似乎都來得太突然了，吉伯。我感到好茫然，十分鐘之前我還沒想過要離開這個親愛的地方，我還計畫著春天的時候打算爲它做些什麼呢，我是指花園。還有，如果我們離開了這個住所，誰會得到它呢？因爲它是這麼的偏僻，所以很可能是某些貧窮與流浪的家庭會來租吧，並且過度使用，並且……啊，那將會褻瀆這個小屋的，那會給我非常大的傷害。」

「我知道，但是我們不能因爲這種考量而犧牲掉自己的利益，安女孩。摩根的房子非常適合我們，我們眞的不能失去這樣的機會。想想那些大草坪還有那些宏偉的老樹，還有屋後壯麗的硬木林，總共有十二英畝那麼大，那眞的是一個非常適合我們孩子遊玩的地方！那裡還有一個很好的果樹園，以及你一直欣賞的那個有著一扇門並且圍著高聳磚牆的花園，你認爲那就像是故事書裡面的花園一樣。而且從摩根的房子所看到的港口與沙丘的景色，幾乎跟從這裡看到的是一樣好的。」

「但是從那裡看不到燈塔的燈光。」

「可以的，從閣樓的窗戶就可以看到了。那裡還有另外一個優點，安女孩，就是你喜愛的大閣樓。」

「花園裡也沒有小溪。」

「嗯，是沒有，但是那裡有一條溪流穿過楓樹林流到格蘭的池塘，而且池塘本身並不會很遠。你可以想像自己再度擁有了一個湖水秀麗的湖泊。」

「好吧，現在不要再談論任何有關它的事情了，吉伯，讓我有時間思考一下，讓我習慣這個想法。」

「可以，這件事情不是很急迫。只是，如果我們決定要購買的話，最好是在冬天來臨之前搬進去並且安頓好。」

吉伯走了出去，而安雙手顫抖地放下了小詹姆士的短衣。那一天她無法再去做針線活了。她帶著淚水潤濕的雙眼漫步在這個讓她像一個女王般快樂統治著的小範圍。摩根的房子就像吉伯聲稱的那麼好，那個地方是漂亮的，那棟房子因爲歷史夠久，所以看起來是莊嚴、安詳且傳統，而且也新得可以提供舒適的生活。

安一直很欣賞那棟房子，但是欣賞不代表喜愛；而且她非常喜愛這間夢幻小屋。她喜歡與它有關的所有東西，包括她照料的花園，而且在她之前已經有好多女人照料過這個花園；還有淘氣的、緩慢地穿過花園一角閃耀著的小溪、掛在發出咯吱咯吱聲的冷杉之間的小門、多年的紅色砂岩階梯、宏偉細高的白楊樹、客廳裡面的兩個小巧玻璃廚櫃、樓上成鉤型的窗戶、樓梯間凹入的小地方……爲什麼呢？因爲這些東西都是她生命中的一部分！她怎麼能夠離開它們呢？

而且以前就已經被愛與喜悅奉爲神聖的這間小屋，已經因爲她的幸福與傷悲再一次的奉獻給它了！她在這裡度過了蜜月；在這裡小喬伊絲跟她共同生活了短暫的一天；在這裡由於小詹姆士的到來，她再度享受到了作爲母親的甜美；在這裡聽到了她寶寶輕輕笑聲所帶來精美音樂；在這裡她親愛的朋友坐在她的壁爐旁邊。歡樂與悲傷、出生與死亡，永遠都奉獻給了這個夢中的小屋。

但是現在她必須離開它了，卽使她全力反對吉伯的想法，她知道自己還是必須離開。小屋已經太小了，搬家對吉伯的事業比較好，改變是無可避免的了，他的工作過去很成功，但是現在因爲他的所在地而受到限制。安了解他們在這個心愛地方的生活已經要告一段落了，而且她必須勇敢的面對這個事實，但是她還是非常心痛！

「那就像是從我的生命中撕裂掉某些東西一樣。」她啜泣著說。「而且，啊，我只能希望接下來住在這裡的是一些很好的人，或者就讓它空著也好，如此總比被一群不了解夢境的地理環境，以及不了解這間房子所具有的歷史與身分的人過度使用來得好。而且如果是這類的人來到這裡的話，這個地方一定很快就會受到折磨與破壞；一個老地方如果沒有得到仔細照顧的話，很快就會沒落的。他們將會拆掉我的花園，並且不會去整理白楊樹，而那些籬笆看起來會像是一張掉了一半牙齒的嘴巴；屋頂也會漏水，牆壁灰泥也會掉落，而他們將會在破碎的玻璃窗戶塞滿枕頭與破布，而且每樣東西都會變得破爛不堪。」

由於安的想像力太過逼眞了，好像她親愛的小屋已經開始殘破，因此讓她非常的傷痛。她坐在樓梯上非常傷心的哭了好久。蘇珊發現她在那兒哭泣，所以非常關心的問著。

「你現在沒有跟醫生吵架吧，親愛的醫生夫人，有嗎？但是如果有的話，你不用擔心。別人告訴我說結婚的夫妻吵架是相當平常的事情，雖然我自己沒有這方面的經驗。他表達歉意的，而且你很快就可以恢復了。」

「不是的，不是的，蘇珊，我們沒有吵架，只是……只是吉伯要去購買摩根的房子，而我們必須搬到格蘭定居。但是那會讓我傷心。」

蘇珊一點也沒有感受到安的感覺，事實上，她相當高興的期望著住在格蘭的生活。她對於在小屋這裡唯一的不滿就是位置太偏僻了。

「爲什麼要傷心呢？醫生夫人，搬到那裡很好啊，摩根的房子眞的很好又很大。」

「我痛恨大房子。」安啜泣著說。

「啊，好吧，當你有了半打小孩子的時候，你就不會痛恨它們了。」蘇珊平靜的說著。「而且這間房子對我們而言已經太小。自從摩爾太太過來之後，我們就沒有客房了，而且那個餐具室是我工作過的地方中最糟糕的，你轉身的每一個方向都有角。此外，這裡眞的是遠離塵世啊。除了景色之外，眞的沒有其他東西了。」

「也許是遠離你的世界吧，蘇珊，但不是遠離我的。」安無力的微笑著。

「我眞的是不了解你呢，親愛的醫生夫人，不過當然啦，我沒有受過良好的教育。但是，如果布萊斯醫生買下了摩根的房子一定是正確的，而且你也會支持他。它們裡面有水，還有漂亮的餐具室以及衣櫥，而且在愛德華王子島上找不到第二個那樣的地下室了，這些都是其他人跟我說的。怎麼說呢?就像你知道的，親愛的醫生夫人，這裡的地下室讓我心痛。」

「啊，走開啦，蘇珊，你走開啦。」安可憐地說著。「地下室、餐具室以及衣櫥不能組成一個家，爲什麼你不陪著那些哭泣的人一起哭泣呢?」

「喔，我從來都不善於哭泣，親愛的醫生夫人。我寧願負責讓別人開心起來，而不是與他們一起哭泣。好了，不要讓你的眼淚弄壞了你漂亮的雙眼。這間房子很好，並且已經完成它對你的服務，是時候該你去找一間更好的房子了。」

蘇珊的看法似乎與大部分人的看法是一樣的。蕾絲莉是唯一了解並且同情安的人，當她聽到這個消息時，也痛哭了一場，然後她們倆擦乾了眼淚，並且開始準備搬家的工作。

「既然我們必須離開，就越快越好，讓我們早點完成。」可憐的蕾絲莉痛苦卻順從地說著。

「你知道當你在格蘭的那棟可愛的房子裡面居住了足夠長久的時間，並且在那裡編織了親愛的記憶之後，你就會喜歡它的。」蕾絲莉說著。「朋友會到那裡去找你們，就跟來這裡是一樣的，幸福會爲了你將那裡增添光輝。現在的地方對你而言只是一間房子，但是隨著時間過去，它會變成你的家。」

過了一個禮拜，安覺得很悲傷，一直到了晚上的時候，當他穿著長睡袍時，她又再度的看到了自己親愛的寶寶。

「但是接下來會是連衫褲，然後是褲子，而且他很快就會長大。」她嘆氣著。

「好吧，你不會希望他永遠都是小寶寶吧，親愛的醫生夫人，對不對？」蘇珊說。「祝福他天眞的心腸，他穿著那件短小的衣服，還伸出那雙親愛的腳，看起來眞的是太可愛了。而且想想還不用去燙衣服呢，親愛的醫生夫人。」

「安，我剛剛收到歐文寄來的信。」蕾絲莉滿臉歡快的進來說著。「而且，哦！我看到了很好的消息。他寫信跟我說他要從教堂理事會買下這個地方，並且留下來作爲我們夏天度假的房子。安，你高興嗎？」

「哦，蕾絲莉，『高興』不足以來形容這件事情！眞是太難以置信了。既然我已經知道這個親愛的地方永遠都不會被一群破壞者使用，或是放著傾壞倒塌，我心情已經好多了。眞是太好了！眞是太好了！」

在一個十月的淸晨，安醒來之後，了解到這是最後一次睡在小屋的屋頂下了。但那天太忙碌了，所以沒時間感到遺憾，而當夜晚來臨時，小屋裡面的東西就已經都被搬光了。安與吉伯獨自在裡面跟小屋道別，蕾絲莉與蘇珊還有小詹姆士已經跟最後一車的家具前往格蘭。日落的陽光從沒有窗簾的窗戶射了進來。

「它看起來是充滿心碎與責備的不是嗎？」安說。「啊，今晚在格蘭我一定會想家的。」

「我們在這裡一直很快樂，不是嗎？安女孩。」吉伯以充滿感性的聲音說著。

安說不出話來，沒有辦法回答。當她走在小屋裡並且跟每個房間道別時，吉伯在冷杉小門那裡等著她。她就要離開了，但是這間多年的小屋仍然在這裡，穿過了古雅的窗戶看著海洋。秋風會在它的周圍悲哀地吹拂著，而且灰色的雨水會打在它身上，還有白色的薄霧會從大海飄進來包圍著它；同時月光會落在它身上，並且照亮著老師以及他的新娘曾經走過的古老小徑上。故事的魅力將會徘徊在古老的港口海岸上，海風依然會誘人地呼嘯在銀色的沙丘上，而海浪仍舊會從紅色的岩石洞穴中召喚著。

「但是我們將會離開。」安流著淚水說著。

安走了出去，關上並且鎖上了她背後的門。吉伯微笑著等著她。燈塔的燈光朝北方閃耀著，只有金盞花依然盛開的小花園已經將它自己覆蓋在陰鬱之中。

安跪下來親吻著已經磨損的老台階，她走過它的時候還是個新娘。

「再見了，親愛的夢幻小屋。」她說。

——《安的夢幻小屋》全文已完結，完結篇《安的莊園》敬請期待！

國家圖書館出版品預行編目資料

清秀佳人. 5, 安的夢幻小屋/露西.蒙哥瑪麗(L. M. Montgomery)原著；孟劭祺譯.
—— 四版. ——臺中市：好讀出版有限公司, 2022.08
面：　公分，——（典藏經典；13）

譯自：Anne's House of the Dreams

ISBN 978-986-178-605-6（平裝）

885.357　　111009319

好讀出版

典藏經典 13

清秀佳人5：**安的夢幻小屋【經典新裝版】**

原　　著／露西・蒙哥瑪麗 L. M. Montgomery
翻　　譯／孟劭祺
總 編 輯／鄧茵茵
文字編輯／林泳誼
美術設計／李靜姿、吳偉光
行銷企畫／劉恩綺
發 行 所／好讀出版有限公司
407台中市西屯區工業30路1號
407台中市西屯區大有街13號（編輯部）
TEL:04-23157795　FAX:04-23144188
http://howdo.morningstar.com.tw
（如對本書編輯或內容有意見，請來電或上網告訴我們）
法律顧問／陳思成律師

讀者服務專線：(02)23672044 / (04)23595819#230
讀者傳眞專線：(02)23635741 / (04)23595493
讀者專用信箱：service@morningstar.com.tw
晨星網路書店：http://www.morningstar.com.tw
郵政劃撥：15062393（知己圖書股份有限公司）
如需詳細出版書目、訂書，歡迎洽詢

四版／西元2022年8月15日
初版／西元2004年6月15日
定價：280元
如有破損或裝訂錯誤，請寄回知己圖書更換

Published by How-Do Publishing Co., Ltd.
2022 Printed in Taiwan

ISBN 978-986-178-605-6

填寫線上讀者回函
獲得更多好讀資訊